# 回憶的展演：

## 張岱的生活記事與自我書寫

著／盧嵐蘭

Family Sky 天空數位圖書出版

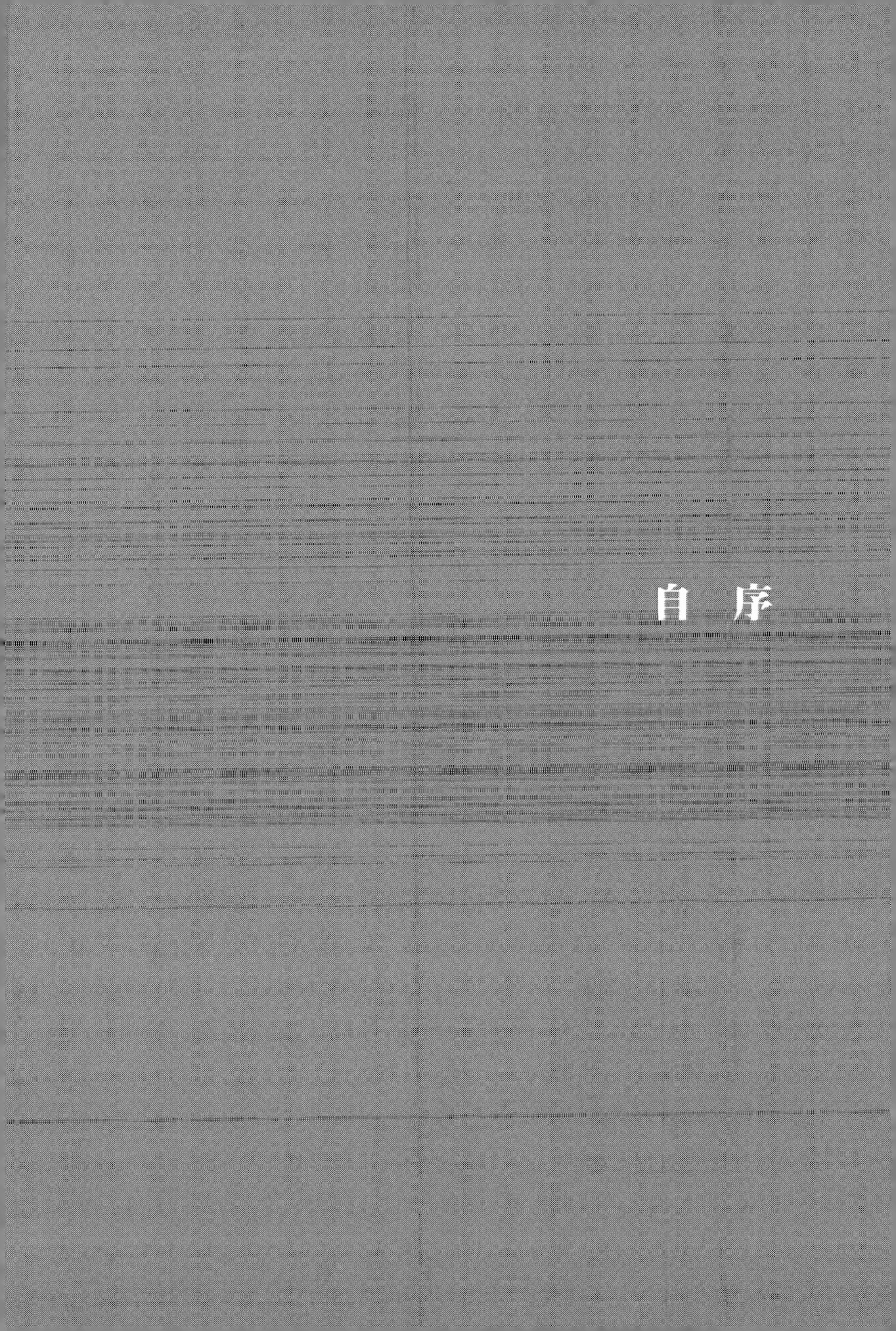

# 自序

一個人可能擁有不同面貌，但由於種種原因，逐漸被定型為特定形象，以致慢慢失去該人本有的多樣特質，這應該是一種遺憾。然而有時也會有不同情形，在一個人多彩多姿的外表下，忽略了其深藏的意念，未能真正認識此人之內在，這也是一種遺憾。

閱讀張岱已是多年經驗，特別是《陶庵夢憶》常用來消煩解悶。以前總認為他的生活世界很有趣，為人灑脫浪漫，讀他的書是一種享受，可是後來多次閱讀，每每覺得其中有一種焦慮，有一種對某些事情欲言又止的心情。雖然他往往展現悠遊自得之意態，但也隱約流露著失落與感慨，並一再試圖要證明自己。他既非聖人亦非哲人，只是出身條件較為優越的一名文人，自然有他的困擾與壓力。不過他在文本創作之際所運用的敘事策略及生動文筆，卻也可能遮掩了部分的真實心情，以致模糊了讀者對他的了解。筆者整理個人過去筆記，經由再次解讀，希望再現張岱另一個應有的面容。

盧嵐蘭

寫於苗栗二坪山　2020 年

# 目　錄

# 第一章　緒論

生活於明清易代之際的張岱（1597-1680？）有許多著作，其中《陶庵夢憶》膾炙人口，被譽為散文絕品，該書也是一本回憶錄，主要記述他在明亡之前的生活點滴。長久以來，大家強調這本書的文學價值，並延伸探討張岱的戲劇觀、茶藝觀、園林思想、生活美學、史學觀、政治態度、遺民立場等等，多面向呈現張岱此人的特質。

《陶庵夢憶》分別從幾個生活領域選擇了若干事件，組織而成作者少壯時期的生活場景，雖然並非全面而完整，但從作者的角度來看，應可代表他有意呈現的自身過往。作者在字面上說想藉此懺悔，但實質上另有情懷，該書充滿自我指涉，在回憶中不斷構建自我形象，藉由每一則故事展示作者的某個側面。

## 第一節　回憶、書寫、展演

一般而言，人們可以選擇自己的回憶方式與內容，此一選擇和回憶者想要達成之目的有關，若將原本保留於腦海的回憶予以書寫下來，則又涉及書寫所想要分享的對象，回憶不再只是個體內在的心理過程，而成為公開的展示，而這樣的展示除了呈現回憶者的回憶內容，也同時展演回憶者的個人自我，並由此述說回憶者自我認知一個存在於過去的世界。

張岱《陶庵夢憶》內容讓人看見作者豐富多樣的生活情景，

也由此看見作者的性情和觀念。例如有人認為該書編載方言巷咏、嘻笑瑣屑之事，由於作者交遊廣闊，「大江以南，凡黃冠、劍客、緇衣、伶工，畢聚其廬。且遭時太平。海內晏然，老人家龍阜，有園亭池沼之勝，木奴秫秔，歲入緡以千計。以故鬥雞、臂鷹、六博、蹴踘、彈琴、劈阮諸技，老人亦靡不為。」[1]大凡當時富家子弟會玩的事都在此書中呈現，生動地描繪出作者前半生充分享受的生活樂趣。不過，這本書並非僅是一幅富貴享樂圖，由於該書完成於明亡後不久，作者在國破家亡後回顧過往，其心情應頗為複雜，確實會有大夢一場的感覺，時人曾評語：「昔孟元老撰《夢華錄》，吳自牧撰《夢粱錄》，均於地老天荒、滄桑而後，不勝身世之感，茲編實與之同。雖間涉遊戲三昧，而奇情壯采，議論風生，筆墨橫恣，幾令讀者心目俱眩，亦異才也。」[2]其實，對一位良心未泯的人而言，這種情況下的回憶應該是痛苦的，由於今昔巨大落差，每一次回憶都錐心刺骨，令人心情沉重，特別是從回憶的世界返回現實之際，難免有虛空無常的感慨。

張岱除了書寫過去的繁盛榮景，更重要的是要寫出自己。在天翻地覆的動亂下，個體很可能被巨變的浪潮掃滅，不只個

---

1 清．佚名，〈陶庵夢憶序〉，收錄於明．張岱，《張岱詩文集》（頁 429-430）。上海：上海古籍出版社，1991。頁 430。

2 清．伍崇曜，〈陶庵夢憶跋〉，收錄於明．張岱，《張岱詩文集》（頁 431-433）。上海：上海古籍出版社，1991。頁 432。

人生命無存，個體曾經擁有的存在意義與價值也可能被無視或否定。他曾發願寫史，既是繼承家學，也是要表現個人價值，然而除此之外，他還想要展示自己的其他面向，因為他並非枯守書齋的刻苦文人，而是涉獵很廣且饒有才藝的風雅之士。傳統中國社會的文人無法不以科舉仕宦為主要志業，況且張岱正是出身累世顯赫的家族，可是張岱在此方面一直不如意，因此他能證實自身價值之處更必須仰賴其他方面的多樣才能與成就。幸運地，他的成長環境讓其從小發展多種興趣，而且他也認真從興趣中培養出更豐富的學問與見識，這是他當時做為世家子弟的積極性，不像其他紈袴公子在逸樂中浪費生命，因此他自覺經驗豐富而精采，值得將自己的特性與遭遇記錄下來，以此向世人展示他之所以自標高致的理由。這也是他在張氏家族成員身分下意識到的一種責任，即所謂在不負家族聲望、不愧對祖先等傳統觀念影響下應有的態度及信念。

然而也是由於這樣的想法，因此他的《陶庵夢憶》除了憶舊外，也是關乎形象建構的書寫，係經過選擇而展示他的生活及相關人事。回憶不必然等同於真實，必須留意的是他的回憶方式以及透過書寫所進行的展演策略，同時注意這些回憶的展演如何對應於他所關注的自我存在意義與價值。該書展演著作者的回憶，回憶也成為展演的過程。作者述說自己的故事，也藉由敘述其他人事物而迂迴指向自己。文本是作者構築的舞台，他安置了許多不同角色與佈景道具，最終演出他的自我。

本書從《陶庵夢憶》涉及的幾個領域分別呈現作者的回憶書寫與自我展演，由於該書不少文章皆涉及他的長輩與親人，因此第二章先從張岱的家族傳記與自傳書寫去看他展示自己的家世與自我定位，第三章至第十章從《陶庵夢憶》作者回憶記述涵蓋的主要範圍（園亭、戲劇、節慶、旅遊、工藝、美食與收藏、休閒娛樂、奇人異事）以了解張岱經由生活記事而建構自我形象，進而對其存在價值的反複解讀與確認。

## 第二節　遙思往事

對一位歷經戰亂、孑然一身的人來說，回憶似乎是唯一未丟失的資產。而且對一位因節義考量而不願接受新時代的人而言，回憶更是日後生存的重要憑藉。經由想像的時光倒流，回憶者在記憶裡尋覓舊迹，再次解讀過去的存在，也提出自己當下的生命意義。

張岱，又名維城，字宗子，又字石公，號陶庵、陶庵老人、蝶庵、古劍老人、古劍陶庵、古劍蝶庵，晚年號六休居士。浙江山陰（紹興）人。生於仕宦顯赫之家，具有多樣才華，擅詩文戲曲；但科舉不順，未有功名。明亡後曾迎魯王於家中，本有意參與魯政權，但被排擠，且見政事不可為，遂毅然退出。

[3]之後避兵剡中隱居四年，家產盡失。後來返回紹興居於快園，清貧度日，以著述終老，享有高壽，卒年不詳。他的著作包括：《石匱書》、《石匱書後集》、《古今義烈傳》、《史闕》、《張氏家譜》、《瑯嬛文集》、《明易》、《大易用》、《四書遇》、《陶庵夢憶》、《西湖夢尋》、《說鈴》、《昌谷解》、《快園道古》、《傒囊十集》、《一卷冰雪文》、《夜航船》、《有明於越三不朽圖贊》、《瑄朗乞巧錄》、《奇字問》、《桃源曆》、《越絕詩》、《詩韻確》、《曆書眼》、《和陶詩》等。[4]

---

[3] 張岱認為魯王原本地位不顯，一旦監國於浙東八府，高官顯貴都來奉承，便心滿意足，只盼清兵不渡錢塘，則可安享富貴；因而瀟灑度日，對兵馬錢糧毫不經意，僅與一二文人墨士，飲酒賦詩、彈琴寫字。許多公事皆以虛文聊應故事，不知鄰火將燎其室。魯王用人毫無定見，見一人，則倚為心膂，聞一言，則信若蓍龜；但又時常變卦，見後人，則棄前人若弁髦，聞後言，則視前言為冰炭。到了最後，根本得不到能用之人，得不到可用之言。終成孤寡，乘桴一去，散若浮萍。見明·張岱，《石匱書後集》。台灣銀行經濟研究室編印《台灣文獻叢刊》第 282 種。台北：台灣銀行經濟研究室，1970。頁 86, 329。

[4] 張岱的相關研究相當豐富，且近來又因《沈復燦抄本瑯嬛文集》之面世而發現新的詩文，並進一步釐清張岱與南明魯政權的關係，以及他的晚年情景。關於張岱的生平與著作可參考何玲琳，《張岱《瑯嬛文集》新發現詩文研究》。浙江大學碩士論文，2017。佘德余，〈張岱年譜簡編（上）〉，《紹興師專學報》，1（1994），頁 38-46。佘德余，〈張岱年譜簡編（中）〉，《紹興師專學報》，2（1994），頁 31-37。佘德余，〈張岱年譜簡編（下）〉，《紹興師專學報》，3（1994），頁 19-24。韓金佑，《張岱年譜》。河北大學碩士論文，2014。史景遷（Jonathan D. Spence）著、溫洽溢譯，《前朝夢憶：張岱的浮華與蒼涼》。（原著：*Return to Dragon*

雖然現代人們多視張岱為文學家，並以小品文著稱，不過從張岱的自我期許來看，他是以史家自命，花費很長時間去經營史學著作，像《石匱書》、《石匱書後集》。對於他的史學作品，後人褒貶皆有，看法不一，[5]反而是小品文著作如《陶庵夢憶》與《西湖夢尋》受到普遍喜愛。特別是《陶庵夢憶》書寫了作者曾經歷的各種繁華生活，既是個人回憶，也是晚明江南社會的寫照。《陶庵夢憶》共八卷，完成於明亡後不久，當時作者約五十歲，剛歷經了國家與人生的巨變，藉由此書去回顧他自己的前半生。

張岱在《陶庵夢憶》的序文[6]交待了他當時的想法。此篇文

---

*Mountain-Memories of a Late Ming Man*)。台北：時報出版，2009。胡益民，《張岱評傳》。南京：南京大學出版社，2002。夏咸淳，《明末奇才－張岱論》。上海：上海社會科學出版社，1989。

[5] 例如溫睿臨提及張岱「長於史學。丙戌後，屏居臥龍山之仙室，短簷頹壁，終日兀坐，輯有明一代紀傳，既成，名曰《石匱藏書》。豐潤谷應泰督學浙江，聞其名，禮聘之，不往，以五百金購其書，慨然曰：『是固當公之，谷君知文獻者，得其人矣。』岱衣冠揖讓，猶見前輩風範。⋯谷應泰既購張岱紀傳，復得遷國榷，因集文士輯《明史紀事本末》，蓋兩家體裁較他稗史獨完具。而岱、遷於君臣朋友之間，天性篤至。其著書也，徵實覆覈，不矜奇門，文以作者自居，故儒林尚之。」見清．溫睿臨，〈張岱、談遷傳〉，收錄於清．谷應泰，《明史紀事本末》(頁1607-1608)。北京：中華書局，1977。不過也有人認為《石匱書》其實引用或抄襲不少他人史作，不能成一家之言。

[6] 明．張岱，〈陶庵夢憶序〉。收入明．張岱，《瑯嬛文集》。長沙：岳麓書社，1985。頁28-29。

字呈現他的思維邏輯與序列：由於遭逢巨變，人生大壞，在生死抉擇中選擇活著，必須面對生存挑戰，因而在重新適應生活中，不得不反思今昔差異，並以報應觀去接受當時處境，進而認為應以懺悔心情去面對人生，也因此在悔過之際再度檢視過往，逐一記下昨日種種，不僅作為一項證明，且以為可將其傳之後世，從而進一步確證自己的存在意義與價值。以下分別敘述各項重點。

## 一、巨變

張岱自述國破家亡後，披髮入山，「駴駴為野人」，故友看到他有如毒藥猛獸，驚訝而不敢與他來往。此代表他個人已產生巨大轉變，不僅身分轉變，從貴公子變成流亡者，而且外觀也大為不同，從衣冠楚楚變成如野人般。因為這些轉變，使他與社會產生距離，雖然並非處於隔絕或孤立狀態，但朋友和社交都無法和以前相提並論。他沒有選擇趨附新朝，也不再寄望武力抗清，[7]而是採取消極抗拒，和許多人一樣避世隱遁，入山入林，因此整個生活處境陷入高度困難。

[7] 張岱曾一度抱持希望，但很快看出南明小朝廷的諸多問題，這些在他的《石匱書後集》有詳細說明。甚至他的兒子還被方國安綁架以勒贖錢財，讓張岱徹底絕望。

## 二、生存

身為亡國之人，他說常想自決，只因《石匱書》尚未完成，所以尚苟活人間。這是他必須提出的表白，在一些人陸續殉國後，他為何不死？他必須給別人與自己一個理由，而且是具正當性的理由，免得成為笑柄而成為人生污點。[8]他曾認為「世亂之後，世間人品心術歷歷皆見，如五倫之內無不露出真情，無不現出真面。余謂此是上天降下一塊大試金石。」[9]這不是只有他才面對的處境，同時代很多人都一樣，但每人能作出的反應因個人條件不同而異。張岱的主要生存理由是要寫作明史，就像司馬遷含辱偷生，終成不朽事業。因此他決定活下去，以史明志，後來張岱確實做到。

張岱在〈和祁世培絕命詞〉[10]寫道：「臣志欲補天，到手石自碎。麥秀在故宮，見之裂五內。豈無松柏心，歲寒奄忽至。烈女與忠臣，事一不事二。掩襲知不久，而有破竹勢。余曾細

---

[8] 例如很多人耳熟能詳的故事，包括錢謙益（1582-1664）因水太冷而不願投水，或龔鼎孳（1615-1673）因小妾不肯而未能殉國。這些事不管是否屬實，但流言傳散開來，皆有損人格。另外，張岱在《石匱書後集》提及「闖賊陷京師，百官報名投順者四千餘人；而捐軀殉節效子車之義者，不及三十。」當官的都如此，遑論一般百姓，這是他所了解的當時情景。見明．張岱，《石匱書後集》。台灣銀行經濟研究室編印《台灣文獻叢刊》第 282 種。台北：台灣銀行經濟研究室，1970。頁 228。

[9] 明．張岱，《快園道古》。杭州：浙江古籍出版社，1986。頁 58。

[10] 明．張岱，《張岱詩文集》。上海：上海古籍出版社，1991。頁 392。

細想，一死誠不易。太上不辱身，其次不降志。十五年後死，遲早應不異。願為田子春，臣節亦罔替。但得留髮膚，家國總勿計。牽犢入徐無，別自有天地。」張岱的好友祁彪佳（1602-1645，字虎子，號世培）不願仕清而死殉，[11]張岱則有他的想法。張岱以為：「主辱臣死，固其分也。若夫罷職歸田、優游林下，苟能以義衛志、以智衛身，託方外之棄跡，上可以見故主、下不辱先人，未為不可。」[12]不管是以死報主或守節而活皆屬於盡忠，在生死抉擇的問題上，張岱自述曾經詳細思考，因此是慎重作出自己的選擇。

然而即使要活下去，在當時的環境並不容易，那時他的財

---

[11] 祁彪佳的絕命詞為：「運會厄陽九，君遷國破碎。鼙鼓雜江濤，干戈遍海內。我生何不辰，聘書迺迫至。委質為人臣，之死誼無二。光復或有時，圖功審機勢。圖功為其難，殉節為其易。我為其易者，聊盡潔身志。難者待後賢，忠義應不異。余家世簪纓，臣節皆罔替。幸不辱祖宗，豈為兒女計。含笑入九原，浩氣留天地。」見明·祁彪佳撰、中華書局上海編輯所編輯，《祁彪佳集》。北京：中華書局，1960。頁222。另外，祁彪佳去世後被謚為「忠敏」，張岱對此有所評論，他認為：「祁中丞之死，而名之曰忠，則可及也；名之曰敏，則不可及也！蓋處中丞之地，無一可死；乃時事至此，萬不可為，明眼人視之，除卻一死，別無他法！中丞乃乘便即行，計不旋踵。凡中丞之忠孝節義，皆中丞之聰明知慧所倉皇而急就之者也。」見明·張岱，《石匱書後集》。台灣銀行經濟研究室編印《台灣文獻叢刊》第282種。台北：台灣銀行經濟研究室，1970。頁311。

[12] 明·張岱，《石匱書後集》。台灣銀行經濟研究室編印《台灣文獻叢刊》第282種。台北：台灣銀行經濟研究室，1970。頁211。

產盡失，流落山野，生計艱難，常常挨餓，例如：順治三年(1646)張岱移轉至剡中避難時，缺糧嚴重，他作了〈和貧士七首〉，提到「丙戌九月九日，避兵西百山中，風雨淒然，午炊不繼。…重九尚爾飢，何以抵歲寒。瓶粟恥不繼，乞食亦厚顏。」[13]因此他以為史書上說伯夷、叔齊因不食周粟而餓死首陽山，「還是後人妝點語」，其實應該是困居荒野，難以取得食物而餓死。

### 三、果報

困苦的流亡日子，讓張岱完全喪失往昔的安穩生活，他將當時處境解讀為因果報應，例如「以笠報顱，以簣報踵，仇簪履也；以衲報裘，以苧報絺，仇輕暖也…。」舉凡衣服、鞋履、飲食、睡具、居室、環境、行旅等各方面，無一不是從天堂跌入地獄，以前享受的輕暖衣物、溫柔床鋪、爽塏居室、芳香空氣、甘美飲食、僕從隨侍等都消失無蹤，取而代之的是粗鄙惡俗的物質條件，「繁華靡麗，過眼皆空，五十年來，總成一夢。」他認為現下種種是果報，正是顯示以往的種種罪孽。

張岱也將明清易代連繫至此一觀念，他說「世界鼎革，譬如過年清銷賬目」，在此，積善之家與積不善之家都有報應，造孽的人遭受報應尤其快速。這就像每到除夕夜都要銷算前帳，

---

[13] 明．張岱，《張岱詩文集》。上海：上海古籍出版社，1991。頁21-24。

不能拖延。[14]

後來康熙二年（1663）已六十七歲的張岱還寫下〈舂米〉詩與〈擔糞〉詩，[15]表示仍須從事勞動以養活家人，他說從前「余生鐘鼎家，向不知稼穡。米在囷廩中，百口叢我食。婢僕數十人，殷勤伺我側。」如今則是「市米得數升，兒飢催煮急。老人負臿來，臿米敢遲刻？連下數十舂，氣喘不能吸。」為了整理菜圃，必須擔糞施肥，無人可代勞，必須親力親為，甚至「偶呼穉子來，兒女復相遜。扛扶力不加，進咫還退寸。」以前養尊處優的貴公子，已成為舂米與擔糞的辛苦老人。

## 四、懺悔

他覺得以前種種皆是錯誤，必須懺悔，否定自己以往的想法與作為，所以認為透過書寫往事，猶如檢討過去，確認昨非，拋棄以前的觀念。「遙思往事，憶即書之，持向佛前，一一懺悔。」然而說是懺悔，其實也是緬懷，回首往事，仍然心動。張岱的回憶少有悔意，[16]事實上，相較於他在文章內明指或暗

---

[14] 明．張岱，《快園道古》。杭州：浙江古籍出版社，1986。頁 58。

[15] 明．張岱，《張岱詩文集》。上海：上海古籍出版社，1991。頁 35-36。

[16] 已有不少研究指出張岱其實對自己的過往相當肯定，而非後悔，因此他的回憶並非真正的懺悔，而是希望被人們記住。相關研究例如，宇文所安（Stephen Owen）著、鄭學勤譯，《追憶：中國古典文學中的往事再現》。（原著：*Remembrances: The Experience of the Past in Classical Chinese Literature*）台北：聯經，2006。陳平原，〈「都市詩人」張岱的

示他人問題，張岱並不常記述自己過去做錯事，雖然他在〈自為墓誌銘〉嘲諷自己少為紈綺子弟，好精舍，好美婢，好孌童，又調侃自己學書不成，學劍不成，學節義不成，學文章不成，學仙學佛，學農學圃，俱不成。[17]看似否定自我，但明眼人一望即知是一種自謙修辭，他並非真的認為自己一事無成，相反的，張岱在更多地方都在彰顯自己具有優於他人之處。他對自己以前養成的多種嗜好，也不見得有多大的罪惡感。然而畢竟已淪為亡國之民，陷入生活困苦，對於一個出身世家兼滿腹學問的文人而言，不能沒有心生慚愧的反應。過去種種，所為何事，若無當初，何以至此。

## 五、書寫

張岱是文人，本來就有若干書寫計畫，流亡與敗落後，除了寫史外，仍然喜歡記事寫作，「飢餓之餘，好弄筆墨」，而既然要懺悔，就必須檢視過去，將前塵往事寫下來，正好一邊回憶，一邊悔過。他的書寫方式為「不次歲月，異年譜也；不分門類，別志林也。」他不打算依據常見的編排方式，既無清楚的時間軸線，也沒有系統的分門別類，而是隨想隨寫，在記憶空間裡自由漫步，「偶拈一則，如遊舊徑，如見故人」。藉著重

---

為人與為文〉，《文史哲》，278（2003），頁 77-86。

[17] 明．張岱，《瑯嬛文集》。長沙：岳麓書社，1985。頁 199-200。

讀往日生活，以書寫再現回憶，並同時展示作者形象。

雖然張岱強調「不次歲月，不分門類」，跳脫時間順序與事物秩序，似乎是信手捻來，撰述成篇，但有些地方仍令人覺得有刻意安排或值得注意之處。其一，以〈鐘山〉為全書首篇，以〈瑯嬛福地〉為全書末篇。前者為明朝開國定都之地，後者是他自己預定的埋塚之處。其二，全書內容包羅萬象，包括民俗節慶、園庭山水、戲曲音樂、茶水飲食、技藝珍玩、奇花異草、休閒娛樂、奇人異事、神怪迷信等等，其中尤以民俗節慶、園庭山水與戲曲音樂更常被作者的回憶觸及。其三，有幾個親人在該書中出現頻率較高，例如：仲叔張聯芳、堂弟張萼（燕客）、祖父張汝霖，但未提及他的母親、妻妾子女。[18]其四，他常抱怨一些親族的某些行為舉措，特別是堂弟燕客更受批評。

---

[18] 本書第二章關於張岱記述母親的部分係依據《瑯嬛文集》收錄的資料，《陶庵夢憶》未憶述其母親，該書關於其母親的文字只有卷六的〈曹山〉提及「余少時從先宜人至曹山庵作佛事」這幾個字。另外，張岱晚年的書寫偶而會提及自己的兒孫輩，例如和他們一起出遊或對他們講古，但《陶庵夢憶》未曾觸及他的子女。從張岱晚年的詩文來看，他除了妻子外，應該還有兩位妾，並有六個兒子與十個女兒。張岱中年喪妻，他對二妾與兒子們似乎有點微詞，例如他指兩位妾「呼米又呼柴，日作獅子吼。」又提到「大兒走四方，僅可糊其口。次兒名讀書，清饞只好酒。三兒惟嬉遊，性命在朋友。四兒好志氣，大言不忸怩。二稺更善啼，牽衣索菱藕。…兒輩慕功名，撇我如敝帚。」這些內容是張岱年老後對妾及兒子的觀感，至於早年他們的關係如何，則未能確定。見張岱，〈甲午兒輩赴省試不歸走筆招之〉。明・張岱，《張岱詩文集》。上海：上海古籍出版社，1991。頁 51-52。

其五，他完全不提自己參加科舉考試的相關事情，特別是他三十九歲時的一次省試重挫。其六，書中有些文章是舊作的重現，例如〈表勝庵〉、〈南鎮祈夢〉、〈閏元宵〉、〈合采牌〉等。整體來看，全書既是憶往，更是張岱的自我塑型與形象再現，充滿高度的自我肯定，並無明顯的懺悔與自責。

## 六、傳世

歷經人生巨變，往事如夢，張岱視書寫回憶有如夢中囈語，「余今大夢將寤，猶事雕蟲，又是一番夢囈。」雖然這麼說，但張岱在〈蕭邱《讒述》小序〉對「囈」一字有如下解釋：「囈者醉夢之餘，凡有深恩宿怨，鯁悶在胸，咄嗟嚄唶，乃以魘囈出之，是名曰囈。…孔子志在東周，而輒嘆『甚矣吾衰，不復夢見周公』，此孔子之囈語也。」[19]張岱認為囈語並非意識不清的胡言昏語，而是蘊含深意。他認為自己的回憶即使夢話連篇，但其中包含作者的見解、言行、才智與文采，也記錄了若干社會觀察、山水點評、遊覽心得、親友瑣事等等，作者認為這些內容可以讓更多人分享，可以流傳後世，可以彰顯作者名聲，「因嘆慧業文人，名心難化，正如邯鄲夢斷，漏盡鐘鳴，盧生遺表，猶思摹拓二王，以流傳後世。則其名根一點，堅固如佛家舍利，劫火猛烈，猶燒之不失也。」張岱的用意很清楚，他

---

[19] 明・張岱，《瑯嬛文集》。長沙：岳麓書社，1985。頁 57。

想讓個人回憶成為傳世之作，以此證明其生命意義與存在價值，因而一連串的張岱夢囈匯集成《陶庵夢憶》。

# 第二章　家世與傳記

中國傳統社會的文人個體，不可能不從家世去觀照自己的過去與未來，也較少能夠脫離家族與親族網絡而成為真正的獨立個體。傳統社會中的個體大多屬於關係性的個體，這點從家譜、族譜、修譜對很多人的重要性便可見一斑。因此個人的自我認知也多少受到家族關係的影響，特別是對一些出身顯赫的人而言，家族聲望與形象更是構成自我的重要成分之一。名門望族的象徵價值是稀有資產，然而也必須能夠承繼祖先基業，加以發揚光大，才能被視為合格的家族成員。常言道公侯子孫，必復其始，很多時候個人追求成就之目的是為了光宗耀祖，企圖使個人價值與家族價值相互連結，此對多數傳統社會的人而言，不僅有所體認，也視為天經地義。

張岱回憶過往生活，經常出現他的家族成員身影，他所解讀的過去，其實和他解讀家族成員密不可分，包括他和這些人的交往互動，以及和他們的關係性質，這些構成他從前生活內容的很大部分。因此想了解張岱的回憶，應該先從他對家族成員的回憶與解讀來看。另一方面，張岱非常重視自己的個人形象，在他的書寫中總是透露出自信、自得，甚至有點自我標榜。他的這些表現應該和他關注自我價值有關，所以他每每想要突顯自己高人一等、備受贊譽，也因此他的書寫其實很大一部分是在展演自己，不管他的書寫內容為何，這種反身指涉自我所具有的獨特性，一直或顯或隱地存在他的書寫文本內。

## 第一節　緬懷先世

一個人的家世可能是資源，也可能是包袱，張岱幸運地出生於累世通顯的家族，他是父親的長子，祖父的長孫，從小受到關愛自不必說，他還自幼就表現聰明向學的特質，因此被期待繼承家風也是理所當然的事，只不過張岱始終未能在功名方面有所斬獲。幸好他讀書勤、文筆好、興趣廣、朋友多，能夠使自己過著非常舒適優雅的生活，彌補了科舉無成的缺憾。此外，他的父親也是舉業失利者，不過其父天性幽默，熱衷修道成仙，很能享受生活，這些都可能讓張岱承受的外部壓力不那麼大，然而他自我要求的心理壓力應仍維持著相當程度，不可能全無包袱而自由自在。他自覺應該書寫祖先的故事，為前輩立傳，以此證明自己在家族中的位置以及伴隨的責任，這是他身為張家後代子孫必須從事的工作，也自然成為他回憶過往的必經階段。

### 壹、家傳：救月、寫照、網魚

張岱認為自己立志編撰明史，如果未能為先祖立傳似乎說不過去，因此他覺得有責任編寫家傳。〈家傳〉[1]包含他的高祖、曾祖、祖父與父親四位直系長輩，其中高、曾祖在張岱出生前皆已去世，祖父的早年亦是他無緣接觸，他能看到的是祖父晚

---

[1] 明．張岱，《瑯嬛文集》。長沙：岳麓書社，1985。頁 154-167。

年，至於對父親自然是較為了解，因此他指出為此四人寫傳的方式為，「**傳吾高曾如救月，去其蝕，則闕者可見也；傳吾大父如寫照，肖其半，則全者可見也；傳吾先子如網魚，舉其大，則小者可見也。**」[2]張岱希望呈現他們的完整面貌，他分別採用不同的書寫策略，在高祖與曾祖的部分有如救月，旨在去蝕見闕；祖父的部分屬於寫照，追求肖半見全；對父親則是網魚，舉大見小。他說自己並不想為祖先另開一生面，而只希望「**不失其本面、真面、笑啼之半面**」。[3]

顯然這些是張岱的選擇性回憶與記述，以他認為合理的方式去建構自己心中的祖先形象，也是想要讓世人認識張氏家族重要成員及其重要事件。他在〈家傳〉中分別對他們記載及解讀如下。

## 一、高祖父張天復

張岱的高祖張天復（1513-1574），字復亨，號內山，又號初陽，晚年更號為鏡波釣叟，嘉靖二十六年（1547）丁未科進士。[4]本來張天復的父親為天復安排的人生道路是從商，因為當時已有其他兒子從事舉業，所以便要求天復經商。可是天復不

---

[2] 明．張岱，《瑯嬛文集》。長沙：岳麓書社，1985。頁 154。

[3] 明．張岱，《瑯嬛文集》。長沙：岳麓書社，1985。頁 155。

[4] 國立中央圖書館編，《明人傳記資料索引》。台北：國立中央圖書館，1965。頁 516。

甘，哭泣說：「兒非人，乃賈耶？」同樣為人，為何自己只能成為商人，父親認為這個孩子有志氣，因此讓他也讀書。[5]

張天復任職雲南按察司副使時，雲南沐氏縱恣不法，想收買天復不成，沐氏賄賂當道加以陷害，天復被押往雲南對質，兒子張元忭（1538-1588）（張岱的曾祖）萬里護行，並四處尋找辦法，竭力搭救，最後張天復被削籍斥歸。

可能是受此打擊，張天復回鄉後，在鏡湖邊建造別墅，每天和寵幸之人縱飲其中，命一小童蹲在樹上張望，當張元忭坐著小舟來時，張天復便穿戴整齊出去和兒子見面，等兒子離去，又再度回去轟飲叫嚎。張天復由於終日沉迷酒鄉，最後罹病而亡，卒年六十二。

與張天復及元忭父子關係密切的徐渭（1521-1593）在〈張太僕墓志銘〉提到：「贈公早世，公悉自營，凡祀先奉母，治圃飾廬，宴具玩功，靡不雅贍，宛然富人之居。…歸而拓鏡湖中舊業娛嬉，托於麴蘖。揮翰賦詩，種魚灌花，舟輿陟泛，消壯心，遣光景。…未幾，公伯子魁大廷，官修撰。公年踰六十，益自喜召客，嘯啄觴豆，日淋漓，顧得痺。」[6]顯然張天復在家

[5] 明．張岱，《瑯嬛文集》。長沙：岳麓書社，1985。頁 155。另外，徐渭在〈張太僕墓志銘〉寫道：「贈公以兩伯子既儒，欲令公治產，公鬱而啼，乃始令就儒。」見明．徐渭，《徐渭集》。北京：中華書局，1999。頁 1033。

[6] 明．徐渭，〈張太僕墓志銘〉，收入明．徐渭，《徐渭集》。北京：中華書

族產業上已經營有成，且善於生活享樂，和張元忭的個性大不同。張天復著有《廣輿考》、《鳴玉堂稿》、《山陰志》。[7]

張岱認為高祖母劉安人是個有遠識的人，當張天復與張元忭雙雙當官與中舉時，劉安人便以為應該知足，希望張天復退休返鄉，後來天復在雲南受盡苦楚，方才深悔不聽劉安人的話。等到張元忭登進士、中狀元時，劉安人更是憂心，認為福份太過了。有一次，張元忭以星變上疏，觸犯忌諱，大家擔心元忭會被懲處，不敢讓劉安人知道，但劉安人獲知此事時，反而笑說：「兒能效忠，吾何憂？」及至平安無事，劉安人才又對元忭說，你的父母已老，為何發言不慎而冒不測。[8]

張岱對高祖張天復的評語為，張家雖發祥於高祖，但主要發之後人，「高祖之所未盡發者，未免褻越太甚。華繁者鮮其實，天地不能常侈常費，而況於人乎？」[9]

張岱心中的高祖自小有志氣，讀書有成，認真著作，本來應可算是家族中的典範人物，也是張家發祥之端。但因官途受挫，形象被污，之後便在失落中轉向酒色，而且「褻越太甚」，晚年生活放蕩，終而度過不完善的人生。張岱不諱言祖先的缺點，一方面由此呈現較完整的祖先面貌，以「不失其本面、真

局，1999。頁 1033-1034。

[7] 明．張岱，《瑯嬛文集》。長沙：岳麓書社，1985。頁 157。

[8] 明．張岱，《瑯嬛文集》。長沙：岳麓書社，1985。頁 157。

[9] 明．張岱，《瑯嬛文集》。長沙：岳麓書社，1985。頁 157。

面、笑啼之半面」，另一方面也應是反映其主張「然則瑕也者，正其所以為玉也」[10]的觀點。而他所指出的高祖特性似乎在多位後人身上皆有不同程度的表現，例如，聰明、正直、任性、激越、放浪等，他在評價祖先時也同時評斷後代，敏感的人應能看見祖先在後輩身上還魂，個人以自己的不同人生去演繹祖先的某個側面。

在男性成員鮮明與高張的形象之外，高祖母劉安人以一種溫和又具世俗智慧的生命風格來讓張氏祖先群像更為精采與豐富，其實這種形象正是傳統理想母性的展現，而婦人之見也是能防止褻越太甚的力量之一，張岱說「天地不能常侈常費」，令人感覺很像是出自劉安人之口的言語。

## 二、曾祖父張元忭

張岱的曾祖父張元忭，字子藎，號陽和，謚文恭。隆慶五年（1571）狀元，官至翰林侍讀、左諭德。

張岱說曾祖從小就有特殊表現，年少時讀書有點遲頓，然而一旦讀熟就牢記不忘。[11]六歲時，跟著張天復到天衣山墓地，石匠開挖時有黑氣散出，匠人怕洩了氣，趕緊掩壙，張元忭指

---

[10] 明．張岱，《瑯嬛文集》。長沙：岳麓書社，1985。頁 168。

[11] 《明史》記載張元忭從小身體羸弱，母親不讓他讀書過勞，元忭藏燈燭於帳幕內，等母親就寢後才讀書。參見清．張廷玉等，《明史》。北京：中華書局，1974。頁 7288。

其為殺氣，應令之散盡，張天復同意，等黑氣散盡，清氣冉冉，才進行掩蓋。

張天復成進士時，元忭十歲，天復出對子令兒子對，父曰：「脫穎慚居客後」，元忭對曰：「致身肯讓人先」，天復大奇。[12] 十七歲時，楊繼盛（1516-1555）因彈劾嚴嵩而被處決，張元忭以祭文哭奠，悲愴氣憤，聽到的人都感到驚異。他曾於家鄉的龍山構築屋室，邀請朱賡（1535-1608）、羅萬化（1536-1594）一起在此讀書。當年張天復被逮赴雲南，元忭護持前往，又單騎奔馳京師辨冤，一年內南北奔波三次，三十歲便已頭髮盡白，後來考中狀元時，還被誤看成老狀元。[13]

張元忭在京師期間，不願逢迎張居正（1525-1582），更不私下謁見。平時公私分明，不准私事干預公務，鄉里有不公道之事，則常據理申明，不會迴避。徐渭殺妻入獄，張元忭則極力救助。[14]

---

[12] 明・張岱，《快園道古》。杭州：浙江古籍出版社，1986。頁 68。

[13] 明・張岱，《瑯嬛文集》。長沙：岳麓書社，1985。頁 158。

[14] 徐渭雖與天復、元忭父子關係緊密，但元忭個性嚴謹，徐渭則狷狂放縱，兩人後生齟齬。沈德符（1578-1642）曾記載徐渭「館於同邑張陽和太史元忭家，一家稍不合，即大詬詈，策騎歸。後張沒，徐已癃老，猶投服哭奠，哀感路人。蓋生平知己，毫不以親疏分厚薄也。」見明・沈德符，《敝帚軒剩語補遺》。收入《叢書集成初編》（第 2943 冊）。上海：商務印書館，1939。頁 37-38。
另外，《徐渭集》收錄張岱編輯的《徐文長逸稿》整理了徐渭為元忭寫

元忭曾修《紹興府志》[15]與《會稽縣志》[16]，張天復有《山陰志》，三志並出，因此人們將他們比為司馬談、司馬遷父子。張元忭的著作包括《廣皇輿考》、《不二齋文選》、《雲門志略》、《朱子摘編》、《翰林諸書選粹》。[17]

張元忭認為父親蒙冤，希望朝廷能讓父親復官，他提出請求但不獲允許，由於無力昭雪父冤，元忭自愧無顏見地下父母，為此悒悒寡歡，竟至一病不起，卒年五十一。[18]

張岱說張元忭居家嚴肅，要求兒子與媳婦謹守禮法。每日黎明敲擊鐵板三下，召集全家人於廳堂行禮，媳婦們怕早上來不及盥洗梳頭，因此夜晚睡前便將頭髮纏好固定。張元忭作壽，

---

的若干作品，例如：〈送張子藎春北上〉（頁 774）、〈賦得紫騮馬送子藎春北上次前韻〉（頁 774）、〈聞張子藎廷捷之作，奉內山尊公〉（頁 775）、〈子藎太史之歸也，侍屢有餘閒，值雪初下，乃邀我六逸殤於壽芝樓中，余醉而抽賦〉（頁 775）、〈燈夕送張君之滇，逕其尊人〉（頁 797）、〈十四日飲張子藎太史宅，留別〉（頁 805）、〈送張子藎會試〉（頁 827）、〈調鷓鴣天，聞張子藎捷報呈學使公〉（頁 890）、〈繼聞廷對之捷，復製賀新郎一闋〉（頁 890）。從這些資料也可見徐渭對張元忭的感情。

[15] 《紹興府志》係張元忭與孫鑛合修。

[16] 《會稽縣志》係張元忭與徐渭同修。

[17] 國立中央圖書館編，《明人傳記資料索引》。台北：國立中央圖書館，1965。頁 515。

[18] 《明史》提及「元忭自未第時即從王畿遊，傳良知之學。然皆篤於孝行，躬行實踐。…元忭矩矱儼然，無流入禪寂之弊。」參見清·張廷玉等，《明史》。北京：中華書局，1974。頁 7289。

媳婦們稍加打扮，元忭一見大怒，命她們將珠玉取下焚毀，要求更換素衣後，才許進見。平常無事之日，夜間就叫兒子燃香靜坐，直至深夜才就寢。曾祖母王宜人出身王公之家，但天性儉約，不事華靡，每天結網巾一、二頂，讓僕人拿到外面賣錢數十文，那時人們還爭購狀元夫人編織的網巾。[19]

張岱對曾祖父的評語為，一生以忠孝為事，視考上狀元為緣於忠孝，而非由於福德，所以他並非享福之人，而仍是養福之人，也因此張元忭生活儉約，生平並無享受，日常生活種種都不如後人。[20]

相較於高祖，張岱對曾祖父有更多正面的評價，首先，他是張家近代祖先中科舉與官宦成就最高者；其次，他最符合傳統儒家文人穩重莊嚴的形象。張岱曾記載張元忭少年時在家裡的龍光樓讀書，該處有一密室，原為張天復私藏，後來有一些親戚僕人盜取貨物，經常在元忭面前進出，然而元忭埋頭讀書，都如不見，[21]由此可見其個性。在張岱的描述中似乎找不到張元忭的缺點，除了有些過於嚴厲與僵化，但即便是這點，也反而成為強化其正面形象的一項特質。張元忭因其成就而成為張氏家族中的一棵大樹，也成為子孫難以企及的標杆。此外，狀

[19] 明·張岱，《瑯嬛文集》。長沙：岳麓書社，1985。頁 160。
[20] 明·張岱，《瑯嬛文集》。長沙：岳麓書社，1985。頁 160。
[21] 明·張岱，《快園道古》。杭州：浙江古籍出版社，1986。頁 4。

元夫人結網巾的故事也成為襯托張元忭形象的有力佐證。

## 三、祖父張汝霖

張岱的祖父張汝霖，字肅之，號雨若，晚年又號砎園居士。萬曆二十三年（1595）進士，授兵部主事，官至廣西參議。張岱說祖父從小好古學，博覽群書。幼時奉張元忭之命，入獄探視徐渭，看到懸於牆壁的木枷，戲問是否為徐渭的無弦琴。又看到案上文稿，隨即指出徐渭的筆誤，讓徐渭覺得後生可畏，大為驚喜。[22]

張汝霖少時不肯認真學習寫字，文字醜拙，考試總是失利，因而納捐入太學，然而長年困頓，科場不順，二十年致力於古學，不肯專注制藝時文。張元忭去世後，家難漸至，被縣官欺侮。張汝霖將自己關在龍光樓上讀書，抽掉樓梯，三年不下樓，用繩索吊取飲食。那時候家中田產多被人奪取，張汝霖不敢阻止，聽任為之。[23]

---

[22] 明・張岱，《瑯嬛文集》。長沙：岳麓書社，1985。頁 160-161。張岱在《瑯嬛文集》的〈家傳〉記載張汝霖當面指出徐渭的錯誤，「大父曰：『徐先生！怯里馬赤，那得誤怯里赤馬？』」但《快園道古》記載此事時，則是指張汝霖「私語人曰：徐先生那得誤『怯里馬赤』作『怯里赤馬』邪？其人往告。」見明・張岱，《快園道古》。杭州：浙江古籍出版社，1986。頁 21。當面指出錯誤或是私下對他人說，對一個少年而言，應有不同意義。此處不知何者為是。

[23] 明・張岱，《瑯嬛文集》。長沙：岳麓書社，1985。頁 161。

江西鄧文潔來弔唁張元忭，聽到人們傳言張汝霖開酒店，久已不讀書，感慨不已，勸汝霖自己雖無意向學，還是要教子讀書，不要敗壞先人志業。汝霖泣訴並未荒廢學業，鄧文潔當場測試其學問，果然不假，欣喜張元忭後繼有人。到了入試之年，正當束裝待發，卻又遇到王宜人去世，因此張汝霖處理喪事後，又上龍光樓，仍是去梯傳食三年。

張汝霖於萬曆二十三年中進士，授清江令，調廣昌。當時的同僚黃汝亨（1558-1626）一開始認為張汝霖是紈袴子弟，故意以疑難案件刁難他，結果張汝霖揮灑自如，引經據典，斷案如老吏。黃汝亨大為佩服，視為奇才，從此二人成為莫逆。

萬曆三十四年（1606）張汝霖落職歸家，開始蓄養聲妓，追求絲竹之樂。萬曆三十九年（1611）汝霖妻子朱恭人去世，汝霖盡遣侍姬，獨居天鏡園，擁書萬卷，終日讀書。閒暇時開山九里，遊山玩水，詩文日益進步。[24]

萬曆四十二年（1614）復起南京刑部，張汝霖邀十多位友人共結讀史社，文章意氣，名動一時。萬曆四十五年（1617）視學貴州，選拔人才，被視為三百年來無此種提學。後來任廣西參議，時值土民作亂，汝霖提兵征討，收編土民。天啟元年（1621）汝霖因病歸里。

---

[24] 明・張岱，《瑯嬛文集》。長沙：岳麓書社，1985。頁 162-163。

張汝霖返鄉後，於龍山下築砎園，嘯詠其中。天啟二年（1622）復起湖西道，次年還鄉，再次年又轉副閩臬，汝霖原本不想就職，勉強到福寧就又返回，天啟五年（1625）一病不起。

張汝霖妻子朱恭人是朱賡的女兒，張元忭與朱賡在龍山讀書時，兩人指腹為婚。朱賡為隆慶二年（1568）進士，累官禮部尚書，後來貴為首輔。[25]張岱說朱家子孫多驕恣不法，朱賡寫信給女婿張汝霖，囑咐汝霖代之嚴加懲罰，汝霖遵照岳父指示，到朱家揪出惡人，痛加嚴懲並予以驅逐，該人子孫後來對張家非常痛恨。[26]

張岱對祖父也有評語，他指出張家在張元忭時代，強調以儉樸治家，後來之所以講求宮室器具之美，主要始於舅祖朱敬循（號石門。萬曆二十年進士），而張岱的父叔輩效尤，遂愈趨奢靡。張汝霖中年喪偶，盡遣姬侍，郊居十年，詩文人品，卓然有成，可惜後來未能持續，否則張汝霖在文學人品的成就，

---

[25] 當時萬曆怠政，朝廷紊亂，又遇到「國本之爭」，黨同伐異，朱賡也常被攻詰，《明史》評論其「醇謹無大過…其時言路勢張，恣為抨擊。是非瞀亂，賢否混淆，羣相敵仇，罔顧國是。詬誶日積，又烏足為定論乎。然謂光明磊落有大臣之節，則斯人亦不能無愧辭焉。」見清．張廷玉等，《明史》。北京：中華書局，1974。頁5781-5782。

[26] 明．張岱，《瑯嬛文集》。長沙：岳麓書社，1985。頁164。

當是不可限量。[27]

張岱選擇敘述的張汝霖生平，是其心中的祖父形象。張岱先指出祖父幼年聰慧，得到徐渭肯定，然而又在科舉路上蹉跎良久，因他不肯隨俗致力於制藝文，以此突顯祖父異於他人之處。張岱提到曾祖父去世後的家難，祖父並未積極抗爭，而是登樓讀書，去梯傳食，甚至被傳言廢學而開酒肆，皆顯現其個性隱忍的一面。他奉岳父之命而嚴懲岳家親人，又表現其公正態度。張岱還指出祖父的若干居官成就，以彰顯祖父文武兼備的識見與能力。祖父結讀史社，以及祖母去世後獨居讀書，都表現其為讀書人的本質，但張岱認為祖父此一優點未能持續發展，因而影響其詩文人品的成就。

祖父的生活方式不同於曾祖父，張元忭儉樸嚴肅，而張汝霖更願意讓自己享受生活樂趣，包括聲色、美食、園亭等都有所追求，從而使張氏家族更像鐘鳴鼎食之家。再加上朱家舅祖的影響，從此曾祖張元忭曾經堅持的觀念與作法一去不返，張岱自己的生活享受與樂趣正是拜此之賜，也可以說張岱日後之能夠回憶自己各種精緻高雅的生活品味，便是憑藉祖父促成之家族風格轉型。

張汝霖一生不廢讀書寫作，這點讓張岱從小印象深刻，《陶庵夢憶》的〈韻山〉便是寫張汝霖的辛勤治學。張岱說張汝霖

[27] 明・張岱，《瑯嬛文集》。長沙：岳麓書社，1985。頁 164。

至年老依然手不釋卷，每日翻閱搜檢，卷帙正倒參差，常從塵硯中磨墨一方，頭與眼都埋入紙筆中，潦草書寫蠅頭細字。夜晚點燭，燭光照不到書上，便以書就燭光，每天忙至深夜，不知疲倦。

張汝霖常嫌《韻府群玉》及《五車韻瑞》疏陋可笑，有意擴充，便博採群書，編寫了三百多本，每一韻累積有十多本，總名為《韻山》。正要裝訂時，有朋友帶來《永樂大典》的部分宮內藏書，當下使《韻山》相形見絀。張汝霖看了嘆息：「精衛銜石填海，所得幾何！」就此輟筆。張岱為祖父感到惋惜，積三十年精神，如果寫別的東西，其成就應不在王世貞（1526-1590）與楊慎（1488-1559）之下，而如今《韻山》即使再寫三十年也無法完成，即使完成也無力刊刻。多年辛勤，徒留筆冢如山，令人不捨。順治三年（1646）兵荒馬亂，五十歲的張岱將《韻山》文稿載到九里山，收藏在藏經閣，等待後人接手。[28]

張岱寫祖父的遺憾，一句精衛填海的感慨，道出他的無力與無奈，張岱不願這些飽含祖父心血的文字湮沒，但他個人亦無能接棒，唯有珍重收存。在淵源流長的文化脈絡中，個人顯得如此渺小與無常，祖父在燭光下低頭書寫的身影，似乎顯得

---

[28] 明．張岱撰、馬興榮點校，《陶庵夢憶．西湖夢尋》。北京：中華書局，2007。頁 74-75。

孤獨又堅毅，這個形象在張岱心中成為一種文人典型，代表他們家族文化的一位辛勤耕耘者。

## 四、父親張耀芳

張岱的父親張耀芳（1574-1632），字爾弢，號大滌。張岱說父親幼時曾患重病，險些不治，每日服蔘藥，並由祖父母特別細心照顧。張耀芳少時極靈敏，善詩歌。張汝霖教子讀書，要求只讀古書，不看時藝。張耀芳四十多年致力於科舉，眼睛視力大損，鼻端掛著西洋鏡，埋頭寫蠅頭小楷，仍然樂此不疲。[29]

張岱指張汝霖尚未入仕前，家產僅足供飲食，萬曆二十三年成進士授清江令時，家業非常蕭條，必須賣產支應。張耀芳成長於這樣貧薄家庭，[30]又不事生產，各種家計雜務全都委給妻子陶宜人處理。陶宜人辛苦經營二十多年，家業才略加寬裕。後來因張耀芳屢困場屋，心情抑鬱，衍生胃病，陶宜人很擔心，對張岱說，耀芳已老，不如寄情園亭，以絲竹陶情，或可消解心中岑寂。之後家裡便大興土木、造樓船、教習家樂，一切繁靡之事，都讓張耀芳任意進行。陶宜人生前不辭辛勞，積極供

[29] 明・張岱，《瑯嬛文集》。長沙：岳麓書社，1985。頁 164。

[30] 此應是指張耀芳年幼時期，父親張汝霖還未當官前，那時家產被侵奪。張岱在張汝霖的傳記中已寫他後來蓄聲妓、建園亭，必然已有相當財力。

給，因而使張耀芳成為富人。泰昌元年（1620）陶宜人去世，張耀芳又罹患重病，不出三年便家道漸落。[31]耀芳連年考場失利，到五十三歲時，接受家人建議，赴任魯藩長史司右長史。[32]

魯獻王好神仙，而張耀芳精於道家導引之術，君臣合拍，耀芳在魯王府頗受尊重，世子郡王以至諸大夫都常向張耀芳請教，經常門庭若市。當時任職山東的劉榮嗣（1570-1638）曾言：「張爾弢來相魯國，一見而異之。其人似莊似騷，半諧半謔，蓋以謫仙中人，借金馬門作遊戲散吏也。」[33]當年山東盜賊作亂，兗州城被圍，耀芳擔任城守，出奇兵退賊。張耀芳在當地也有不少義行，例如代替貧困官員家屬償還欠銀、致力拯救獄中死囚，有人勸他罷手，他則說「地獄不空，誓不成佛。」離職後更加沉迷於飛昇成仙之道，和人交談時語多荒誕不經，時常被人嘲笑。[34]

陶宜人去世後，張耀芳有一妾周氏意圖席捲錢財，怕財產歸給兒子，屢勸耀芳在兗州置產。張耀芳並非不知周氏用意，

---

[31] 張耀芳的財富雖不如其弟張聯芳，但在當時社會仍屬可觀，張岱所謂家道漸落，是指景況比以前差，並非墜入貧窮。

[32] 明・張岱，《瑯嬛文集》。長沙：岳麓書社，1985。頁 165。

[33] 明・劉榮嗣，〈序義士傳〉，收錄於明・張岱，《張岱詩文集》（頁 441-443）。上海：上海古籍出版社，1991。頁 441。

[34] 明・張岱，《瑯嬛文集》。長沙：岳麓書社，1985。頁 165-166。

但又不願傷她的心，只是用語言搪塞。張岱說父親為人詼諧，和子侄輩也是相互謔笑。某年周氏生病，耀芳擔心她會病死，張岱對父親說周氏一定不會死，父親問為何，張岱回答：「天生伯嚭，以亡吳國；吳國未亡，伯嚭不死。」父親乍聽不悅，先是罵張岱，之後再細想，也不覺失笑。崇禎五年（1632）十二月，張耀芳強健如常，忽然說自己將於二十七日去世，在三天前遍辭親友，果然在該日午時無疾而逝。[35]

張耀芳的食量很大，身軀魁梧，和舅祖朱敬循相似而稍矮一點。壯年時和表叔朱樵風比賽食量，每人吃肥鵝一隻，重十斤。耀芳又以鵝汁淘面，連吃十多碗。表叔不敵，逃之夭夭。[36]張岱曾指出父親暴食而病的事，泰昌元年（1620）張耀芳一度病重，許多醫師束手無策，幾乎無救，後來有一老醫者診斷出是腸胃燥結，積食不得出，便開方用藥使之瀉出，結果排出皆肥鵝肉，全都生吞不化，因為半月前耀芳吃下半隻鵝，又飲雪數升，使得吃下的肉不消化亦不腐敗。[37]

張岱的母親陶宜人，生於會稽。外祖父陶允嘉（1556-1622，

---

[35] 明・張岱，《瑯嬛文集》。長沙：岳麓書社，1985。頁 166。

[36] 明・張岱，《瑯嬛文集》。長沙：岳麓書社，1985。頁 166-167。

[37] 明・張岱，《瑯嬛文集》。長沙：岳麓書社，1985。頁 30-32。按說張耀芳熱衷於修道成仙，應精於養生之道，但在飲食上卻不節制，又例如其他造樓船、養戲班等事，都似乎有違清心寡慾的清修生活。或許張耀芳有其想法，因此可算是一種異人。

字幼美，號蘭風），出身清白官吏之家，陶宜人出嫁時，嫁妝很少，因而不被婆婆朱恭人喜歡，後來陶宜人經營家計有成，也未嘗私厚娘家，以示不負丈夫所託。朱恭人個性急，對陶宜人很嚴厲，但陶宜人克盡婦道，益加恭慎。[38]

萬曆三十九年（1611），耀芳客居在外，朱恭人在張岱三叔的住家去世，祖父想將妻子遺體移回祖居，但習俗認為旅櫬不宜入宅，因此遲疑不決。陶宜人極力主張遷返歸宗，並願以自身承受凶煞，祖父很感動，誇陶宜人是「女中曾閔」。後來陶宜人屢遭禍祟，但從不後悔。[39]

張岱對父母的評語為，父親少年不事生計，晚年好學神仙，全賴母親戮力成家，然而後來家產被婢妾、子女與僕人瓜分。父親暮年，身無長物，如邯鄲夢醒，繁華富麗，過眼皆空。張岱認為母親對父親的點化，堪稱奇幻。父親得登仙階，應該也是得力於母親的助力。[40]

張岱筆下的父親一生大致平順，雖然科舉之路坎坷，但總是維持讀書人身分。後來任職山東魯王府仍頗有表現，即使時間僅四年，也算有所發揮，不負一生所學。張耀芳是個懂得讀書與享受的人，個性風趣幽默，造樓船、養優伶，食量大卻無

---

38 明．張岱，《瑯嬛文集》。長沙：岳麓書社，1985。頁 167。

39 明．張岱，《瑯嬛文集》。長沙：岳麓書社，1985。頁 167。

40 明．張岱，《瑯嬛文集》。長沙：岳麓書社，1985。頁 167。

酒量，好神仙之道，能預知自己死亡，安然離世，似乎是令人羨慕的人生。張岱曾說父親待婢僕極寬厚，即便犯錯，也很少嚴詞指責，每當看到兒輩打罵奴僕，常以陶淵明〈誡子書〉「彼亦人子，可善視之。」勸誡，[41]顯然其為人仁慈溫厚。張耀芳很幸運有陶宜人為妻，不僅個性堅忍，還善於理財，更善體人意，使張耀芳可以安心讀書享受。由於這樣的父母搭配，讓張岱擁有日後值得回憶的生活環境與經驗。

## 貳、可傳之瑕

除〈家傳〉外，張岱還寫〈附傳〉[42]為三位叔父立傳，另外在〈五異人傳〉[43]也包含三位祖輩及叔輩的家族成員。張岱認為這些長輩皆是值得入傳之人，他們都有優缺點，優點未必值得記錄，但是缺點才是真正值得一書之處。張岱提到解縉（1369-1415）曾言：「寧為有瑕玉，勿作無瑕石。」而張岱以為正是因為瑕才顯示其為玉，因此不應「掩其瑕以失吾三叔之玉」，[44]所以張岱並不掩飾這幾位長輩的缺失一面。

---

[41] 明．張岱，《快園道古》。杭州：浙江古籍出版社，1986。頁 12。
[42] 明．張岱，《瑯嬛文集》。長沙：岳麓書社，1985。頁 168-175。
[43] 明．張岱，《瑯嬛文集》。長沙：岳麓書社，1985。頁 175-188。
[44] 明．張岱，《瑯嬛文集》。長沙：岳麓書社，1985。頁 168。

## 一、仲叔張聯芳

仲叔張聯芳（1575-1644），字爾葆，號二酉。出生後頭常偏向左側，父親張汝霖對此甚感憂心，用一個大秤錘懸在聯芳髮髻上，將頭拉向右邊。稍長，在鄉塾讀書時，命童僕拿香舉在聯芳面頰左側，一旦頭偏左，便用香灼其左額。這樣矯治了半年，終於使之正常。張聯芳比張耀芳小一歲，兩兄弟形影不離。張汝霖赴職時攜帶耀芳北上，那時聯芳才四歲，失去同伴，連續數天哭泣不吃飯，高祖母劉太安人派人追回耀芳，之後兩人共同起居飲食，感情親厚，四十年如一日。[45]

張聯芳偏好古文辭，兼攻畫藝。自小獲得舅父朱敬循喜愛，得以大量閱覽古畫。十六、七歲便能繪畫，能力不錯，後來更是精進，與許多名家不相伯仲。[46]聯芳又精於鑑賞，和朱敬循競相收藏，因此藏物日增，而且交遊遍天下。萬曆三十一年（1603）聯芳落第，到淮安，當時有商人要賣一件鐵梨木天然几，淮撫李三才出價百金，但被聯芳以兩百金買下，並迅速以

---

[45] 明．張岱，《瑯嬛文集》。長沙：岳麓書社，1985。頁 168。

[46] 張岱在《石匱書後集》對張聯芳的記述為「張爾葆…少精畫理；以舅氏朱石門多藏古畫，朝夕觀摩。弱冠時，即馳名畫苑。其寫生之妙，氣韻生動，偪肖黃筌；而長幀大幅，疊嶂層巒、煙雲滅沒，更在倪雲林、黃大癡之上。董思白：『張葆生胸中讀萬卷書、腳下行萬里路，襟懷超曠自然，丘壑內營，成立鄞鄂；隨手寫出，皆為山水傳神』。」見明．張岱，《石匱書後集》。台灣銀行經濟研究室編印《台灣文獻叢刊》第 282 種。台北：台灣銀行經濟研究室，1970。頁 485。

船運走，李三才派兵追趕，後來看到對方出示朱賡憑證才放行。以後聯芳的收藏日益豐富，成為江南有名的收藏家。萬曆三十四年（1606）在龍山之麓建造精舍，收置鼎彝珍玩，張岱認為可比擬倪瓚（1301-1374）的雲林秘閣。萬曆四十六年（1618）順天副貢生，歷任太平與蘇州通判、孟津縣令、揚州司馬，分署淮安，督理船政，頗得史可法信任。[47]崇禎十六年（1643）流賊破河南，淮安告警，聯芳練鄉兵守清江浦，積勞成疾，隔年去世。[48]

張聯芳有一子張萼（號燕客），任誕不羈，不事生產，將父親數萬家產揮霍一空，連張聯芳為官的數萬所得也同樣耗盡。張聯芳好古玩，所遺留的尊罍卣彝、名畫法錦數以千萬計，沒多久也被燕客浪費殆盡。

張岱對張聯芳的評語為，以仲叔的相貌才略、術數權謀，當可掌戎政司馬，功名應不在吳兌（1525-1596，字君澤，號環洲）與張佳胤（1527-1588，字肖甫，號崌崍山人）之下。可惜張聯芳過於重視物質財貨，宮室器具之富有，可比王侯，這便

---

[47] 張岱強調張聯芳儘管熱衷財富，但也具有才幹，能獲得當時重要政治人物的重用，但張岱對史可法的評價有所保留，認為其人有救時之才，而無救時之量。上至軍國大事，下至錢穀簿書，皆隻手獨辦。未能開誠布公，廣集群力，善調四鎮，以至彼此生嫌而自撤藩籬，最後一敗不可收拾。見明．張岱，《石匱書後集》。台灣銀行經濟研究室編印《台灣文獻叢刊》第 282 種。台北：台灣銀行經濟研究室，1970。頁 236。

[48] 明．張岱，《瑯嬛文集》。長沙：岳麓書社，1985。頁 169-170。

是張岱所謂的太過褻越。張岱感慨張聯芳嗜好古物，連一塊墨也不肯輕棄，然而世事無常，又何必終日勞心計算。[49]

張岱記述的仲叔累積了相當驚人的財富，但僅一代就煙消雲散。雖然如此，仲叔的人生對張岱具有不可忽視的影響，包括提供更多機會讓張岱得以分享與賞鑑珍玩古物（例如，張岱經由鬥雞而從仲叔手上贏到不少古董書畫。另外，張岱寫的「二十八友銘」[50]就包含仲叔與其他家族成員收藏的物件），以及遊山玩水（張岱藉由探訪任職外地的叔父而有機會遊覽名勝），這些都讓張岱擁有更豐富的生活經驗與回憶。張岱認為仲叔具藝術天分，為人機警，有治理才幹，最後因公致疾，應算不負張氏家族的聲望形象。

## 二、三叔張炳芳

張岱的三叔張炳芳(1578-1642)，號三峨。幼年佻傝，和群童嬉玩，一看到祖父張元忭便逃跑，躲到母親房內。張元忭很厭惡這種行為，命人在其鞋底縫上薄瓦，當他逃跑時鞋底瓦碎，便將其縛綁鞭打。[51]

炳芳年輕時機智聰明，常贏得人們傾心相待。天啟七年（1627）張炳芳身無分文，勇闖京師，以一席話便獲得內閣秘

[49] 明・張岱，《瑯嬛文集》。長沙：岳麓書社，1985。頁 170。
[50] 明・張岱，《瑯嬛文集》。長沙：岳麓書社，1985。頁 229-242。
[51] 明・張岱，《瑯嬛文集》。長沙：岳麓書社，1985。頁 171。

書的職位。他在作幕僚時，長官若未諮詢他的意見便不敢處理事務。張炳芳長於機警應變，過目不忘，凡台省部寺諸官員上疏，必到張炳芳那裡打探消息。因此終日車馬擁擠，晚上見客直到深夜。只要獲得好消息，炳芳立即走報，時人稱為「張喜雀」。[52]

後來三叔和九山伯兩人因故爭執，雙方皆認為被對方連累，三叔氣憤難言，竟發病而死。臨終前交待兒子在棺中多放紙筆，將到陰間提告。後來託夢於晚輩，預告將與九山伯在臨清結案，兩個月後九山伯果然罹難，張岱認為可見厲鬼靈驗且狠毒。[53]

張岱對三叔的評語為，張炳芳能空手入京，言談間即取得大位，又能對卿相大臣產生影響，這豈是碌碌庸人辦得到的？而且心有所恨，化成厲鬼也能報仇雪恨，殺氣陰森，令人不敢冒犯。三叔鬚眉如戟，毛眼倒豎，從不曾正眼看人，而別人也不敢正視之。[54]

以張岱的眼光來看，張炳芳是個機智、有謀略之人，能憑一己之力取得重要地位，在官場穿梭於大臣之間，顯示其見識與手段的精熟，算是不可多得之人才。張岱還曾記載張炳芳也善於製茶，應該也擁有多方面的才能。張岱認為他含憤而死，

---

[52] 明・張岱，《瑯嬛文集》。長沙：岳麓書社，1985。頁 171。
[53] 明・張岱，《瑯嬛文集》。長沙：岳麓書社，1985。頁 172。
[54] 明・張岱，《瑯嬛文集》。長沙：岳麓書社，1985。頁 173。

化鬼報復，應該是要指出張炳芳的個性。

## 三、季叔張燁芳

張岱的季叔張燁芳（1580-1615），字爾蘊，號七磐。生性跋扈，不喜讀書。年輕時糾集鄉里的俠邪分子，一起吃喝玩樂、鬥雞走馬、唱曲串戲。家中食客有五、六十人，時常蒸煮一頭豬以饗諸客，大家嘻笑分食。他喜歡吃橘子，每到產季，橘子堆滿桌床，命令幾位童僕幫忙剝皮，寒冬時節，童僕的手皆凍傷皸裂。他更喜歡養駿馬，曾以三百金買一匹馬稱為大青，後來某門客偷騎出去，與其他馬爭道，在泥濘中奔蹶，四蹄迸裂而死。張燁芳知道後，只命人掩埋，並不追究，怕讓對方難堪。有王某人，惡性重大，張燁芳想要置之死地，王某人聞知逃走，逃至鎮海樓下，有猙獰壯士數十人，自稱是越獄大盜，當下便把王某人打死。張燁芳二十歲時，看到父輩們結社以文會友，又看他們所寫的制藝文，認為根本不算什麼，自此便開始認真讀書，三年即有所成，令許多人大為佩服。他以前結交的俠邪分子不能遣離，又多了一些文人朋友，從此交遊更加廣闊。後來在爐峰築室，每天白日入城遊玩，夜晚一定住在山上。四方名宿，常入山拜訪。[55]

萬曆四十三年（1615）和友人冒雨出遊，赤身走在冷溪中，

---

[55] 明・張岱，《瑯嬛文集》。長沙：岳麓書社，1985。頁 173。

因而得病。本來服藥已有一些見效，但醫師叮囑藥有大毒，必須少量多次服用，時間為期百日。但張燁芳不耐煩，一夜之間便將所有藥物吃完，結果毒發而死。許多來弔唁的人沒有通報主人，就逕自前去拜奠，並留詩而去。[56]

張燁芳死後六日，當時張聯芳人在外地，夢見燁芳騎著大青馬，有僕從五六人，面貌奇怪。燁芳說專來等候哥哥，並吟詩一首：「斂色危襟向友朋，我生聚散亦何辛。而今若與通音問，九里山前黃鳥鳴。」聯芳覺得不祥，向前拉其衣袖，燁芳立即騎馬而去，聯芳追趕於後，燁芳回頭叫哥哥快回家，隨即人馬俱失。聯芳記下燁芳吟詩，返家後才知該詩是燁芳死前三日所作的詩。[57]

張岱在對張燁芳的評語中，試圖解讀他的缺點並予以合理化，張岱引用俗語說千里馬很會踢咬人，不踢不咬，則不能成為千里馬。以此觀之，張燁芳年少時可算是特別會踢咬，因而後來能成為千里馬。當燁芳喜歡俠邪之時，就有很多俠邪人接近他；當他喜歡名士時，又有很多名士與之結交。一個人轉念之間便交遊不同，從他的朋友便可了解燁芳此人。[58]

張燁芳二十歲之前是紈綺子弟，任性跋扈，但似乎仍尚義

---

[56] 明．張岱，《瑯嬛文集》。長沙：岳麓書社，1985。頁 174。
[57] 明．張岱，《瑯嬛文集》。長沙：岳麓書社，1985。頁 174。
[58] 明．張岱，《瑯嬛文集》。長沙：岳麓書社，1985。頁 174-175。

氣，本質不壞，因此日後能夠成功轉型，張岱也以此視為千里馬的特性。不過，千里馬之所以成為千里馬，還必須有善於調教的人，誠如田藝蘅所言：「有千里之馬，而無千里之御，不能獨馳也；有千里之御，而無千里之芻豢，不能久良也。善其芻養者，主也；善御者，牧也；如是而不千里，非騏驥也。」[59]那麼，讓張燁芳成為千里馬的人更是不容易，雖然張岱在文內並未提及，但可以想像到張燁芳因某些因素而幸運地未被其原有本性徹底支配，從而開展不同的人生。張岱說燁芳曾從爐峰的陡峭山頂垂繩下降，膽量驚人，顯然他並非是只知享受的公子。不過天生性格也許不易改變，以大量服藥而斷送性命，可見其個性急燥、脾氣執拗。張岱提及張聯芳夢見燁芳吟詩一事，難以確認真假，但可突顯他們手足連心。

## 四、伯祖張汝方

張岱的伯祖張汝方，號瑞陽，比張汝霖大幾歲。讀書不成，去學手藝經紀，也都無成，貧薄無所事事。娶妻某氏，但無力養家，妻子替有錢人家漿洗縫紉，藉以糊口。兒子出生後，益形艱難。某日汝方對妻子悲泣說，如今一貧如洗，若不外出想辦法，恐怕餓死，但苦無路費，問妻子是否願將衣領上的兩副銀扣借給他當路費。妻子當即剪下銀扣，張汝方讓銀鋪熔化，

---

[59] 明．田藝蘅著、朱碧蓮點校，《留青日札》。上海：上海古籍出版社，1992。頁 123-124。

換得銀三錢多，與妻子各分一半，兩人哭別。

張汝方抵京師後，在報房抄邸報，一日得銀一分。落魄二十年，儲蓄了一百多金。之後到吏部辦事，為王府科椽史。王府科為冷衙門，門可羅雀。各椽史每月辦公只有幾天，其餘則閉門卻掃，闃其無人。張汝方無家，每日坐臥其中。又過十多年，成為椽史長。某日晝寢，剛醒來，聽見屋梁上有老鼠拖咬紙張的聲音，便起來趕老鼠，結果有一卷文件掉下來，拿起一看，是楚王府的報生文書，張汝方將之藏在竹箱底下。後來某日，又是無事晝寢，有數人來，敲門很急，來人自稱是楚王府的人，要查公案，因宗人府丟失報生文書，事關國王承襲，所以到此查找，請張汝方認真找尋，若能找到，願以八千金為酬勞。張汝方藉機抬高價碼，最後拿到銀二萬兩。

汝方驟得巨財，人們勸他納官出仕，但他覺得人應知足，決定束衣返鄉。歸里時，兒子都已三十多歲，父子相見不相識。張汝方購置田宅，家居二十餘年，被視為富人。高齡八十多，夫婦和樂。[60]

張岱評語為，張汝方原本貧困至極，空手入京，堅忍三十餘年，從故紙堆中獲取二萬金，易如反掌。一旦得到財富，立即歸鄉，曠懷達見，比范蠡還要更高一等。[61]

---

[60] 明．張岱，《瑯嬛文集》。長沙：岳麓書社，1985。頁 176-177。
[61] 明．張岱，《瑯嬛文集》。長沙：岳麓書社，1985。頁 177-178。

張岱說張汝方有錢癖，從上述故事內容，可能見仁見智，汝方因窮困而入京謀求發展，所從事的工作並無可觀，待遇微薄，只是他能耐寂寞，堅持下去，後來憑藉偶然機會發了橫財，但並未試圖尋求其他發展機會，反而就此返鄉，安享晚年。汝方無一技之長，困頓半生，原本和張氏家族形象差距很大。他的發財故事很傳奇，確實值得載入家族記事，尤其是汝方見好就收，以富人身分安居鄉里，如此應較有益於張家的家族聲望。也許汝方了解錢的真正用處，因而無意盲目地追求金錢，那麼他的錢癖並不僅限於愛錢，而更在於了解錢的用處。

## 五、叔祖張汝森

張岱的叔祖張汝森，字眾之。貌偉多髯，人稱為「髯張」。好飲酒，從早到晚無醒時。常大聲叫喊，將客人拉到家中，閉門轟飲，不到深夜，不會散席。每天都是酩酊大醉，大家避而遠之。不過張汝森也愛好山水，聽說張汝霖出遊，追去相陪，一去忘返。

萬曆三十八年（1610）張汝霖開山九里，命張汝森負責工程，中途發生問題，張汝森記得以前隨張汝霖遊雁宕，在羅漢洞看見一尊老人塑像，旁有二位女孩。當地僧人說該像是劉處士的像，處士發願清洗該洞，但力有未逮，遂賣兩位女兒以完成工作，那二女像即兩位女兒。張汝森也想賣他的侍姬，以助開路，張汝霖開玩笑說「妾婦之道，君子不由。」聞者噴飯。

之後有人幫忙張汝森，路於是完成，張汝森也不必賣姬。

萬曆四十年（1612）張汝森在龍山之陽構築園亭，先蓋一軒室供客人飲酒，請張汝霖為小軒命名，汝霖題名「引勝」，並作〈引勝軒說〉，然而汝森並不解其義。張汝森笑傲於引勝軒中近二十年。後來因酒致病，卒年六十七。[62]

張岱認為張汝森雖然看似大老粗，不通文義，但其實他另有獨特的人生境界。張岱說世人往往被文義糾纏，斟酌許久也得不到半個能用的字，根本被文義捆綁。張汝森曾說，天子以富貴控制人，閻羅王以生死嚇人，但他皆不懼。此都是因酒之故。張岱認為得此境界的人，其神不驚、墜車不傷，視死生如芥，更不在乎富貴，又怎會在乎文義。因此張汝森的不解義，其實早已掌握真義。[63]

張岱評語為，不善飲酒者得其氣，善飲酒者得其趣。若真能得趣，則月夕花朝，青山綠水，也同為酒中之趣，只恨世人不能領略。古人說：「痛飲讀《離騷》，可稱名士。」張岱則以為，凡人如果真能痛飲，又何必讀《離騷》？張汝森雖不解文義，但他滿腹已盡是《離騷》了。[64]

張岱說張汝森有酒癖，表面上來看，汝森確實是嗜酒如命，

[62] 明・張岱，《瑯嬛文集》。長沙：岳麓書社，1985。頁 178-179。
[63] 明・張岱，《瑯嬛文集》。長沙：岳麓書社，1985。頁 179。
[64] 明・張岱，《瑯嬛文集》。長沙：岳麓書社，1985。頁 179-180。

無酒不歡，但張岱認為汝森的酒癖並非一般好酒之徒的狂喝濫飲，從他和張汝霖的互動可看出此人的渾樸天真，然而張岱將汝森的酒癖抬高到很高層次，應該是有些借題發揮，將酒癖進一步理想化，以表述張岱自己對癖疵之深情真氣的觀點，但是否真的屬於汝森的情形則不易確定。

### 六、十叔張煜芳

張岱的十叔張煜芳，號紫淵，是九山伯的同母弟。十叔自幼深得母親陳太君鍾愛，性格剛愎，難以溝通，年長後更加乖戾；不過很好學，文筆不錯。弱冠，補博士弟子。目空一世，無人可與其往來，相知者僅四五人而已，即使此四五人，一年之內和諧相處的時間也不過數日，其餘都在互相攻擊。數年後就都成為世仇，誓不相見。[65]

崇禎元年（1628）九山中進士，有人送來旗匾，張煜芳罵道「區區鱉進士！怎入得我紫淵眼內？」還動手撕裂旗幟，鋸斷旗杆，砸碎匾額。[66]

九山任職福建南平，他的兒子墨妙向張煜芳執侄子禮甚恭，百依百順，努力取悅其叔，張煜芳大喜，說將至南平為墨妙看望他的父母。墨妙急派人告知九山，九山召集車馬在仙霞嶺下

---

[65] 明・張岱，《瑯嬛文集》。長沙：岳麓書社，1985。頁 180。
[66] 明・張岱，《瑯嬛文集》。長沙：岳麓書社，1985。頁 180。

迎接，令衙役胥吏在百里外迎候。張煜芳見了其兄九山，只作一揖，也不開口講話，九山好言相對，煜芳還是不回應。某日，走至書房，看到一張狀紙寫某武舉人告另某人，煜芳大怒，掀翻桌子，拿著武舉狀子咆哮而出，僕役奔告九山，九山大驚，急問弟何故震怒，煜芳氣極，指著武舉名字說，此人惡極，快將他綁來。九山不敢問，忙令胥吏將武舉帶到，九山問煜芳如何發落，煜芳說杖三十，關入死牢。九山問杖責時如何宣告理由，煜芳回稱只須痛杖，何須宣布理由。九山無法，只能照作。過了數天，看煜芳心情尚好，九山低聲詢問，武舉如何得罪煜芳，為何令他如此痛恨。煜芳笑說，那人並未得罪自己，只不過和紹興武舉張全叔有過節，因恨張全叔刁難自己，所以讓兄長為他痛杖此人，使張全叔知道武舉也是張煜芳能打得的。九山不覺失笑，便將武舉放出去。武舉受此重創，終身不解其故。過幾日，煜芳欲束裝離去，九山唯唯從命，亦不敢留。[67]

崇禎十三年（1640）煜芳中進士，授刑部貴州主事。煜芳困厄半生，得此殊遇，便欲大展所學，時常和同事爭執，最後被人嗾使言官彈劾而罷職。煜芳怒極而生病，腹脹如斛。到淮

[67] 明．張岱，《瑯嬛文集》。長沙：岳麓書社，1985。頁 180-181。九山身為兄長，卻對其弟如此客氣與容忍，張岱曾記載一事，指九山年逾六十，而精神不減少年，人們請教其長生之術，九山回答：「飲食吃得去，只管吃；吃不去這一碗，斷不可吃。色欲做得去，只管做；做不來這一次，斷不可做。」由此可見此人的個性與觀念。見明．張岱，《快園道古》。杭州：浙江古籍出版社，1986。頁 47。

安時，已病得很重，當時張聯芳在淮安管理船政，將煜芳安頓於清江浦禪寺，延醫調治。但煜芳見醫罵醫，見藥罵藥，送薪米也罵薪米，包括僕人與輪值胥吏亦每日挨罵，煜芳還要求張聯芳懲處這些人，類似這樣的事每天都要發生數次，聯芳難以應付，便送上鞭棍，請煜芳自行懲罰，結果煜芳日夜都在打人，輪值的人相繼逃走，煜芳又要求聯芳派人替補，這樣過了兩個月，終於病逝。臨終時還在罵人，口中喃喃不停。死前半個月，煜芳囑人燒製一具宜興瓦棺，又叮囑聯芳多買一些松脂，交待在他死後，用盛衣冠殮，並燒熔松脂以灌滿瓦棺。煜芳說，等到千年以後，松脂凝成琥珀，讓人們看見張紫淵如蒼蠅螞蟻一樣留形於琥珀內，豈不令人覺得晶瑩可愛。張岱認為此人之幻想荒誕，由此可見。[68]

張岱評語為，張煜芳剛戾執拗，無法溝通，可算是一個狂妄之人。但他認真讀書，手不釋卷，文章細潤縝密，則又不是狂妄之人。荊軻身為刺客，司馬遷形容其「深沉好書」。荊軻的使氣剛狠，實與張煜芳無異。荊軻受魯勾踐呵斥，卻不予計較，此應與詩書陶鑄之力有關，由此而讓世人不致僅視其為刺客。[69]

從張岱描述的張煜芳來看，可以了解為何張岱說他有氣癖，

[68] 明・張岱，《瑯嬛文集》。長沙：岳麓書社，1985。頁 182-183。
[69] 明・張岱，《瑯嬛文集》。長沙：岳麓書社，1985。頁 183。

此人不通人情，無理取鬧，完全令人不敢恭維，然而張岱卻以為他在讀書文章上的表現應可使之擁有不同評價，然而如果說詩書對荊軻有所影響，那麼手不釋卷是否對張煜芳產生何種陶鑄之力，從張岱的描述中似乎看不出來。

張岱敘述張煜芳想要死後留形於琥珀，這種想法似非他個人獨有，朱彝尊（1629-1709）在《靜志居詩話》的「祁駿佳」條目下也有類似描述。祁駿佳是張岱友人祁彪佳的兄長，朱彝尊指祁駿佳是有道之士，然頗嗜奇。駿佳準備建造自己的墓地，設置一棺一槨，皆用不好的薄木材，棺槨之間距離七寸。而之所以這樣處理，祁駿佳說：「聞松脂入地，千年成琥珀，吾納諸槨之內，棺之外，不材之木，取其速朽，木既朽，而吾長寢于琥珀之中，不愉快乎？」[70]如果此記述屬實，則這樣的想法在當時可能被一些人視為有意思的死亡想像。

張岱在〈附傳〉的結尾提及希望子女能夠了解這些傳記的真正用意。他說自己將祖先傳記交給兒輩，並告訴他們，我的前輩在此，我的後輩也在此。兒輩不解，張岱表示，祖先為人渾樸，僅看他們兄弟彼此關愛便可知端倪，到了父叔輩還能平等對待，然而自此以下便如同路人、寇仇，日益不堪，張家的家世也隨之每況愈下。「吾子孫能楷模先世，珍重孝友，則長世有基。若承此漫不知改，則君子之澤，五世而斬，之家世自此

---

[70] 清・朱彝尊，《靜志居詩話》。北京：人民文學出版社，1990。頁 657。

斬矣。」[71]所以，他說這些傳記既包含著先人，也包含了後人。

以此觀之，張岱認為這些傳記並非僅止於敘述祖先的故事，還含有教化意義，希望後代子孫能從中獲得啟發，也因此張岱在建構祖先形象時，便已撿選出一些能產生教化作用的故事情節，包括正面與負面的事例。所以在張岱的記憶中，原本可能包含更大範圍與更多故事，然而從回憶過渡到書寫之際，這些人便基於家族成員的角色意義大於個人角色意義之前提，經由選擇及重組而成為回憶記述，進而傳達給後代與世人。

## 第二節　感念兄弟

張岱除了撰寫長輩們的傳記，也為同輩親人寫傳，主要有三人：堂弟張萼、族弟張培、胞弟張岷。前兩人被收於〈五異人傳〉，後者為張岱為其寫的墓誌銘。

### 一、堂弟張萼

張萼，字介子，號燕客。父親為張聯芳，母親王夫人只生此兒子，因而非常溺愛，養成他暴躁執拗的個性。每當脾氣發作時，不聽師長教導，不受父親勸解，「虎狼莫能阻，刀斧莫能劫，鬼神莫能驚，雷霆莫能撼。」[72]

---

[71] 明・張岱，《瑯嬛文集》。長沙：岳麓書社，1985。頁 175。

[72] 明・張岱，《瑯嬛文集》。長沙：岳麓書社，1985。頁 183。

六歲便能飲酒，曾偷飲數升，醉倒在甕下，家人用水浸泡，次日才醒過來。七歲入小學，只要唸過的書，便能出口成誦。長大後聰敏異常，涉覽書史，過目不忘。各種遊戲玩耍之事，只要略加用心，無不工巧入神，包括詩詞歌賦、書畫琴棋、笙簫弦管、蹴踘彈棋、博陸鬥牌、使槍弄棍、射箭走馬、撾鼓唱曲、傅粉登場、說書諧謔、撥阮投壺等，燕客皆能為之。因此他身邊有許多狎客弄臣、幫閒蔑騙；但稍有不稱心便對人呵叱，因而離去的人也多，至於對姬妾奴僕，更是頤指氣使。曾以數百金買一妾，只過一夜，不滿意，便立即趕走，只求眼不見為淨，不管是送給何人或賣與何人，即使送給門客或僕從，都在所不惜。[73]

奴僕只要觸怒他，就鞭笞數百下，血肉淋漓，毫不在意，時人將他比為李匡達的「肉鼓吹」。[74]自從燕客的妻子商夫人過世後，燕客個性更加急躁，曾痛毆某婢至皮開肉爛，其夫憤而服毒死，族人抬屍抗議，數千人圍觀，喊聲雷動，幾乎拆毀房屋，燕客仍不為所動，後賴他的岳父商周祚與連襟祁彪佳出面調停，幸未激成民變。[75]但此後燕客依舊剛愎暴躁，只要有人

---

[73] 明．張岱，《瑯嬛文集》。長沙：岳麓書社，1985。頁 183-184。

[74] 傳說五代時期後蜀國的官員李匡達性格殘暴，以虐人為樂，把杖刑捶打的聲音稱為肉鼓。「李匡達性忍，一日不斷刑則慘然不樂。嘗聞捶楚之聲，曰：『此一部肉鼓吹也。』」參見明．馮夢龍著、魏同賢主編，《馮夢龍全集第六冊：古今譚概》。南京：鳳凰出版社，2007。頁 302。

[75] 張岱在《快園道古》也提及燕客殺人激變，導致嘯聚萬餘人，攻其內

犯他，必告人家，只要提告，就一定要勝，即使拖延一二年，費錢千金也絕不妥協。[76]

崇禎四年（1631）燕客認為住宅西邊有奇石，召集工匠百人開掘，挖出石壁數丈，有人建議說，石壁之下若有深潭相映則會更好，因此燕客又在其下挖掘方池數畝。又有人說亭池固然不錯，但可惜花木不夠碩大，燕客遂遍尋古梅、果子松、滇茶、梨花等樹，且必挑極高極大者，並拆除牆垣讓人搬入栽種，結果種不活，數日即枯死，又另尋大樹補種，剛開始還頗蓊鬱可愛，數日之後，便只堪當柴燒。古人有所謂伐桂為薪，燕客則超過此數倍。他又嫌新開掘的石壁沒有苔蘚，便買大量石青石綠，讓擅長繪畫的門客用筆皴染，結果雨後便洗刷過半，又重複皴染。燕客只要看中一物，便想盡辦法取得，花費再多也不惜。他曾在杭州看到金魚數十尾，以三十金購買，養在小盆內，返程中有的魚泛白，便撈出丟棄，到家時一尾不剩，但燕客依然歡笑自若。燕客極愛古玩，稍有破綻，必加修補。他曾以五十金買一宣銅爐，顏色不甚佳，有人說用火烘烤會使顏色更好。燕客用一簍炭以猛火烘烤，結果宣爐頃刻熔化。他又曾在西湖昭慶寺花三十金買一個靈璧硯山，峰巒奇峭，白垩相間，名為「青山白雲」，石質黝潤如油，堪稱百年文物。燕客左右端

---

宅，張岱說自己召募壯士二百餘人去保護，並運用奇計驅散群眾。參見明．張岱，《快園道古》。杭州：浙江古籍出版社，1986。頁 39。

[76] 明．張岱，《瑯嬛文集》。長沙：岳麓書社，1985。頁 184。

詳，認為其中一部分尚欠透瘦，便用大釘搜剔，結果石頭破碎，燕客大怒，舉鎚將硯山與紫檀座一併捶碎，棄於西湖，還叮囑僕童不可向人說。如此這般，其父張聯芳收藏的許多古董，皆斷送於燕客之手。[77]

張聯芳給了燕客田產五百畝、白銀數千金，燕客轉手就花光。聯芳當官累積的儲蓄也被燕客消耗盡淨，燕客母親收藏的寶玩綢緞衣飾之類有二、三萬金，也同樣被他全部揮霍。張聯芳病逝清江浦，張岱陪同燕客奔喪，帶回聯芳留下的薪俸一萬多金，以及古玩幣帛貨物等值二萬多金，然而不到半年，又是消耗一空。時人將他比為「魚弘四盡」。[78]

順治二年（1645）燕客參與抗清，隔年清師入越，燕客死殉，臨刑時對僕從說，死後將他棄於錢塘江，雖然自己恨不能裹屍馬革，但能裹鴟夷皮也夠了。後來果如其言。[79]

張岱對燕客有著複雜的情感，他說陶奭齡（1571-1640）曾

---

[77] 明．張岱，《瑯嬛文集》。長沙：岳麓書社，1985。頁 184-185。

[78] 魚弘為南北朝時期南梁的官員，襄陽人，身長八尺，白皙美姿容，歷任南譙、盱眙、竟陵太守。常對人言：「我為郡，所謂四盡：水中魚鱉盡，山中獐鹿盡，田中米穀盡，村里民庶盡。丈夫生世，如輕塵棲弱草，白駒之過隙。人生歡樂幾何時！」因而縱情享受，有侍妾百餘人，服玩車馬皆一時之選。參見唐．姚思廉著、楊忠主編，《梁書》。收入許嘉璐主編《二十四史全譯》。上海：漢語大詞典出版社，2004。頁 370-371。

[79] 明．張岱，《瑯嬛文集》。長沙：岳麓書社，1985。頁 186。

言：「秦檜千古奸人，亦有一言可取，謂『做官如讀書，速則易終而少味』。」燕客從讀書做官到山水園亭、骨董伎藝，無不求速，因而受到鹵莽滅裂的報應。他的種種作為，乍看似有其趣味，其實不堪咀嚼，就如同前述之收藏古玩，到手即壞，根本不是速成，而是速朽。張岱感慨道，沒料到燕客的智慧，竟然不如秦檜。[80]

燕客是一位多才多藝的人，但卻又個性激烈、揮霍無度，張岱對他常有負面評價，說他有土木癖，這是特別強調他在園亭上的浮濫作為與破壞舉措，但其實也可說有氣癖，和張煜芳相比，亦不遑多讓。然而像燕客這樣的人，在其生命終局時也有壯烈的反應。

## 二、族弟張培

張培，字伯凝。五歲時，他的祖父張汝懋任職安徽休寧，攜帶伯凝前往。張培愛吃甜食，休寧盛產糖果甜食，因而早晚盡情吃個不停，導致患病而傷及雙眼。他的祖母王夫人鐘愛此孫，遍求天下名醫，花費數千金仍無法治癒。[81]

張培雖目盲，但性好讀書，請人誦讀，入耳不忘。朱熹的《資治通鑒綱目》一百多本，舉凡姓氏世系、地名年號，隨便

---

[80] 明・張岱，《瑯嬛文集》。長沙：岳麓書社，1985。頁 186。
[81] 明・張岱，《瑯嬛文集》。長沙：岳麓書社，1985。頁 186。

挑一人一事，他皆能說明始末。從早到晚，聽書不倦。讀的人舌敝唇焦，必須由數人輪替。所讀的書包括經史子集、九流百家、稗官小說，無所不讀。特別喜歡醫書，包括《黃帝素問》、《本草綱目》、《醫學準繩》、《丹溪心法》、《醫榮丹方》等全部收集，書架上的醫書多達一百多種，都請人逐一讀給他聽。張培深研脈理，盡取名醫張景岳所輯諸書，日夜研究，終於得其精髓。張培診斷疾病時，沉靜靈敏，觸手即知。他又儲藏許多藥材，且精於炮製，包括煎熬蒸煮，皆遵雷公古法，故藥無不精，服無不效。而且張培做事謹慎小心，開藥囊時一定先洗手。時常免費為人治病，施捨藥劑數百份，花費再多也不惜，因此張培醫名大揚。張岱說張家的十世祖是名醫，古人言「公侯之家，必復其祖。」如此看來，張培應該就是十世祖的後身。[82]

張培的父親去世早，他對祖父很孝順，因此祖父對他很器重，族中舉凡修葺宗祠、培植墳墓、解釋獄訟、評論是非、分析田產、拯救患難，或一切不公不法、稀奇古怪的事，皆由張培評定。因此他每天須接見很多客人，張培都不避繁瑣，一一對應，讓每人都感滿意。閒暇時喜歡玩古董、整治園亭、種花木、講論書畫，更喜歡養鵓鴿、黃頭、畫眉、驢馬，也愛鬥骨牌、下象棋、設計服飾、蓄優伶等等，可謂知識淵博，興趣無限。他的妻弟督兵江干，張培也能為他措辦糧餉、校槍棒、立

---

[82] 明．張岱，《瑯嬛文集》。長沙：岳麓書社，1985。頁 186-187。

營伍、講陣法，簡直比三頭六臂或千手千眼的人都更高強。張岱認為張培以一個盲人，舉手之間便能立即辦妥許多事，完全不必靠雙眼，甚至也無須具備五官了。康熙二年（1663）張培因病去世，認識他的人無不扼腕嘆惜。人們惋惜地說，如果張培具有雙眼，以其聰明才略，不知會是什麼樣子。有人回答說，如果張培有雙眼，以其聰明才略，則必然成為如此能人。為何？世人有雙眼者比比皆是，但能像張培的，能有幾人？[83]

張岱說他曾在上海松江遇到唐士雅，[84]此人五歲失明，用耳聽詩書，數量不下萬卷，著有《唐詩解》、《人物考》諸書，引經據典，連隱僻之書也不漏掉。所作詩文，出口成篇，繕寫者都來不及記寫。唐士雅曾對張岱說，某人空有萬卷，其實目不識丁，如果有輪迴，則該人下輩子仍為文盲。張岱覺得唐士雅這個人貌甚樸陋，整日閉戶枯坐，無異於木偶，遠不如張培多才多藝、機巧靈活、博洽精敏。所以張岱認為張培的學問有

---

[83] 明．張岱，《瑯嬛文集》。長沙：岳麓書社，1985。頁 187-188。

[84] 張岱在《快園道古》對唐士雅的記載如下：「松江唐士雅雙目失明，聽書數千卷。…陶庵適著《義烈傳》，以目錄讀與聽，恐有未備，乞士雅查之。士雅閉門七日，喃喃點念，云已查遍二十一史，某代尚有某某，呼書記一一寫出，補入二百餘人。」見明．張岱，《快園道古》。杭州：浙江古籍出版社，1986。頁 25。另外，在張岱的〈祭伯凝八弟文〉，張岱將唐士雅與張培視為兩異人，認為兩人特質相同，皆是五歲失明，博洽好學，居常談笑。見明．張岱，《瑯嬛文集》。長沙：岳麓書社，1985。頁 269-270。

如左丘明，才識像晉國的師曠，慷慨俠烈則似高漸離。張培一身而兼有多人的優點。[85]

張岱在敘述張培的故事中，幾乎沒有負面評價，[86]他的失明屬於生理缺陷，但並未限制其心理人格發展，反而具有超越常人的知識範圍與多種能力。張岱說張培有書史癖，這種癖好對一位盲人而言更屬難得。

## 三、胞弟張岷

張岱的弟弟張岷，字山民，是張耀芳最小的兒子。母親陶宜人懷孕六月，適值祖母朱太恭人生日，陶宜人準備壽筵過勞，以至早產，且胎位不正，頭上腳下，俗稱踏蓮花生，因而稱為蓮生。出生時氣息甚微，陶宜人很擔心養不大，而且是么子，因此特別鐘愛。[87]

張耀芳老於場屋，因此無意教子，以致張岷失學。張岷發憤說，做人怎可不讀書，遂私自讀書，從經書子史至稗官小說，無不涉獵。本來大家以為張岷未必能讀書作文，沒想到他參加

[85] 明．張岱，《瑯嬛文集》。長沙：岳麓書社，1985。頁 188。

[86] 張岱在〈伯凝弟撫琴圖贊〉稱譽道：「金玉爾音，珪璋爾相。兩耳眈眈，氣宇道上。腹笥便便，詩書跌宕。胸中惟古聖賢之與俱也，而目前之人不足以當其一盼。昔以其學富五車也，則以為作《左傳》之丘明；今以其精警六律也，則以為聽濮音之師曠。」見明．張岱，《瑯嬛文集》。長沙：岳麓書社，1985。頁 248。

[87] 明．張岱，《瑯嬛文集》。長沙：岳麓書社，1985。頁 197。

考試迭有佳績，眾人皆不曉得他是何時留心舉業，竟已準備到如此程度。大家又以為他大概不會作詩，但張岷其實與一些詩人私相酬和，所作古詩深厚古拙，出入晚唐。眾人都不知道他何時摹仿古詩，竟有如此造詣。張岷尤其精於古董書畫，鑒賞力精準，能以青綠辨古銅、以包漿辨漢玉、以火色辨舊瓷，經常指出極細微之處，使得真假立見。大家都不知道他是何時講求博古，竟能如此內行。張岷為人低調，然而胸中大有丘壑，史可法知道他的才能，想聘用他，但張岷見時局大壞，屏跡深山，婉拒出仕。大家都不知道他何時能揣摩時務，竟有如此真確見解。[88]

張岱說張岷資性空靈，見識老到，用心沉著。讀書多識，不專而精，不騖而博，不鑽研而透徹。每見到古書善本，必重價購買，藏書豐富。他善於鑑別古玩，留意收藏，在市場店家，只要看到他注視某物，必是精品。一旦買入某物，必時時撫摩，珍重收存，請名家寫銘文。看到好的詩文，常愛不釋手，尤其對張岱的作品，每次看到必擊節贊賞，幾句評語，也必是點出重點，搔著癢處。張岱以為在家庭師友內，就屬張岷是第一人選，其人可謂才而若拙，慧而若癡。[89]

張岷本來是被父親忽視的一個兒子，雖有母親關愛，但在

[88] 明．張岱，《瑯嬛文集》。長沙：岳麓書社，1985。頁 197-198。
[89] 明．張岱，《瑯嬛文集》。長沙：岳麓書社，1985。頁 198-199。

讀書學問上並未被栽培，然而他並未放棄，以自學方式力爭上游，而且常出乎大家意料。若以張岱的癖觀來看，則張岷或許可說是有書史癖、古物癖。

這三位兄弟的共同點為他們皆多才多藝，和張岱相當類似，張岱可能從他們身上看到自己的部分化身。然而燕客性情極端，張培與張岷較易為人接受，張岱對張培與張岷都採取較正面的記述，特別是他們皆於不利處境中努力經營自己，並發展出可觀成就，這點讓張岱特別強調他們的人品價值。張岱對這些張氏親人立傳，不可能不從中與自己對比，後人也可能為自己寫傳，那麼他人將如何評價自己，這是張岱相當在意的事。從某角度來看，張岱書寫前述人士傳記時，也同時透過這些傳記文本去表露他自己，包括他的觀察、文筆、學識、判斷力與品鑑水準，書寫傳記不僅寫出傳主的生平與重要事件，也同時寫出了立傳者的觀念。

## 第三節　自我展演及解讀

張岱相當自覺於自我形象的建構與呈現，在他的多種著作中留下不少自畫像，可從中看到他對自己形象的塑型。基於他一向在評論他人時的寫實傾向，他對自己也應如此，不過張岱是一個自標高致的人，因此不易看到他揭露自己的缺點，或進行真正的自譴，他有不少的自嘲，也有一些形式上的自謙，但更多是突出自己的獨特性與優於他人之處。他書寫的自己是舞台上的角色，表演的是「張岱」這個人物，並希望呈現許多能贏得喝采的演出。

## 壹、夙慧少年

張岱自述年少時有不少聰慧表現，在《快園道古》裡記載了相關事例，他將之分別歸類為「夙慧部」與「小慧部」。「夙慧部」有一段前言，提到孔融幼年聰明絕世，陳韙嘲諷說「小時了了，大未必佳。」張岱以前一直認為是陳韙的一時嫉妒之言，後來閱世經驗增加，便了解到這句話未必不對。因為少年時的智慧有如電光石火，不可據以為常態。[90]至於「小慧部」，張岱則認為儘管它們只是一些小聰明，就像是微小星光，「雖知星星爝火，不足與日月爭光，而若當陰翳晦明，腐草流螢，掩映其際，亦自灼灼可人，斷難泯滅矣！」[91]即使是微弱光亮，在陰暗之處仍有其作用，因此他認為值得記載，留下記錄，供後人參考。

張岱說自己六歲時，舅父陶虎溪指著牆上的畫說：「畫裡仙桃摘不下」，當時張岱便對以：「筆中花朵夢將來」，舅父很驚喜，誇他是「今之江淹」。另外一件事，也是發生在六歲，某日一位

---

[90] 明．張岱，《快園道古》。杭州：浙江古籍出版社，1986。頁 65。
[91] 明．張岱，《快園道古》。杭州：浙江古籍出版社，1986。頁 71。

客人看著荷缸中的荷葉，出對曰：「荷葉如盤難貯水」，張岱隨即對以：「榴花似火不生烟」。在座人士皆贊賞不迭。[92]這裡既顯示他的聰明反應，也反映他很小就獲得良好的文學教育，而且已從旁人的肯定中建立自信。

張岱又說自己八歲時，祖父帶他到杭州西湖，當時著名的山人陳繼儒（1558-1639）[93]正客居西湖，常騎著一隻大角鹿。[94]陳繼儒聽說張岱很會對對子，便要當面測試，他指著紙屏上

---

[92] 明·張岱，《快園道古》。杭州：浙江古籍出版社，1986。頁 69-70。

[93] 陳繼儒，字仲醇，號眉公、麋公。當時他的知名度很高，例如，錢謙益指「眉公之名，傾動寰宇。遠而夷酋土司，咸丐其詞章，近而酒樓茶館，悉懸其畫像，甚至窮鄉小邑鬻粔籹市鹽豉者，胥被以眉公之名，無得免焉。」見清·錢謙益，《列朝詩集小傳》。上海：上海古籍出版社，2008。頁 637。朱彝尊指：「仲醇以處士虛聲，傾動朝野，守令之臧否，由夫片言，詩文之佳惡，冀其一顧。」見清·朱彝尊，《靜志居詩話》。北京：人民文學出版社，1990。頁 601。黃宗羲指：「以諸生有盛名，上自縉紳大夫，下至工賈倡優，經其題品，便聲價重於一時，故書畫器皿，多假其名以行世。」見清·黃宗羲，《黃宗羲全集（第一冊）》。杭州：浙江古籍出版社，1985。頁 340。但有時也出現令人啼笑皆非的情形，例如「糕、布等，又以眉公得名，取『眉公糕』、『眉公布』之名…而其最不幸者，則有溷廁中之一物，俗人呼為『眉公馬桶』。」見清·李漁著、沈勇譯注，《閒情偶寄》。北京：中國社會出版社，2005。頁 154。

[94] 此鹿係張岱祖父贈給陳繼儒，張岱在《陶庵夢憶》卷五〈麋公〉說明此鹿的來龍去脈。見明·張岱撰、馬興榮點校，《陶庵夢憶·西湖夢尋》。北京：中華書局，2007。頁 65-66。陳繼儒稱張汝霖是三十年的老友，兩人素心遙對，杖履詩酒，呼吸相通。張汝霖在南京與友人結讀史社時，陳繼儒認為張汝霖評隲諸史，議果而確，識敏而老。見明·陳繼

的「李白騎鯨圖」唸道：「太白騎鯨，采石江邊撈夜月。」張岱當下回應：「眉公跨鹿，錢塘縣裡打秋風。」[95]陳繼儒很贊歎小張岱的靈敏。這件事讓張岱很得意，在他晚年寫的〈自為墓誌銘〉再度提起。然而張岱的對子裡包含著對陳繼儒的嘲諷，[96]此對八歲小童而言，應是頗為特殊的事。但看來陳繼儒並不在意，後來還為張岱的《古今義烈傳》作序，仍給予很高評價。

還有一件證明其小時了了的事，在張岱約七、八歲時，他說季祖廷尉的面容奇醜，眼眶臃腫，痘瘢層疊，短髭戟張，季祖喜歡將張岱抱在膝上，要求張岱作對子，張岱對曰：「大人美目深藏，桃核縫中尋芥子；勁髭直出，羊肚石上種菖蒲。」[97]季祖聽完撫掌大笑。

張岱以這些事例證明自己幼年時的聰敏，除了天生資質外，

---

儒，〈古今義烈傳序〉，收錄於明．張岱，《張岱詩文集》（頁 439-441）。上海：上海古籍出版社，1991。

95 明．張岱，《快園道古》。杭州：浙江古籍出版社，1986。頁 70。

96 這種嘲諷應有其社會背景，譬如，蔣士銓（1725-1784）的《臨川夢》第二齣「隱奸」有一首出場詩：「妝點山林大架子，附庸風雅小名家。終南捷徑無心走，處士虛聲盡力誇。獺祭詩書充著作，蠅營鐘鼎潤煙霞。翩然一隻雲間鶴，飛去飛來宰相衙。」此詩便是譏刺陳繼儒，還寫道：「年未三十，焚棄儒冠，自稱高隱。你道這是什麼意思？並非薄卿相而厚漁樵，正欲藉漁樵而哄卿相。騙得他冠裳動色，怎知俺名利雙收。」見清．蔣士銓，《臨川夢》。收入《叢書集成三編（第 32 冊）》（頁 469-518）。台北：新文豐出版社，1997。頁 479。

97 明．張岱，《快園道古》。杭州：浙江古籍出版社，1986。頁 85。

以他的家世而言，更多應該是得益於家族文化資產。張岱從小得到祖父的教導，他在〈四書遇序〉說祖父教他讀書有一個特殊之處，即「不讀朱注。凡看經書，未嘗敢以各家注疏橫據胸中。」這種讀書方式訓練出張岱自主理解文義的能力，他說「朗誦白文數十餘過，其意義忽然有省。間有不能強解者，無意無義，貯之胸中。或一年，或二年，或讀他書，或聽人議論，或見山川雲物鳥獸蟲魚，觸目驚心，忽於此書有悟⋯。」[98]可見張汝霖的讀書教育是讓孩子不盲從權威，不依賴既定的見解，自行理解與頓悟。張岱日後仍然相當得意於曾接受這種訓練及學習過程，他以為六經有解不如無解，因各種注解已將經文析解得零星破碎，失其本義。這和當時很多人為了科舉考試而參考權威注解的方式不同，也讓張岱更自負於自己的認識能力。

張岱在十六歲寫了一篇〈南鎮祈夢〉，[99]內容提及當時自覺陷入困境，對未來感到迷茫，於是到會稽山下之南鎮廟，向夢神祈夢，問取前途功名。文內顯現出他對人生成敗的焦慮，不知自己能否成為人中龍鳳，或者一事無成。可見雖然他自小備受誇贊，但也給了他不小的壓力，特別是在那樣的顯赫家族中，

---

[98] 明．張岱，《瑯嬛文集》。長沙：岳麓書社，1985。頁 25-26。這種讀書方式是否如張岱所言那麼好，可能仁智互見，對悟性高且具有反思能力的人來說，或許是不錯的學習方式，但對資質平庸者就可能不太適用了。

[99] 明．張岱撰、馬興榮點校，《陶庵夢憶．西湖夢尋》。北京：中華書局，2007。頁 34。

能否扮演有力的接棒者角色，是他無可逃避的責任。

張岱的祖輩與徐渭有頗深的關係，也由於徐渭的聲望與形象，張岱少年時曾致力於模仿徐渭的詩文風格，十七歲開始整理《徐文長逸稿》（至二十七歲輯成）。他的自我期許以及家族加諸的期望，使其在少年時期飽含著無可限量的可能性。

## 貳、風雅公子

從張岱寫的〈家傳〉與〈附傳〉可以想見張岱如何養成多樣興趣的生活品味，他能夠獲取的資源非常豐富，儘管他對某些家族成員的作風不予認可，他還是比一般人有更多機會接觸富貴人家才有的生活環境。他說自己邀天之幸，凡生平所遇，常多知己。他的諸多愛好都能遇到相知相伴的人，在〈祭周戩伯文〉[100]裡他列舉出的愛好包括：舉業、古文、旅遊、作詩、填詞、書畫、史學、參禪。其實在該文中他還未寫盡，除上述外，還有戲劇、美食、園亭、琴藝、燈事、醫藥等更多樣的興趣。不難想像他在這些方面建立的人脈，以及發展出怎樣的生活內涵，可以說到明朝亡國前，他一直享受著富裕安樂的日子，唯一不順的是科舉考試總是失利，和他的父親一樣，不過他的父親到五十三歲時出外謀取差事，而張岱則一直過著閒適生活。

《陶庵夢憶》便呈現出他的各種生活面貌，他不僅興趣廣

---

[100] 明・張岱，《瑯嬛文集》。長沙：岳麓書社，1985。頁 274-275。

泛，還精通許多事務，能開發新的製茶方法、能品嚐出不同地方的泉水，能編劇與訓練演員，能彈一手好琴，能品味出園庭設計的雅俗。既在山巔水湄沉吟清風明月，又在青樓妓院笑對紅粉佳人。他過著許多人羨慕的活潑又高雅的生活，也不諱言自己追求精緻，享受高尚的事物，而且常常得意於他所經歷的特殊經驗，例如豪奢級的狩獵活動、極盡華麗的滿山放燈、宛如世外桃源的園林亭軒，因為他認為這些極致品質的經驗都讓他感受到生活與生命中的美好面向。不過他也不是完全沒有反省能力的享樂者，他看出浮華表象的無常及其背後隱含的不理性，然而除了極少數的例外，大部分他都很少直接激烈批評。張岱善於觀察與描述，把各種現象透過簡短文字呈現出來，也隱約揭示著他自己的觀視位置。

基本上，張岱並非遊手好閒的人，他持續讀書並從事編輯著作。從相關資料顯示，[101]他陸續從事不少藝文活動，其中較重要的包括：二十歲學琴，結琴社。二十二歲開始編纂《古今義烈傳》。二十四歲開始留心收集藥方，後來編集成《陶庵肘後方》。二十七歲《徐文長逸稿》付梓刊行。二十九歲著手編《四書遇》。三十二歲《古今義烈傳》完成。另作《徵修明史檄》。並著手編《石匱書》。四十二歲刊刻《茶史》。在眾多活動中，

[101] 參見佘德余，〈張岱年譜簡編（上）〉，《紹興師專學報》，1（1994），頁 38-46。佘德余，〈張岱年譜簡編（中）〉，《紹興師專學報》，2（1994），頁 31-37。

張岱和一般文人一樣重視著作，特別是史學著作，《古今義烈傳》是他年輕時代的代表作，之後他便把編輯《石匱書》視為後半生的重要工作項目，也是他自認最具成就者。從某個角度來看，張岱期許自己以史家留名。從他編輯《古今義烈傳》便顯現出這樣的抱負，他在〈古今義烈傳自序〉中寫道「余自史乘旁及稗官，手自鈔集，得四百餘人，繫以論贊，傳之剛剞，使得同志如余者，快讀一過，為之裂眦，猶余裂眦；為之撫掌，猶余撫掌。」[102]他對歷史上的忠義之士特別有感觸，這也顯示他在品評人物上的傾向，他從閱讀中感受到不少節義之士以一念之憤，握拳攘臂，奮不顧身，自己也隨之激動起來，「當其負氣慷慨，肉視虎狼，冰顧湯鑊，余讀書至此，為之頰赤耳熱，眦裂髮指。」[103]他提及自己年少讀《水滸傳》時對宋江的著迷，雖然他是一位大盜，而自己就是被忠義兩字激發而對之高度認可。

張岱對著作及寫史的投入，應有家庭背景的影響，高祖與曾祖皆擁有志書方面的著作，曾被譽為司馬談、司馬遷父子。祖父與友人結讀史社，又曾花大量時間編輯辭書《韻山》。張家世代讀書為宦，家中藏書不少，因此張岱在〈石匱書自序〉說：「余家自太僕公以下，留心三世，聚書極多。余小子苟不稍事

---

102 明・張岱，《張岱詩文集》。上海：上海古籍出版社，1991。頁 409。
103 明・張岱，《張岱詩文集》。上海：上海古籍出版社，1991。頁 408。

纂述，則茂先家藏三十餘乘，亦且蕩為冷煙，鞠為茂草矣。」所以他從三十二歲便開始進行《石匱書》資料整理，況且他認為有明一代，國史失誣，家史失諛，野史失臆，正待有心人撰寫真實而完整的史書，而且他並未入仕，因此「既鮮恩仇，不顧世情，復無忌諱。事必求真，語必務確…稍有未核，寧闕勿書。」[104]他後來對友人李硯翁亦表示自己撰寫《石匱書》的情形是「心如止水秦銅，並不自立意見。故下筆描繪，妍媸自見。敢言刻畫？亦就物肖形而已。」[105]他和多數人一樣以司馬遷為榜樣，勉勵自己寫下擲地有聲的重要作品。

## 參、六休老翁

張岱晚年自號「六休居士」，所謂六休是指「粗羹淡飯飽則休，破衲鶉衣暖則休，頹垣敗屋安則休，薄酒村醪醉則休，空囊赤手省則休，惡人橫逆避則休。」[106]這是他歷盡人生磨難後，

---

104 明．張岱，《瑯嬛文集》。長沙：岳麓書社，1985。頁 18。

105 明．張岱，《瑯嬛文集》。長沙：岳麓書社，1985。頁 145-146。他向李硯翁表示，有人認為他的《石匱書》固然記載真確，然而不擁護東林黨，恐怕不合時宜。張岱對此不服，因而對友人表白他的寫史立場。

106 明．張岱，《快園道古》。杭州：浙江古籍出版社，1986。頁 104。張岱的這種想法可能襲自宋朝黃庭堅（1045-1105）〈四休居士詩并序〉所指太醫孫君昉自號四休居士，所謂四休為「麤茶淡飯飽即休，補破遮寒暖即休，三平二滿過即休，不貪不妒老即休。」黃庭堅稱此為安樂法。引自明．何良俊，《四友齋叢說》。北京：中華書局，1997。頁 292。

自甘淡泊的隱佚處境。隨著年歲增長，他有更多時間去檢視自己的一生，六十九歲時，他為自己寫下〈自為墓誌銘〉，在此他向世人展示他的生平，也包含他對自己的評價，算是一篇自傳，此文重點如下：

## 一、嗜好即生活

張岱出身富貴，從小養成講求高級享受的生活，他自謂「少為紈絝子弟，極愛繁華，好精舍，好美婢，好孌童，好鮮衣，好美食，好駿馬，好華燈，好煙火，好梨園，好鼓吹，好古董，好花鳥，兼以茶淫橘虐，書蠹詩魔。」[107]他一方面自白，又以看似自我調侃及批評的口吻寫出自己耽溺於各種享受。不過，這也是當時同屬富豪世家者的共有情形，甚至有些比張岱還更有過之而無不及，例如《陶庵夢憶》卷四〈牛首山打獵〉、卷三〈包涵所〉都提到讓張岱也望之莫及的生活。而他的「茶淫橘虐」也不是孤例，同時代人有此情形者亦常見，那個年代的風雅人士大多追求這樣的生活嗜好，至於「好美婢，好孌童」，此種脾性就更多人了，例如他在卷四〈祁止祥癖〉即指止祥視孌童如命。總之，他所提到的種種嗜好，都是那個年代的時尚趨向，他可能不完全屬於最高層的頂級豪奢群，但絕對是上層的富裕階級。雖然他以自嘲語氣說出自身優渥生活，但也有一些

[107] 明．張岱，《瑯嬛文集》。長沙：岳麓書社，1985。頁 199。

得意成分在內。

## 二、中年失落

以他的家世，即便無功名，應該還是可以很舒適地過一生，可是遇到亡國慘事，「勞碌半生，皆成夢幻。年至五十，國破家亡，避跡山居。所存者，破床碎几，折鼎病琴，與殘書數帙，缺硯一方而已。布衣疏莨，常至斷炊。回首二十年前，真如隔世。」[108]張岱說自己勞碌半生應算是一種「妝點語」，但他確實為營造美好生活而有許多忙碌，例如，訓練歌伎、研製蘭雪茶、打造「梅花書屋」與「不二齋」、品嚐方物、收藏華燈，忙得不亦樂乎。亡國後，從雲端跌落塵世，開始體驗另一種生活，他在〈自題小像〉自述：「功名耶落空，富貴耶如夢，忠臣耶怕痛，鋤頭耶怕重，著書二十年耶而僅堪覆甕？之人耶有用沒用？」[109]人生至此，不得不重新檢視自己，甚至產生疑惑。

## 三、自評「七不可解」

張岱透過人生境遇的轉變，以及自己的個性與行事作風，去突顯他的獨特性，包括不流俗的人品操守。他說自己有「七不可解」，[110]這些「不可解」在一般人眼中可能是種種錯亂，但

---

108 明．張岱，《瑯嬛文集》。長沙：岳麓書社，1985。頁 199。
109 明．張岱，《瑯嬛文集》。長沙：岳麓書社，1985。頁 246。
110 明．張岱，《瑯嬛文集》。長沙：岳麓書社，1985。頁 199-200。

從張岱自身來看，它們意味著自己的特殊經歷及其伴隨之非世俗的見識。「七不可解」包括：

1. 貴賤紊。從原本養尊處優，變成像乞丐般的處境。
2. 貧富舛。不隨世俗奔競名利，而自甘於離世隱居。
3. 文武錯。書生卻置身沙場，將軍卻舞文弄墨。
4. 尊卑溷。不諂媚權貴，不驕於乞兒。
5. 寬猛背。弱時能唾面自乾，強時能單騎赴敵。
6. 緩急謬。不與人爭奪名利，但在看戲與遊玩上則不落人後。
7. 智愚雜。不知博弈勝負，但能分辨茶水品種。

可以看出這是張岱在自嘲中的自我標榜，每一項都顯示他的與眾不同。他的想法與行事異於一般人，代表他具有超越一般世俗的認知框架、跳脫傳統價值體系的能力。然而如果過於超脫，就可能遠離一般人的理解範圍，勢必面對其他人的誤會。

## 四、不被理解的焦慮

他說對於七不可解，「自且不解，安望人解？」當然此非真的自己不解，如果自己不解，就不會寫出這些內容了；主要是認為別人不解，覺得多數俗人不會懂他，而此又正好突顯他的不同凡俗，所以他說任由其他人怎麼說他都無妨，「故稱之以富貴人可，稱之以貧賤人亦可；稱之以智慧人可，稱之以愚蠢人亦可；稱之以強項人可，稱之以柔弱人亦可；稱之以卞急人可，稱之以懶散人亦可。」他以為其他人都只是看到片面的張岱，如同盲人摸象，自以為是，根本不了解全貌。夏蟲不可喻冰，所以張岱乾脆「任世人呼之為敗子，為廢物，為頑民，為鈍秀才，為瞌睡漢，為死老魅也已矣。」他想像別人眼中的自己是一無是處的人嗎？還是一種正話反說？他又自貶「學書不成，學劍不成，學節義不成，學文章不成，學仙學佛，學農學圃，俱不成。」[111]但其實認識他的人都知道他有著作、擅長文辭、精於戲曲，對園亭、茶泉都有高妙見解。若說有美中不足，那麼最大憾事之一，應是科舉無成。他讓自己發展多面向的才藝，反而可能被視為分心雜務，遊戲人間。

張岱不免也會面對存在意義的危機，身為張家子孫或作為文人，特別又是一個有著聰慧童年的人，他必須證明自己的價值。

## 五、著書事業

已至暮年的張岱認真地表述自己歷年來的著書成就，他說自己「好著書，其所成者，有《石匱書》、《張氏家譜》、《義烈傳》、《瑯嬛文集》、《明易》、《大易用》、《史闕》、《四書遇》、《夢憶》、《說鈴》、《昌谷解》、《快園道古》、《傒囊十集》、《西湖夢

[111] 明・張岱，《瑯嬛文集》。長沙：岳麓書社，1985。頁 200。

尋》、《一卷冰雪文》行世。」[112]這個清單完全推翻前面的自貶，他並非總是遊手好閒，過著吃喝玩樂的生活，而是持續從事著作，這些是他一生心血成果，是可以留給後代，並能使自己留名後世的重要憑藉。

這篇自為墓誌銘是要向世人說明有一位張岱曾有過的人生，以及此人努力的成果，並可以自豪地表明自己是張氏家族的後代。他也許沒有先輩的科舉功名，但他的學問與著作可以彌補這個缺憾，甚至可能超越之，他以為歷史上許多金榜題名者都已被人遺忘，唯有立德、立功、立言的人才能名存千古，而他期望自己的著作讓世人記住張岱。

## 六、家世與資質

張岱也要向後人自述出身，包括出生年月日時辰、父母、父親官職、外祖母、外曾祖父。他還特別指出自己從小有痰疾，被外祖母撫育十年，為了治他的病，外曾祖父任職兩廣時，蒐購了數筐的生黃丸，張岱服用這些藥物，直到十六歲時才吃完，也終於治癒痰疾。這則故事表明他在家族中的位置與受重視的情形。他又特別記述童年和祖父到西湖遇見陳繼儒一事，再次敘述自己因對對子而得到陳繼儒的誇獎。[113]這則童年記事對他

[112] 明．張岱，《瑯嬛文集》。長沙：岳麓書社，1985。頁 200。
[113] 明．張岱，《瑯嬛文集》。長沙：岳麓書社，1985。頁 201。

而言意義非凡，能得到陳繼儒的贊賞，被張岱視為重要大事，可以有力證明自幼穎異之說，因而在墓誌銘中予以鮮明呈現。雖然接著他又自謙表示原本被期待開創千秋之業，豈料一事無成。然而前面他逐一列舉生平著作，其實意指自己已有所成。

## 七、晚年遺憾

最後，他說明為自己書寫墓誌銘的原因與背景。

第一，憂心與草木同朽。

年紀已老，雖說生死無常，卻又擔心自己死後不被記住、不被認可。因此想要留下能被記憶的東西。

第二，仿效前輩。

為自己書寫墓誌銘，古有前例，因此他想步踵前人，譬如王績、陶淵明、徐渭都是他的參考對象。[114]更重要的是，既然前面提到可能不被理解，那麼與其任由後人隨意評說，不如自己表白，自述生平與功過。張岱自謙雖然自己一生頗多缺失且

---

[114] 自寫墓誌應不算是罕見情形，例如，顧起元（1565-1628）寫道：「自草墓志，示不求於人，自盧苑馬壁、黃吏部甲、楊太學希淳外，如王僉憲麟年八十三、王太守可大年七十九，皆自草志，…許奉常穀亦自草行述。」見明・顧起元撰、孔一校點，《客座贅語》。收入上海古籍出版社編，《明代筆記小說大觀（第二冊）》（頁 1181-1463）。上海：上海古籍出版社，2005。頁 1360。

文筆欠佳，然而「**第言吾之癖錯，則亦可傳也已。**」[115]他強調要指出自己的癖病與過錯。

第三，個人定位。

他已在某地自營生壙，友人李長祥（字研齋）為其題「嗚呼有明著述鴻儒陶庵張長公之壙」。[116]張岱對自己被視為「著述鴻儒」，應該認為是一種允當的定位，也包含張岱對自我形象的概括。而這樣的定位與評價，則無異又再次推翻作者之前的自貶。[117]

第四，自嘆不遇。

張岱於〈自為墓誌銘〉文末提及歷史上一些懷才不遇的人，並寫道：「**五羖大夫，焉能自鬻？空學陶潛，枉希梅福。必也尋三外野人，方曉我之衷曲。**」[118]他是否能像五羖大夫百里奚那般被發現才能，抑或只能徒然模仿陶淵明與梅福，大概唯有三外野人鄭思肖才能了解他的心情。他對千秋之業還是嚮往的，

---

[115] 明・張岱，《瑯嬛文集》。長沙：岳麓書社，1985。頁 201。

[116] 明・張岱，《瑯嬛文集》。長沙：岳麓書社，1985。頁 201。

[117] 人在不同階段可能對自己有不同評價，張岱於八十一歲寫〈蝶庵題像〉，說自己「**忠孝兩虧，仰愧俯怍。聚鐵如山，鑄一大錯。**」似乎仍是否定自我，但也可能是自謙之詞。〈蝶庵題像〉收入明・張岱，《瑯嬛文集》。長沙：岳麓書社，1985。頁 251。

[118] 明・張岱，《瑯嬛文集》。長沙：岳麓書社，1985。頁 201。

只是時運不濟，一直未能在政治社會場域有所表現，因此必須在著書立說方面予以彌補。若真的聲名無聞，與草木同腐，無疑是對他的最大否定。

張岱年輕時對徐渭非常欽佩，還蒐集刊刻其逸稿，由於曾模仿徐渭而被人認為文風很像徐文長，然而他在〈柱銘抄自序〉寫道：「余故學文長而不及文長，今又不敢復學文長，…乃友人不以宗子為不及文長，而欲效宗子之刻文長，每取文長以誇稱宗子。余自知地步遠甚，其比擬故不得其倫，即使予果似文長乃使人曰『文長之後，復有文長』，則又何貴於有宗子也？」[119]他並不想成為徐渭第二，張岱五十八歲時寫〈瑯嬛詩集自序〉提及友人說張岱是徐渭的後身，此生專門來收集其佚稿，對此張岱很不以為然，還說「古人曰：『我與我周旋久，則寧學我。』」[120]張岱不願成為他人的替身或影子，他就是他自己，獨一無二的張岱。

## 第四節　人品的疵癖觀

張岱透過書寫傳記也同時評論人物，進而提出他對人的個性及人品的看法，他那著名的「人無癖不可與交，以其無深情

[119] 明．張岱，《瑯嬛文集》。長沙：岳麓書社，1985。頁60。
[120] 明．張岱，《瑯嬛文集》。長沙：岳麓書社，1985。頁63。

也；人無疵不可與交，以其無真氣也。」[121]便指出疵與癖在評價一個人時所具有的參考價值。癖意味著深情，疵意味著真氣。前者包括用心、誠意、專注、追求、付出、無我、不悔、一往情深等態度。後者涵蓋了本真的、原本的、真實的、自然的、無偽的等性質。

## 壹、疵：有瑕即玉

瑕疵固然是缺點，但就是因為有缺點，才顯示出此人的真實性。人無完人，世間少有完美的事物，所謂無瑕玉更多是一種虛構或偽裝；與其掩飾或造假，寧可面對真實卻有瑕疵的真面目。更進一步來說，就是因為瑕疵之存在或出現，才得以呈現其自然本質，因為大多數造假者會將瑕疵遮掩，所以瑕疵便代表了事物之本真的、原始的性質。

當然，我們可以想像到，有人為了證明物件的真實性，故意製造某些瑕疵以證明其屬於真品，不只是物，在人的領域亦有此情形，因此又涉及如何鑑別真假瑕疵的問題。這也顯示出瑕疵已不再全然屬於負面屬性，它反而具有積極價值，或者是一種可被用來操作的特質。

張岱書寫自己的家族成員包括長輩，並不避諱寫出他們的瑕疵，例如高祖張天復被削籍斥歸後縱情酒色、祖父張汝霖在

---

[121] 明・張岱，《瑯嬛文集》。長沙：岳麓書社，1985。頁 175。

學問著作上未能持之以恆、父叔輩受舅祖朱敬循影響，崇尚奢靡作風，又例如張聯芳與燕客父子分別耽溺於聚斂與揮霍，至於其他家族成員，張岱也以不同方式指出各自的問題。《陶庵夢憶》刻劃一些人物時，也經常呈現他們異於常人的某些毛病甚至劣行，例如〈姚簡叔畫〉中姚簡叔的自負、難與人交往，〈甘文台爐〉的甘文台毀佛製爐，〈阮圓海戲〉裡阮大鋮的政治權慾。然而強調瑕疵的存在意義並非為這些缺點合理化，此與人情義理或是非善惡之辨不可混淆，張岱除了描述、感歎，有時委婉地表示不滿，偶而也直言批評，呈現他品評人物時對瑕瑜互見之情形並非全然接受。

## 貳、癖：以癡見誠

一個人對特定事物的喜愛、嗜好，必然會投入情感，如果這種行為與情感超過一般常理，則不免被視為沉迷、狂熱。然而這種現象在晚近的消費文化研究中已被強調其生產性、創造性及積極性。張岱亦不全以負面角度看待這種癖好行為，他同樣看出這種行為具有的積極取向，不過他更強調個體在其中的情感投入，並以此做為品評人物的一種依據。

癖是一個人對某事物的一往情深，是此人的用心和專注，也是誠意地追求與付出，而大凡人到此種程度，很多會無怨無悔，產生一種忘我、無我的境界，由此展現出真誠的、深摯的態度，所謂癡情者常見其不計代價地全心對待、全力以赴。

《陶庵夢憶》提到許多具有這樣癖性的人，例如〈祁止祥癖〉的祁止祥對書畫、蹴鞠、鼓鈸、鬼戲、梨園等具有多樣癖好，特別對其鍾愛的優童更是視如己命。〈金乳生草花〉與〈范與蘭〉裡的金乳生和范與蘭皆不辭辛勞地栽植花草，嗜愛花木成癡。再如〈柳敬亭說書〉的柳敬亭對說書工作的專注與自重，〈閔老子茶〉的閔汶水對茶道的用心，〈濮仲謙雕刻〉的濮仲謙在雕刻一事絕不妥協，〈樊江陳氏橘〉中果園主人對品質的堅持，〈劉暉吉女戲〉的劉暉吉對舞台及表演的講究，〈菊海〉裡張氏對菊園的細心經營，他們都屬於這種有癖之人，癡情於所熱愛的事物，並發展出不同凡響的技能與成就。

## 參、疵癖觀 vs.褻越觀

疵與癖固然能展露一個人的真氣與深情，但其實它們很容易變成令人難以容忍的惡行，張岱雖然強調人可以有疵與癖，並認為無疵癖者不可與交，然而他在藻鑒人物時，又另外提出「褻越」觀念，顯然他以為疵癖應有限制，那麼張岱的標尺為何？張岱對高祖張天復、仲叔張聯芳、燕客、紫淵，包應登（涵所）等人，另外包括一些庶民百姓皆有批評，間接顯示張岱對疵癖的容許範圍，雖然並非具體明確的說明，但認為逾越並非無所不行。在晚明標榜個性解放、張揚人性的氣氛中，張岱並未走向極端，或者說是抱持一種張岱式的中庸。

褻越應該是疵癖的過度，如果是對己對人無傷的疵癖，或許尚可從欣賞的角度予以看待與包容，然而如果對人造成傷害，則這種過度便可能成為一種褻越，例如，張天復讓自己沉迷酒鄉，終而以此殞命；又例如張煜芳剛戾執拗，不通人情，他的氣癖傷及許多無辜者，這些都屬於褻越。其他如朱雲崍與阮圓海也應算此類，雖然他們還涉及另外的道德與政治問題。

這樣的觀點也出現在他對老友周宛委的評價上，周去世後他的兒子請張岱寫墓誌銘，張岱本來很少為人寫墓文，因為他一向說實話，不想寫諛文，所以一開始是拒絕的，怕有所得罪，但最終還是答應了。張岱在墓誌銘內說周宛委非常自負，少有人能入其眼。好作奇文，結果考場上常鎩羽而歸，因而放棄舉業，自行研讀，涉獵群書。從此浪蕩不羈，家業日落，性格益發傲慢佯狂。家居無事，常浩歎長吁，滿腹的怨天尤人、磊砢不平之氣時時發作。寫作時也總是大肆批評。著有《史斷》一書，更進一步批評古人，對眾多英雄豪傑吹毛求疵，冷嘲熱嘲。周宛委每次遇到張岱，必出示其書，張岱看後覺得都是斷簡殘篇，塗抹竄改，難以卒讀，周宛委便親自為他誦讀，常讀到咬牙握拳，唾沫滿面。張岱認為聽他的奇論，真有驚天動地之感。周宛委經常連讀數冊，從中午到黃昏，雖至舌敝耳聾，仍不知疲倦。張岱評價周宛委所持議論皆出人意表，舌鋒犀利，堪稱異人異才。最後張岱說周宛委一身憤懣抑鬱之氣，而自己之所以佩服周宛委，就有如越王軾蛙，是因為其高張的怒氣。[122]張岱的這篇墓文雖然有不少恭維之詞，但也包含一些暗諷，應該是認為周宛委有氣癖，所作各種批評指責超過合理程度，因此可說是一種褻越。

張岱對人品的評價自有他的觀點，雖然他也欣賞各種才華與德性的彰顯，但他並不喜歡太過外露與張揚的表現，他提及陳繼儒認為「丈夫有德便是才，女子無才便是德。」但張岱不以為然，他主張「丈夫有德而不見其德，方為大才，女子有才而不露其才，方為大德。」[123]這其中的「不見」與「不露」都是含蓄與涵養的功夫，若將才與德拿來招搖或賣弄便等而下之了。

整體而言，張岱為已故家族成員書寫傳記，是對自己做為張氏家族一分子表達的身分認同，他選擇性地以某些人物作為書寫對象，包括他的直系與旁系長輩，以及同輩親族，他們既有屬於模範類型的人，也包含一些負面案例，不管如何，他們都是具有特色的個體，並非平凡無味的人生。在如此撰述下的張氏家族，其呈現的形象雖然有顯貴莊重的一面，但也不時出現驕奢跋扈的面貌，因此張家既是知書達禮的大族，也有其乖戾魯莽的成分。總體來看，若擱置道德判斷，可以說張岱認為

---

[122] 明・張岱，《瑯嬛文集》。長沙：岳麓書社，1985。頁 203-205。
[123] 明・張岱，《瑯嬛文集》。長沙：岳麓書社，1985。頁 278。

這些傳主都是出色的人物，至少都活得很精采。這些人也活在張岱的生活中，他從小聽聞他們的故事，還與他們其中多人互動來往，甚至影響自己的生活，因此張岱的生活與這些傳主的經驗之間具有交涉現象，必然構成張岱回憶的一部分。他的個人憶往也是回憶他人的過往，個體的自我總是與他人發生交錯，所以張岱在敘述他人故事之際，也同時間接指涉著自我。

# 第三章　闋亭記事

一個人可以有很多值得回憶的事，包括美好的與不好的，基本上，張岱書寫的內容屬於好的多於不好，這是作者的選擇，可以代表他對自己過去生活的總評。在具體的生活空間上，也有如此情形，他的日常起居場所拜祖先之賜，已有不少精美舒適的居所和庭園，其中有一些持續維持著良好品味，有一些則遭受不同程度的干擾或破壞，而張岱自己也進行某些調整及改造。在他曾經生活過的許多空間裡，讓他感受正面或負面的經驗都直接連繫到他的審美，並和他的性情、趣味、意義與價值感息息相關。經由空間與個體的相互建構，他對園庭池沼的回憶便包含著自我觀照，他的身影流漣於其中，那些園亭空間便是他的舞台。

## 第一節　夢回故園

張岱運用不少筆墨去書寫他的生活環境，有些是他認為極佳的場所，例如，梅花書屋、不二齋、砎園、龐公池、山艇子、瑯嬛福地等；而有些則是原本屬於良佳之地，卻被破壞的園亭，例如，筠芝亭、懸杪亭、巘花閣、瑞草溪亭。張岱對這些空間的描述與評價，反映出他自己與這些空間的關係，進一步呈現他自己的形象。

## 壹、人間樂居

張岱在明朝亡國前一直生活於優渥的環境中，他的生活世界是由許多雅緻的、有趣的生活空間所構成。因此在他的回憶裡，經常懷念那些能夠使人與場所高度相融的情境，也由於這些情境的特質，讓張岱進一步形構自己的認同。

《陶庵夢憶》卷二的第十、十一篇文章分別回憶張家的精美房舍：〈梅花書屋〉與〈不二齋〉。

〈梅花書屋〉展示了張岱的園亭生活品味。張岱說家中陔萼樓後面的老屋破舊傾圮，他在那裡打造四尺厚的地基，上面蓋了一間大書房。旁邊耳室隔出像紗櫥般的房間，並在裡面安置臥榻。書房前後有空地，後牆的牆根栽種牡丹三株，花朵高出牆頭，每年能開三百多朵。屋前有兩棵西府海棠，開花時宛如堆積三尺香雪。前院牆壁前面砌成石台，以太湖石壘成數座假山。旁邊還種有西溪梅花與雲南茶花，梅花樹下有西番蓮。窗外搭設竹棚，覆蓋著許多薔薇花。台階下有翠草三尺，其間夾雜一些秋海棠。前後窗戶都很明亮，藉由窗外盛開的花卉形成綠蔭。書房原名「梅花書屋」，張岱自稱一向羨慕元代畫家倪瓚（1301-1374）的書室「清閟閣」，因此又將書房命名為「雲林秘閣」。張岱坐臥其中，「非高流佳客，不得輒入」，不讓有欠風雅的客人褻瀆清靜的環境。[1]

從張岱的描繪可想見這樣的空間並非著重豪華裝璜，而是以各式花草木石營造幽靜素雅的氣氛。[2]他對自己的品味很有自信，而且只願和相同品味的友人分享。這種有所區隔與限制的作風，對比於曾住在奔雲石的黃汝亨（1558-1626），[3]後者這位笑口常開的先生不計穢惡，可以和任何人同榻，相較下此時的張岱似乎顯得更高傲一些。然而從另一個角度來看，張岱的作法也有理由，譬如屠隆（1542-1605）在《考槃餘事》提到重視生活藝術的人必須講究之處，例如古畫不可出示俗人，因為俗人不知觀看之法，可能導致古畫受損。又如飲茶以客少為貴，客多則喧嘩，喧嘩則欠缺雅趣。再又如彈琴須先洗手，使琴絃不受污。而且彈琴之人，風致清楚，只宜啜茗，間或用酒發興，

---

[1] 明．張岱撰、馬興榮點校，《陶庵夢憶．西湖夢尋》。北京：中華書局，2007。頁 29。張岱的這種觀念已有先例，高濂《遵生八箋》卷之七「起居安樂箋」上卷的「居處建置」便說「清閟閣，雲林堂。閣尤勝。客非佳流不得入。」見明．高濂著、趙立勛校注，《遵生八箋校注》。北京：人民衛生出版社，1993。頁 225。

[2] 這種觀念應該是當時具有文化素養者的特性之一，例如李漁（1611-1680）也主張「土木之事，最忌奢靡。匪特庶民之家，當崇儉樸，即王公大人，亦當以此為尚。蓋居室之制，貴精不貴麗，貴新奇大雅，不貴纖巧爛漫。」見清．李漁著、沈勇譯注，《閒情偶寄》。北京：中國社會出版社，2005。頁 170。

[3] 張岱在《陶庵夢憶》卷一〈奔雲石〉提到自己幼年時隨祖父拜訪此人，對其居所環境及為人作風印象深刻。黃汝亨去世後，張岱曾一度興起在該處讀書生活的念頭。

也僅宜微有醺意，不可蕩情狂飲或堆置醴酪葷膻。[4]類似這些要求應該是當時許多文人雅士常有的看法，因此如非高流佳客可能未必充分配合，而張岱的清雅書室必然陳列不少書畫文玩，也必然品茗操琴，若像黃汝亨那樣來者不拒，則必將大損原本的高雅氣氛。

張岱的梅花書屋與另一位知名隱佚者的住處同名，張岱在《快園道古》記載王冕攜妻子隱居九里山，種梅千樹，題其居所為梅花書屋。「春時，梅子結實賣錢，每一樹若干錢，以紙裹識之。逐日支用，則記曰食梅幾樹。大雪，赤足上爐峰，四顧大呼：天地間合成白玉，使人心膽澄澈，便欲仙去！」[5]張岱並未像王冕那樣清苦度日，但應該羨慕那種精神自在的生活；張岱也常登峰賞月或賞雪，或許會想像先人在峰頂高呼的心境。

〈不二齋〉也是一處很清幽的屋室，張岱說屋旁有高大的梧桐樹、梅樹，綠葉遮日，屏擋暑氣。屋後有數竿竹子，每當

---

[4] 明．屠隆，《考槃餘事》。收入《叢書集成新編（第 50 冊）》（頁 325-349）。台北：新文豐出版公司，1986。頁 334,341,337-338。

[5] 明．張岱，《快園道古》。杭州：浙江古籍出版社，1986。頁 100。另外，《明史》記載「王冕，字元章…每大言天下將亂，攜妻孥隱九里山，樹梅千株，桃杏半之，自號梅花屋主，善畫梅，求者踵至，以幅長短為得米之差。」見清．張廷玉等，《明史》。北京：中華書局，1974。頁 7311。再者，高濂《遵生八箋》在「溪山逸遊條」之〈序古名遊〉寫道：「越人王冕，當天大雪，赤腳上潛岳峰，四顧大呼：遍地皆白玉合成，使人心膽澄徹，便當仙去。」見明．高濂著、趙立勛校注，《遵生八箋校注》。北京：人民衛生出版社，1993。頁 256。

陽光灑下，仰空一望，晶亮如玻璃與雲母，彷彿置身清涼世界。圖書滿室，各種珍玩陳列室內。房間左方設有石床與竹几，圍著紗帳以防蚊蠅，綠蔭暈染著紗帳與四壁。夏天的建蘭與茉莉花香沁入衣裳。重陽前後，在北窗下種菊，上下五層菊盆依序排列，花景與秋色相映，清爽明亮。冬天梧桐葉落，蠟梅花開，冬陽照向窗戶，溫暖有如火爐與毛毯。另外用崑山石栽種水仙，排列於階下。當春天來時，四壁都是山蘭，門檻前植半畝芍藥，內有不少稀有品種。在這種環境內，張岱說他解衣盤腿，不管寒暑都不願離開，然而如今想來有如隔世。[6]

「不二齋」原是張岱曾祖的講學地，後來張岱予以重建，內置許多精美的奇書文玩。[7]張岱在回憶中重現過去的生活空間，逐一標示各種優美之處，完全沒有提及任何不足，宛如是他心中的完美空間。對於已失落的事物，不僅懷念，而且會放大事物的美好，這是人之常情。張岱回憶中的往日生活空間好像屬於世外無憂的純淨世界。

〈天鏡園〉[8]是張岱回憶以前讀書生活的片段。這個地方有

[6] 明．張岱撰、馬興榮點校，《陶庵夢憶．西湖夢尋》。北京：中華書局，2007。29-30。

[7] 明．祁彪佳撰、中華書局上海編輯所編輯，《祁彪佳集》。北京：中華書局，1960。頁 189。

[8] 明．張岱撰、馬興榮點校，《陶庵夢憶．西湖夢尋》。北京：中華書局，2007。頁 41。

個浴凫堂，樹木濃蔭，面對著蘭盪湖水，碧波粼粼。祁彪佳認為天鏡園的優點在於水，但又不全限於水，遠山奇石，競相爭勝，每一角落都自有天地，遊人往往迷失路徑。[9]張岱曾在天鏡園讀書，他回憶當年享受清新自然的美好經驗，開窗便綠意迎面，書卷文字都映染著鮮碧顏色，當地竹筍「破塘筍」白嫩甘甜，無以形容。

這個地方不僅景致優美，也和家族長輩有關，萬曆三十九年（1611）祖母去世，祖父張汝霖一度獨居於天鏡園，擁書萬卷，終日閱讀。[10]那時張岱十五歲，想必也常到此地看望祖父。向來被祖父重視的張岱，日後也在此讀書學習，能否繼承祖父心願與實現自我，一直是張岱的心事。

〈山艇子〉[11]寫張岱家鄉山艇子的石與樹。張岱說龍山自巘花閣以西皆石骨棱棱，特別是山艇子的石頭更是孤高自立，人們將大樟樹移種其上，可是樹木不被石頭接受，但樟樹並不恨石頭，轉而屈於其下，與石塊相接近。石塊方廣三丈，右側低窪凹陷，唯有竹子才能展現石頭的特性，然而竹子也很怪，孤立而生，並不憑藉石頭。竹節緊湊，竹葉濃密整齊，有不可

---

9 明．祁彪佳撰、中華書局上海編輯所編輯，《祁彪佳集》。北京：中華書局，1960。頁 196。

10 明．張岱，《瑯嬛文集》。長沙：岳麓書社，1985。頁 162。

11 明．張岱撰、馬興榮點校，《陶庵夢憶．西湖夢尋》。北京：中華書局，2007。頁 86。

一世之姿。有人認為竹生石上，土淺不利於根，因此彎曲盤繞，有如黃山松樹。山艇子的樟樹，始於石，中有竹，上近樓，由於樓與之不能相比，所以稱為艇，然而樟樹過於靠近石頭，反而讓石頭的特性顯不出來，如能距離丈遠，則樓壁、樟樹與竹子都能盡現出來。最後，張岱認為竹石相間的意韻在於淡及遠。

這是張岱對景致的感受與評價，龍山的山艇子曾是他讀書之地，顯然他曾細細解讀並品味該地的山林草木，也想像更理想的圖景結構，此文呈現張岱美感生活的一部分。

另外，〈砎園〉為張岱祖父張汝霖所建，是一座善用水的園林，張岱指出「砎園，水盤據之，而得水之用，又安頓之若無水者。…人稱砎園能用水，而卒得水力焉。」[12]砎園在張汝霖時代極其華縟，甚至有人認為堪比蓬萊閬苑或更勝之。[13]

〈龐公池〉[14]寫張岱曾經度過的一段無憂歲月。張岱說龐公池平常少有行船，更不必提夜間行船，也更不用說為了賞月

---

12 明．張岱撰、馬興榮點校，《陶庵夢憶．西湖夢尋》。北京：中華書局，2007。頁 16-17。

13 祁彪佳對「砎園」的描述為：「張肅之先生晚年築室於龍山之旁，而開園其左，有罏香亭臨王公池上。憑窗眺望，收拾龍山之勝殆盡。壽花堂、霞爽軒、酣漱閣，皆在水石縈迴、花木映帶處。」見明．祁彪佳撰、中華書局上海編輯所編輯，《祁彪佳集》。北京：中華書局，1960。頁 183。

14 明．張岱撰、馬興榮點校，《陶庵夢憶．西湖夢尋》。北京：中華書局，2007。頁 88。

而行船。但自從他在山艇子讀書，就常留置一小舟於池中，每逢月夜，幾乎夜夜乘船而出，沿著城牆到北海坂，往返有五里，小舟就盤旋其中。山後人家，閉門高臥，不見燈火，悄悄暗暗，頗感悽惻。張岱在舟中鋪上涼蓆，躺臥舟內賞月，童僕在船頭唱曲，醉夢相雜，聲音漸遠，月亦漸淡，人漸睡去。曲終忽然醒來，含糊稱贊，便又復睡去。童僕也呵欠歪斜，互相靠著睡覺。船夫駕船回到岸邊，催促他們下船回家安寢。張岱說那時候的自己胸中浩浩落落，毫無芥蒂，一枕黑甜，高日始起，不曉得世間何物是憂愁。

張岱感慨年華老去，人事全非，甚至山河變色，生命中美好事物本多不持久，唯有回憶可永存心中，特別是藉由書寫留下筆墨印跡，更可流傳後世，若能如此，則那段歲月就不算虛度，或許還可能遇到知音。龐公池夜遊的張岱身邊還有童僕與船夫，他們為他唱曲與操舟，因而他的臥舟賞月就顯得更為愜意與悠然。不可否認，他的感知與經驗都和其身分地位有關。

《陶庵夢憶》卷八的末篇〈瑯嬛福地〉，[15]也是該書的終篇。張岱在文中描繪他理想中的埋身之地。張岱說夢往往有因緣，他自己常夢到一間石室，山岩曲折深遠，前有溪流湍急，還有松樹與奇石，並夾雜著名花。張岱夢到自己坐在其中，有童子

---

[15] 明．張岱撰、馬興榮點校，《陶庵夢憶．西湖夢尋》。北京：中華書局，2007。頁 103-104。

送上茶果，積書滿架，開卷視之，多為蝌蚪、鳥跡、霹靂篆文，他在夢中閱讀，似乎能理解這種艱澀文字。張岱自謂閒居無事，常有此夢，醒來便想找一個好地方，模仿夢中情形來建造。郊外有一小山，石骨棱礪，上多竹林，偃伏園內。張岱想建造一室，後有石坪，種數棵黃山松，堂前有兩棵娑羅樹，左邊有空室，其匾為「一丘」，面對山麓；右邊有三間房，匾為「一壑」，前臨大池。沿山往北，有數間精舍小房，周圍有古木、層崖、小澗、幽篁，錯落有致。山的盡頭有一佳穴，張岱在此處建造墓地，碑上文字為「有明陶庵張長公之壙」。墓的左方有一畝多的空地，建一座草庵，供佛像與張岱像，請僧人主持以奉香火。有大池寬十多畝，池外小河蜿蜒，可行船進入池內。河兩岸皆高山，可種植果木，包括橘、梅、梨、棗等，再以枸杞、菊花圍起來。山頂設置一亭，山的西邊有良田二十畝，可種高梁與稻。門前有大河，兩旁有小樓，可登樓看爐峰、敬亭各山。樓下門匾為「瑯嬛福地」。沿河向北走，有古樸石橋，橋上有樹，在橋上可以坐下休憩，迎風乘涼，閒心賞月。

張岱此文向讀者展示他為自己安排的最終歸宿，樸實自然、景色清雅，張岱前半生重視精緻品味的生活，自然會想像也能擁有意境清幽的人生終點站，這應該是一般人難以企及的規畫與設計。在張岱的想像中，死後也想要置身如生前追求的美好環境，這和一般凡夫俗子並無不同，張岱對瑯嬛福地的想像與追求，雖然是別有意韻的品味與設想，但似乎不夠超然與通透。

張岱另一重要著作《瑯嬛文集》，內有一文〈瑯嬛福地記〉，[16]記述傳說中西晉張華（232-300）偶入山洞見藏書萬卷，內有一密室名為「瑯嬛福地」，室內皆珍稀之書冊秘籍。張岱應是幻想自己也能和張華一樣有幸身臨巨大藏書室，享受閱讀古今群書的樂趣，不過《陶庵夢憶》的〈瑯嬛福地〉卻是大幅著墨於園亭佈局及自然景觀，對於藏書及閱讀則未提及。

在這些安適的空間內，張岱想要建構自我理想的個體性更容易實現，這些空間對張岱的最大意義在於他能從中解讀出符合自我價值的情境特質，各種花草樹木、清風明月都和他的理想產生共鳴，因而如此的空間並非僅是提供舒適安樂的物質空間，也同時協助型塑生活者的心理空間，更讓生活個體進一步去管理物質空間，包括調控自己與特定空間的關係，以確保心理空間之持續存在。

## 貳、異化空間

雖然張岱曾經擁有美好的生活環境，不過其中有若干地方卻遭受「破壞」，這種破壞不僅是後來戰亂造成，更有一些是由於他的族親所施加的不當操作與扭曲，破壞了原本的高雅品味，這種現象讓張岱感到難過，在他的回憶中對此不勝感慨。

---

[16] 明・張岱，《瑯嬛文集》。長沙：岳麓書社，1985。頁 65-66。

《陶庵夢憶》卷一的〈筠芝亭〉，張岱回憶了家族前輩構建的亭園—「筠芝亭」，並展示該園的特色與優點，這也是作者表達對家族前輩的敬意，同時彰顯前輩的非凡品味。

〈筠芝亭〉是張岱高祖張天復建造，雖然只是一座簡樸的亭子，然而此後不僅家裡所蓋的亭、樓、閣、齋都不及這座亭子，甚至還會成為妨礙。當初張天復建此亭時，「亭之外更不增一椽一瓦，亭之內亦不設一檻一扉，此其意有在也。」[17]亭的前後有張天復手植的樹木，清樾輕嵐，滃滃翳翳，如在秋水。亭前有石台，可登高遠眺，眼界光明。敬亭諸山，箕踞麓下；溪壑縈迴，水出松葉之上。台下有老松僂背而立，一老幹下垂，小枝盤鬱，有如羽葆華蓋。祁彪佳在〈越中園亭記〉中亦視此地為名園，有所記述，[18]雖也盛讚園林景致，不過對張岱強調的特色（筠芝亭的渾樸之意）並未觸及。

可惜的是，最終一切都成過往雲煙，張岱回憶中的筠芝亭

---

[17] 明・張岱撰、馬興榮點校，《陶庵夢憶・西湖夢尋》。北京：中華書局，2007。頁 16。

[18] 張岱指筠芝亭是其高祖張天復（太僕公）建造，但後來可能歸給張岱的叔祖，因祁彪佳寫「張懋之先生搆亭曰筠芝」，並具體描述其位置與景色：「臥龍山之右嶺有城隍廟，即古蓬萊閣，折而下，孤松兀立，古木紛披…樓曰霞外，南眺越山，明秀特絕。亭之右為嘯閣，以望落霞晚照，恍若置身天際。非復一丘一壑之勝已也。主人自敘其園，有內景十二、外景七、小景六。」見明・祁彪佳撰、中華書局上海編輯所編輯，《祁彪佳集》。北京：中華書局，1960。頁 183。

「癸丑以前，不垣不台，松意尤暢。」[19]顯指癸丑年後已然有變。張岱以此園的設計及蘊意來展現張家數代以來的園林品味，強調家族積累的文化內涵，而這正是張岱之所以自傲的原因之一，也是關乎他的自我價值與認同的重要元素。

〈懸杪亭〉[20]回憶家裡曾有的房舍建築。張岱說他六歲時，跟著父親在懸杪亭讀書，他依稀記得那是在一片峭壁之下，不用泥土，純以木石建立，高堂飛閣，連綿並接。沿著崖壁而上，都是灌木高樹，與檐甃相錯。之所以稱為「懸杪」，是取唐朝詩人杜審言的詩「樹杪玉堂懸」。後來仲叔張聯芳在崖下建房子，聽信堪輿家的話，認為懸杪亭妨礙其龍脈，千方百計將懸杪亭買下，並於一夜之間拆除，遍植茂草。張岱感慨，那是他兒時美好生活的地方，常在夢中尋往。

張岱此文除緬懷童年，亦隱然埋怨仲叔張聯芳，同時也反映家族關係的某些面向，例如自私與算計。張岱曾指張聯芳收藏豐碩，精於鑑賞，但從他拆毀懸杪亭一事來看，似乎也是庸俗之輩。雖然張岱一直和其仲叔親密，但內心不免有一絲怨念。

〈巘花閣〉寫張岱對園亭設計的觀念。張岱說「巘花閣」在筠芝亭的松峽之下，山崖層疊，古木林立，秋有紅葉。山坡

---

[19] 明．張岱撰、馬興榮點校，《陶庵夢憶．西湖夢尋》。北京：中華書局，2007。頁 16。

[20] 明．張岱撰、馬興榮點校，《陶庵夢憶．西湖夢尋》。北京：中華書局，2007。頁 86。

下溪流蜿蜒，岸石稜稜，與水相距。巘花閣原本「閣不檻、不牖，地不樓、不台，意正不盡也。」[21]在極簡風格內蘊含著無窮意致。但後來出現了變化，張岱指他的五叔自廣陵歸來，滿腦子的園亭想法，便在此小試身手，蓋了台、亭、廊、棧道，另外又建了堂、閣，並栽植梅花，張岱認為這樣一來，未免流於呆板、過多、擁擠，讓人感覺侷促。五叔讓張岱作一副對聯，張岱便寫道：「身在襄陽袖石裡，家來輞口扇圖中。」[22]其實是在指責五叔的設計缺點，亦即欠缺格局。

祁彪佳在〈越中園亭記〉對「巘花閣」說明如下：「在張五洩君宅後，即龍山之南麓也。石壁稜峙，下匯為小池，飛棧曲橋，逶迤穿渡。為亭爲臺，如簇花疊錦。想金谷當年不過爾爾。」[23]雖然將巘花閣比喻為石崇的金谷園只是一種修辭，但可以想見風格轉變之大，難怪張岱會以對聯譏刺。

張岱既寫自己的園亭理念，也同時批評其五叔的作法。《陶庵夢憶》卷七〈及時雨〉提到這位五叔為祈雨活動增添許多豪華展演，看得出是喜歡大手筆的人，有追求華麗壯觀的偏好；

---

[21] 明．張岱撰、馬興榮點校，《陶庵夢憶．西湖夢尋》。北京：中華書局，2007。頁 98。

[22] 明．張岱撰、馬興榮點校，《陶庵夢憶．西湖夢尋》。北京：中華書局，2007。頁 98。

[23] 明．祁彪佳撰、中華書局上海編輯所編輯，《祁彪佳集》。北京：中華書局，1960。頁 184。

但將這種想法放到園亭上，就不是張岱能接受的，此文顯示張岱不客氣地直接表達自己的不以為然，利用對聯加以嘲諷，但不知五叔是否了解其中意思，或者反應為何。

〈瑞草谿亭〉[24]寫張岱堂弟燕客整治園亭的行為，並以此突顯其個性。張岱家族的「瑞草谿亭」在龍山支麓，堂弟燕客認為下面有奇石，便進行挖掘，而且不避辛勞，親執鍬鐽，率領工匠挖了三丈深，之後在上面蓋房子。房子今天蓋，明天拆，後天又蓋，之後又再拆，這樣折騰了十七次，才將谿亭完成。此處原來無溪，燕客挖出一條溪，覺得不夠，再挖水塘、溪谷，動員工人數千人，更索性闢成水池，拓寬一畝，加深八尺。沒有水，便挑水貯放，中間留一塊山石，形如石案，水繞石案，也頗有意致。可是燕客認為山石是新掘出的，沒有蒼古味道，便用馬糞塗抹，想要使之長出苔蘚，可是苔蘚沒辦法立即長成，就叫畫工用石青石綠畫在上面。某日，燕客左右觀望，認為山石應有數棵天目松盤覆其上，因而以重價購買五、六棵天目松，在石上砍鑿種植。結果石塊崩裂，石案與松樹俱毀，燕客一氣之下，連夜將石案鑿成硯山形，但缺一角，又搬一塊石頭來補。燕客個性急，種樹等不及長大，就移植大樹，但大樹也無法存活，又另找大樹來補種。就這樣反復種樹、樹死、再種樹。谿

---

[24] 明・張岱撰、馬興榮點校，《陶庵夢憶・西湖夢尋》。北京：中華書局，2007。頁 102-103。

亭比舊址低四丈，燕客將挖出來的土運到東邊，泥土堆成高山，一畝之室，滄桑遽變，因此張岱說只要看到建成一室，必定多加觀望，因為可能隔日就拆了。谿亭雖然很小，但花費上萬。燕客曾讀小說，讀到唐朝的姚崇夢遊地獄，看到數千惡鬼忙於鑄造，說是為燕國公張說鑄橫財，又到另一地方，看到一二瘦弱小鬼在鼓風燒爐，說該處是姚崇的財庫。姚崇醒來嘆道，燕公豪奢，實屬天意。燕客喜歡這個故事，從此便自號為「燕客」。他的父親張聯芳家業有四五萬，燕客接手沒多久就揮霍一空。崇禎十七年（1644）張聯芳客死淮安，燕客奔喪，張聯芳生前累積的薪俸與古玩珍藏又有二萬多，燕客帶回來後，才過三個月就花光了。張岱說，谿亭住宅，一邊建造、一邊修改、一邊出賣，翻山倒水無虛日。製燈名家夏耳金為了製燈剪彩也是這樣，人們稱夏耳金為「敗落隋煬帝」，稱燕客為「窮極秦始皇」，張岱認為可堪一笑。

綜合張岱的其他文章來看，張岱對燕客的批評算是明顯且頻繁，此文又是一例，雖然他們是關係親近的堂兄弟，但張岱還是指出他的性急、暴燥、揮霍、低品味，以及偶有心機。

此文又指夏耳金和燕客一樣，但張岱在卷四〈世美堂燈〉很看重夏耳金的手藝，還高價收購他的花燈。顯然張岱認為夏耳金雖然也是翻山倒水無虛日，但他的製燈技術與美學水準還是能贏得張岱的贊許，至於張岱眼中的燕客可能就只是一味折騰而已。

同樣生活於晚明的文震亨（1585-1645）在《長物志》裡對居室有如下的講究：「居山水間者為上，村居次之，郊居又次之。吾儕縱不能棲岩止谷，追綺園之踪；而混迹廛市，要須門庭雅潔，室廬清靚。亭台具曠士之懷，齋閣有幽人之致。又當種佳木怪籜，陳金石圖書。令居之者忘老，寓之者忘歸，遊之者忘倦。…若徒侈土木，尚丹堊，真同桎梏、樊檻而已。」[25]張岱的看法應亦大致如此，他不喜歡徒重表象或形式的鋪張，所以認為五叔與燕客都是不了解園亭美學的魯莽人士。

綜觀張岱對園亭的回憶書寫，他對於自己曾經生活過的場所，都充滿著深刻情感，最主要在於這些地方和他的自我認同有關，每個空間的重要構成元素都可能成為建構自我的影響因素，例如重視渾樸、自然、淡雅，以及不過度雕飾的風格，它們也都能成為人品的特質。

另外，如果機會允許，張岱也會主動改造已經惡化的環境，例如，在〈龍噴池〉[26]中，他敘述家鄉的龍山河道由於多年來環境變化，已經堵塞不通。崇禎十二年（1639）四十三歲的張岱呈請地方長官疏浚河道，獲得正面回應，經過投入不少人力

25 明・文震亨著、陳植校注、楊伯超校訂，《長物志校注》。南京：江蘇科學技術出版社，1984。頁 18。

26 明・張岱撰、馬興榮點校，《陶庵夢憶・西湖夢尋》。北京：中華書局，2007。頁 39。

物力，包括動員千餘工人、拆屋三十多間、開闢土壤二十多畝，以及鏟除瓦礫污物達一千多艘船，終於使河水清澈，河道通暢，船隻順利通行，而且轉變成一處風光明媚的地方。張岱為此歡喜異常而作銘文。

張岱以此彰顯自己對地方事務的熱心與實踐能力，他並非僅是只知享受、崇尚風雅的貴公子，而是關心鄉里，也能夠身體力行的讀書人。這也可用來證明張家對地方的貢獻，相較於〈陽和泉〉提及鄉人對張家的不滿，[27]張岱以此文進行某種側面的反駁。

## 第二節　名園回憶

一般而言，園林鑑賞能力之養成，總是需要經過大量的觀摩學習過程，張岱不應例外，在他的回憶中，也提及幾次遊覽某些名園的經驗，例如，范長白園、于園、愚公谷等。

〈范長白〉描寫名園「范長白園」及其主人風貌。「范長白

[27] 該文提及崇禎五年（1632），時年三十六歲的張岱聽說家鄉的琶山在陽和嶺有一泉，名為玉帶泉，他前往勘查，覺得此泉以「玉帶」為名，實在不雅。他認為陽和嶺是張家祖墓之地，曾祖張元忭（號陽和）高風亮節，可比山水，便將玉帶泉改稱「陽和泉」。不料地方上有一些人不願改換名稱，便立碑刻字以標示其名，並且還傳言說自從張家命名「禊泉」，禊泉便被張家擁有，而琶山是張家的祖墓所在，更容易被張氏據有，因此立碑說明，以防張家強奪。見明．張岱撰、馬興榮點校，《陶庵夢憶．西湖夢尋》。北京：中華書局，2007。頁 37-38。

園」為范仲淹（989-1052）後代范允臨（1558-1641，字長倩，號長白）的庭園，在蘇州的太平山下。當地萬石聚集，嶙峋峻峭，旁邊是范仲淹的墓。張岱描繪該園景致及週遭環境都很清幽良好，也順便提出他的感想：「地必古蹟，名必古人，此是主人學問。但桃則溪之，梅則嶼之，竹則林之，盡可自名其家，不必寄人籬下也。」[28]表達其園林觀念與他人不同之處。

該園主人范允臨與張岱祖父張汝霖同年考上進士，據說范允臨長得奇醜，張汝霖曾對他開玩笑，引用「彭祖百忌」中的「丑不冠帶」，[29]笑指范允臨竟也仕宦冠帶。這個玩笑被人們傳為笑譚，因此張岱很想看看這位主人。張岱抵達「范長白園」後，主人出迎，一看果然狀貌奇特，但服裝精潔。范允臨打開山堂，主客偕同入內小酌，窗戶簾幕都極其精美，還有女樂歌聲飄蕩而出。之後他們轉到小蘭亭，繼續交談應酬，直到很晚了，張岱欲告辭離去，但主人讓客人再坐一會兒，並說「請看『少焉』。」張岱不解「少焉」是什麼，主人解釋說，當地有位縉紳，愛賣弄學問，因〈赤壁賦〉有一句「少焉，月出於東山之上」，便將月亮稱為「少焉」。張岱留下觀月，果然晚景佳妙。主人臨別時指出，許多人到此園，都未能看到園中雪景，誠屬遺憾。其實寒冬時節，山石險峻，積雪高聳，極為壯觀，可惜

[28] 明．張岱撰、馬興榮點校，《陶庵夢憶．西湖夢尋》。北京：中華書局，2007。頁 58。

[29] 原意是指「丑時」不行冠帶。

張岱未能一覽勝景。張岱告辭，步月而出，前往玄墓，夜宿於仲叔張聯芳的畫舫中。[30]

這篇文字同時將一座名園及其主人的特質都呈現出來，後面提到「少焉」既是嘲諷，也是一種幽默。張汝霖拿范允臨的缺陷開玩笑，應該是關係不錯，他們曾在一起講求聲伎之道。范允臨即便外貌不佳，但他能讀書、有功名，而且從范長白園的特色來看，他的文化品味很好。一個人的瑕疵能對比出其他特質之突出與可貴，某些缺點也可令人感覺該人更具真實性。有意思的是，范允臨最後說該園的雪景可能更具可觀性，然而大多數人都未能看到，而張岱似乎也是此類無緣者之一，不知張岱是否另擇佳期以觀冬雪，如是，則張岱便可進一步展現其異於他人的特殊性。

〈于園〉[31]寫張岱參觀亭園的經驗，也表達他的治園觀念，此文側重於園石佈局。他說于園在瓜州的五里鋪，是富人于五所的園子。若非顯貴人士，主人不輕易開門迎客。當時張岱的仲叔張聯芳在瓜州任職同知，帶他前去，獲得主人殷情招待，因此張岱得以一覽于園。張岱觀賞後認為，園中並無明顯特殊之處，若要說有特點，則主要奇在壘石，並可進一步區分為三

---

30 明．張岱撰、馬興榮點校，《陶庵夢憶．西湖夢尋》。北京：中華書局，2007。頁 58-59。

31 明．張岱撰、馬興榮點校，《陶庵夢憶．西湖夢尋》。北京：中華書局，2007。頁 59。

奇：實奇、空奇與幽陰深邃奇。實奇，指在前堂堆壘石坡高達二丈；空奇，指在大池中以石塊砌出奇峰絕壑；幽陰深邃奇，則指在臥室檻外有一深道，自上而下如螺旋狀。張岱有感而發，說瓜州有許多園亭都以假山聞名，石頭本來源自大自然，經壘石工匠的雙手雕琢孕育，再由精於此道之主人巧妙設計，如此安置於園中的石頭可算是無憾。張岱又指揚州儀真縣的汪園，堆砌石頭的花費達四、五萬銀，其中最得意者為一座「飛來」峰，然而卻陰暗泥濘，被人唾罵。後來張岱看到當地有棄置於地的黑白兩塊石頭，白石大而癡，有癡妙之韻，黑石小而瘦，有瘦妙之味。他想若能獲得這兩塊石頭，省下大筆費用，終生守著此二石，會是怎樣景況呢？

張岱精於鑑賞園亭，培養這種能力必須有大量的觀摩經驗，而此又部分得力於他的身分，例如這次參觀于園，便因有其叔父的關係，張聯芳是地方官，主人應會更熱情一些。張岱對園石的品鑑可看出時人對園林與奇石文化的講究，許多人一窩蜂競相搜羅與堆砌，但水準差距很大，重點在於主人是否真正了解石頭的優缺點，以及它們和週遭環境的相應性，張岱於文末提及黑白棄石，意指自己擁有異於他人的眼光，他能注意到人們不屑一顧的棄石，並從中品出癡妙與瘦妙，而且願意終生守護，這便是張岱自認高人一等之處。

〈愚公谷〉[32]描寫愚公谷當地的名園景色。張岱說愚公先生交遊遍天下，名公巨卿絡繹造訪，饋贈豐厚，但都屬於虛往實歸，因為主人對來訪的名士清客不僅熱情款待，還會致贈禮物。愚公花錢如流水，至今人們仍津津樂道。愚公是文人，他的園亭也很講究，屋宇廳堂、花草樹木都非常合宜，水塘藕花，隔岸溪石，土牆生苔，皆有高雅韻致，幾乎令人忘記是在人間。園子的東邊靠牆處有一座高台，本可鳥瞰外面寺院，但被牆角的老柳樹擋住，因而無法登台遠望。張岱認為這與其他庭園每每讓花樹去遷就亭閣，或讓高台去遷就園亭的設計有所不同。

此文重點在寫愚公的為人特性，以及反映於園庭設計。愚公待人豪爽，出手大方，張岱觀察其園並不俗，應該也是個有想法的富人。

愚公谷主人鄒迪光（1550-1626），字彥吉，號愚谷。萬曆二年（1574）進士，官至副史，提學湖廣。錢謙益說他「罷官時年纔及強。以其間疏泉架壑，徵歌度曲，卜築惠錫之下，極園亭歌舞之勝。賓客滿座，觴詠窮日，享山林之樂幾三十載。年七十乃卒。愚公亡，而江左風流盡矣。」[33]鄒迪光對愚公谷相當自豪，認為該園是本於天而成於人。他以為園林之勝，重

---

[32] 明·張岱撰、馬興榮點校，《陶庵夢憶·西湖夢尋》。北京：中華書局，2007。頁 90。

[33] 清·錢謙益，《列朝詩集小傳》。上海：上海古籍出版社，2008。頁 647。

點在山水二物，山水成之於天，屋宇成之於人；樹木則是成之於人，也成之於天。他自認很幸運，得土地於山水之間，又能得喬柯而成其勝，不必僅以土木構造為奇，所以他略施才智，對佳麗山水加以剪裁組織，便成為名園。[34]除了善於治園，鄒迪光的家班也很有名，訓練家樂伶人非常嚴格，並要求觀眾必須專心觀賞，方能充分了解台上演出的各種細微之處。這樣的名家，應該也是讓張岱認同的原因之一。

除了很多讓張岱欣賞的園林之外，也有若干令他不以為然的名園，例如，包應登（涵所）在西湖飛來峰下的北園，該處岩石奇峭，溪澗橋樑，屋舍規劃成扇面，分為八格，作成八卦房，每房安置有床，床帳可前後開合，放下內帳則床向外，放下外帳則床向內，主人坐臥其中，明窗洞開，焚香倚枕，八床面面皆出，繁華至極。[35]然而張岱不甚認可類似這樣的設計，視為窮奢極慾的表現，可由此猜想主人個性。

長久以來，許多富室都會營構別墅、園亭，晚明社會更是熱衷此道，自然精益求精，發展出不同的風格與手法，明末園林大師計成（1582-1642）強調造園要靠「三分匠，七分主人」，

---

[34] 明．鄒迪光，〈愚公谷乘〉，收錄於陳植、張公弛選注；陳從周校閱，《中國歷代名園記選注》（頁 187-196）。合肥：安徽科學技術出版社，1983。

[35] 明．張岱撰、馬興榮點校，《陶庵夢憶．西湖夢尋》。北京：中華書局，2007。頁 41-42。

若無懂得園林造景的人來主持設計，單憑工匠根本無濟於事。這些工匠可能巧於雕鏤，精於排架，但墨守成規，是屬於「無竅之人」，真正的造景行家，會了解園林巧於「因」、「借」，精在「體」、「宜」。[36]這些必須充分認識整體環境，隨機應變，因地制宜，也就反映出主人的真正能耐。從張岱的記述來看，他似乎認為早先祖輩還能掌握園亭之道，但往後子孫（張岱除外）就都只是濫行施作了。因此他感到部分生活空間遭到某種程度的破壞，而他似乎只能無奈地面對這些變化，此一現象似乎讓人看到雖然張岱自栩在園亭方面擁有豐富知識與品味，卻未能影響其親人，甚至在某些方面還和他的想法背道而馳。這樣的情形不無可能也意味著他和相關親人間的關係性質，以及張岱在整個大家族中的地位及影響力，都還有更微妙與複雜之處。

[36] 明．計成著、陳植注釋，《園冶注釋》。北京：中國建築工業出版社，1988。頁 47-48。

# 第四章　戲裡戲外

《陶庵夢憶》涉及戲劇的文章很多，一部分談及張岱家族的家樂，有些則描述其他人的戲班，或地方活動中的各種戲劇演出，再有一些則是針對戲劇界內個別人士的故事。

## 第一節　家樂絃歌

張岱的家族自祖父時代開始蓄養家班，從此開始張氏家班的傳承，張岱在這種環境下耳濡目染，也養成對戲劇的愛好，而且他還在音律、編劇、演員訓練上都有出色成果，將所承接的家族文化資產予以發揚光大。

### 壹、戲出名門

張岱的曾祖父張元忭力求儉樸的家風下，張氏子弟應不可能擁有太多的絲竹之樂，從祖父張汝霖中年以後開始重視休閒娛樂，才使張家和許多富貴人家一樣建立自家的家樂班子。

在〈張氏聲伎〉[1]中，張岱回憶家裡蓄養戲班的過往。他首先指出，「聲音之道」最能深入人心細微之處，因此了解其中奧妙的人往往難以自制。[2]接著張岱開始敘述張氏家班的發展。他

---

[1] 明．張岱撰、馬興榮點校，《陶庵夢憶．西湖夢尋》。北京：中華書局，2007。頁 54。

[2] 此文一開頭寫「謝太傅不畜聲伎，曰：『畏解，故不畜。』」應是把南北朝時期宋武帝劉裕（363-422）誤寫成謝安（320-385）。據《南史》記載「宋武節儉過人…殷仲文勸令畜伎，答云：『我不解聲。』仲文曰：

說原本張家沒有戲班，最早發端於祖父張汝霖在萬曆年間和一些友人（包括范允臨、鄒迪光、黃汝亨、包應登）共同接觸與研究，遂開啟了家班的設置。前後計有「可餐班」、「武陵班」、「梯仙班」、「吳郡班」、「蘇小小班」，再接下來還有張岱之弟張平子的「茂苑班」。自從主人愈來愈了解戲曲之道與家班管理，伎童的技藝就愈發出奇。張岱自謂五十年來，家中伎童由小而老、老而復小、小而復老，歷經五波輪替。像「可餐班」與「武陵班」那一輩人早已凋零，不復可見；至於「梯仙班」及「吳郡班」的尚存者，都已是佝僂老人；而「蘇小小班」也半數過世；「茂苑班」自從其弟逝去，也換了主人。張岱嘆息，如今只剩自己是見過當年盛事的老翁，尚能辨別美醜，若有人想要了解往日榮景，可以向他請教。

張岱對當年的繁華生活相當懷念，不只是那些綺麗身影與曼妙歌聲曾帶來美好經驗，還包括那些曾將藝術融入生活的許多伎人，他們以生命輪替而創造張家伎藝流脈。儘管人的生命會隨著時間流逝，但他們的努力與成果應該被記住，這可能也是張岱覺得必須書寫回憶的原因之一。從另一個角度來看，如果說家班的藝術造詣讓張家主人引以為傲，並視為自身及所屬

『但畜自解。』又答：『畏解，故不畜。』」見唐·李延壽撰、楊家駱主編，《南史》。台北：鼎文書局，1981。頁 1171。取自中央研究院歷史語言研究所「漢籍電子文獻資料庫」http://hanchi.ihp.sinica.edu.tw/ihp/hanji.htm。

家族價值的一部分，那麼也可以說主人生命價值中的某部分亦寄託於僕人身上，主人的主體性受到某種牽制，因而當家班凋零，主人的生命意義也部分流失。張氏家班歷經主人三代、伎人五波輪替，所謂「張氏聲伎」是張家主人與優伶歷經數代成員共同組構，並一起搬演他們在戲曲舞台與生活舞台上的角色。

張家的班子在許多節慶時都會有演出活動，例如〈世美堂燈〉[3]敘述燈節時，張家對製燈與放燈的嚴加講究，要求放燈必須搭配音樂與戲劇，譬如，在施放煙火時，以清吹嗩吶搭配，煙花有緩急高下，嗩吶也跟著緩急高下。此外，放燈就必須有演戲，否則不夠酣暢過癮。張岱命令家僮演出元劇四、五十本，每演四齣就分別列隊舞蹈、鼓吹、弦索各一回。張岱自豪地表示，這些戲曲演出的繁簡濃淡，全在主人的調配，如果換人換場地，都不可能有此表現。因此人們只要談及紹興燈事，必稱「世美堂燈」。顯然張氏家族在這方面的處理方式已成為地方文化指標，此對張家成員及張岱個人而言，都具有不同於一般人家以戲曲自娛娛人的意義。

〈目蓮戲〉寫張岱家中籌辦的「目蓮戲」表演。他說七叔在演武場搭起一個大台子，挑選徽州旌陽戲子三、四十人，個個剽勇精悍，能相撲跌打，連著三天三夜搬演目蓮戲。這些演

---

[3] 明・張岱撰、馬興榮點校，《陶庵夢憶・西湖夢尋》。北京：中華書局，2007。頁 52-53。

員功夫了得，豎蜻蜓、翻觔斗、跳火圈劍山，都是動作迅捷。各種道具如天神地祇、牛頭馬面、夜叉羅剎、鋸磨鼎鑊、刀山寒冰等一應俱全，彷彿吳道子的「地獄變相圖」，看得觀眾人心惴惴。但張家也為此開銷龐大，紙札費用高達萬錢。戲中有幾場表演是萬人齊聲吶喊，結果驚動地方官府，誤以為海寇入侵，差人來查問，張岱叔父前往說明後才安然無事。七叔在戲台上寫了兩副聯，其一：「果證幽明，看善善惡惡，隨形答響，到底來那個能逃？道通晝夜，任生生死死，換姓移名，下場去此人還在。」其二：「裝神扮鬼，愚蠢的心下驚慌，怕當真也是如此。成佛作祖，聰明人眼底忽略，臨了時還待怎生？」[4]張岱認為此係以戲說法。

張岱的戲劇愛好及才學有其家族背景，長輩已是戲迷，願意以高額花費去精雕細琢，張岱的品味自然日益提高。這種經過世代積累的文化涵養，正是張岱個人價值的發展基礎。張岱一方面描述戲劇演出的鋪張表現，另一方面藉由叔父的對聯所指戲劇具有教化人心之效果，以增加前述各種操作的道德意義與正當性。

〈及時雨〉[5]寫張岱家鄉演「水滸傳」祈雨的盛況。崇禎五

[4] 明．張岱撰、馬興榮點校，《陶庵夢憶．西湖夢尋》。北京：中華書局，2007。頁 72。

[5] 明．張岱撰、馬興榮點校，《陶庵夢憶．西湖夢尋》。北京：中華書局，2007。頁 85。

年（1632）張岱三十六歲，時值乾旱，村村禱雨，百姓日日扮潮神海鬼。張岱的鄉親們搬演「水滸傳」，為求演員接近原著人物形像，分頭四出尋找黑矮漢、高大漢、頭陀、胖大和尚、強壯婦人、姣美修長婦人等等，若城中找不到，就出城到偏鄉與鄰府州縣找尋，重金聘雇，終於物色到三十六人。他們演出的梁山泊好漢，個個鮮活，人馬列隊行走，觀者如堵。

張岱說他的五叔從廣陵回來，購買許多珍貴錦緞，並帶來八個台閣戲團，極其華美，見者奪目亦奪氣。但張岱的季祖南華老人覺得怪異，問張岱，「水滸」與求雨有何關係？近來家鄉盜匪頻頻出沒，難道是要迎盜匪？張岱一想也覺得荒誕，但為此找出解決方法，他想既然宿太尉奉旨招安梁山好漢，就用六個大牌分別書寫「奉旨招安」、「風調雨順」、「盜息民安」與「及時雨」，並以「及時雨」作為前導，鄉民看到皆歡喜讚歎，季祖也匿笑而去。

顯然張岱對鄉親演水滸求雨，一開始也未察覺不對勁，不過他機智地轉化情境，表現他聰明靈活的個性。此文突顯民眾為求演戲逼真，不惜重金四處搜尋合適人選，張岱叔父則再加碼，使整個活動更增可看性，而張岱應是認為他的「及時雨」大牌才是點睛之作，不過之所以讓張岱有此表現，是其季祖的疑問與提醒，在張岱的敘述中，幾位家族成員包括他自己都在其中扮演重要角色。

〈嚴助廟〉[6]寫紹興陶堰的嚴助廟，記述該廟在上元節的戲劇排場，以及張岱家人前去踢館的情形。張岱說當地主其事者除了準備巨量的珍貴食物，還要找來許多兒童演出一些故事中的人物。他們的演出並無考究，只是以多取勝，當地百姓水陸奔逐，爭相觀看。晚上則在廟裡演戲，戲班必請高等班子，或從杭州聘雇，每日開銷高達數萬錢。當演唱「伯喈」、「荊釵」時，會有一位老者坐在台下，一邊聽戲一邊對照劇本，只要脫落一字，便全場鼓噪，令其重新開場，因此當地有「全伯喈」與「全荊釵」之名。天啟三年（1623）張岱二十七歲，他的兄弟帶領幾位伶人前往觀看，也在現場獻藝，各個伶人拿出看家本領，不管是插科打諢、唱曲或念白，莫不精妙，令人叫絕。當下奪走在地氣場，使之鑼不響，燈不亮。表演結束，大家立即乘船歸返。

張岱描述的節慶祭祀排場，反映當時江南民間過度消費之一斑，在戲曲方面也同樣虛浮，張岱兄弟則不客氣地直接帶人前去較量，讓對方見識真正的高手。由此可看出張氏家班的當年榮景，難怪張岱自豪於自家班子的功力。

[6] 明・張岱撰、馬興榮點校，《陶庵夢憶・西湖夢尋》。北京：中華書局，2007。頁 49-50。

## 貳、大家身手

張岱在這樣的家庭環境薰陶下，也對戲劇活動進行大量的精神投注，並獲得豐富心得，他更自認已是這方面的權威，並直率地表達出高度自信。例如在〈過劍門〉[7]中，他便寫出自己精於戲曲而獲得時人肯定。張岱說秦淮妓女以串戲為雅事，而且非常用心。像楊元、楊能、顧眉生、李十、董白（小宛）等人在這方面都已有名聲，她們託姚簡叔請張岱去觀戲。當天下午先由優伶唱戲，晚上再由名妓串戲。優伶來自興化大班，張岱家班的舊伶馬小卿、陸子雲也在其中，因而特別用心唱了七齣戲，名妓們都感到詫異。到了晚上，楊元至後台問馬小卿，為何今日演戲的神色異於往日。馬小卿回答座上來賓正是以前舊主人，主人精於賞鑒，延師課戲，百般指點，訓練非常嚴格，許多優伶把到張岱家稱為「過劍門」，絕不敢草率應付。因此當晚楊元演戲時，便特別留意張岱的反應，結果一場戲下來，楊元膽怯顫慄，聲音都出不來，一直用眼睛看著張岱，既無法討好張岱，張岱也無從贊賞，兩人相持不下，後來張岱伺機喝采一二聲，楊元才放膽表演，整齣戲也跟著開展。從此，青樓戲曲，必以張岱為導師，若張岱不到，再晚也不開台。有不少人藉由張岱而提高聲名，這些人又帶出更多有名聲的人，而張岱

---

[7] 明．張岱撰、馬興榮點校，《陶庵夢憶．西湖夢尋》。北京：中華書局，2007。頁 92-93。

也因此名聲更大。

此文顯示張岱自豪於精通戲曲，而且在當時已頗具聲望，並由於他的積極參與，提高相關人等的名氣，也因此提升戲曲文化水準。

一開始秦淮名妓並非直接邀請張岱，而是透過姚簡叔，顯然當時張岱和她們還不是很熟。《陶庵夢憶》卷五〈姚簡叔畫〉寫姚簡叔為人孤介，不易和人接近，但他與秦淮妓女有不錯的交情。楊元初時似亦未真正了解張岱的能耐與影響力，顯然那時張岱的戲劇專長尚未被曲中女子充分認識，這裡呈現張岱的戲曲名聲從家鄉紹興擴展到南京的過程，而他的家班優伶有些人離開張家後加入其他戲班，也透過口碑而提高主人的知名度。

另外在〈冰山記〉[8]中，張岱仍著墨於自己的戲曲才華。故事如下：魏忠賢倒台後，有人作傳奇〈冰山〉十多本，大多有失史實，張岱加以刪改，仍稱為「冰山」，在城隍廟上演，觀眾達數萬人，甚至擠到大門外。開演後，台上一位演員自稱楊漣，觀眾也低聲叫著「楊漣！楊漣！」聲音一波波傳至門外，有如潮湧。演到杖打范元白、逼死裕妃時，觀眾群情激憤，罵聲不絕；又演到蘇州百姓顏佩韋擊殺錦衣衛緹騎時，觀眾狂呼跳躍，氣勢震屋。張岱由此認為，當年沈鍊（1497-1557）紮草象徵嚴

[8] 明・張岱撰、馬興榮點校，《陶庵夢憶・西湖夢尋》。北京：中華書局，2007。頁 93。

嵩，讓人們以箭射之，以為取樂，其實並不過分。

當年秋天，張岱攜帶此劇到山東兗州為父親祝壽，某日宴請守道劉榮嗣（1570-1638，字敬仲，號簡齋，別號半舫），劉榮嗣看後指出，此劇對事實已說得八九分，可惜還缺幾件事未包含在內。當晚散席後，張岱連夜填詞，督促伶人背誦牢記，隔日，至道署搬演，已增入七齣，皆如劉榮嗣所言，劉榮嗣大驚，知道是張岱的作品後，便拜訪張岱父親，從此和張岱結成好友。

此劇並非張岱原創，但經其刪改後大為可觀，而且張岱強調必須不失史實。以戲曲作為傳播政治與社會時事的手段，在當時已是常見，也有不錯的市場反應。這些戲劇為一些歷史人物定型，成為人們腦海中的真實，也為人民塑造所謂的「歷史」。張岱此文還是強調自己反應機敏，以及家班的訓練有素，反復論證他在戲曲方面的傑出才能。

張岱除了對戲劇有高度自信，他對音律也自認優於他人。《陶庵夢憶》卷三的首篇文章〈絲社〉，[9]張岱在該文回憶二十歲結琴社的事。當年為組織琴社，寫了一篇檄文，〈絲社〉便是此文內容。張岱指當時紹興的學琴者很少，不到五、六人，根本談不上琴藝文化，所以他倡組絲社，每月聚會三次，以此號

[9] 明·張岱撰、馬興榮點校，《陶庵夢憶．西湖夢尋》。北京：中華書局，2007。頁 33。

召同志。

另外，卷二的〈紹興琴派〉回憶張岱學琴的經過。萬曆四十四年（1616）張岱二十歲時，跟隨王侶鵝學琴，二十二歲又隨王本吾學琴，由此學會許多曲子。張岱自認已習得王本吾的琴法，當時一起學琴者有多人，只有張岱和另外兩人學成。此二人雖已學得八九成，但其中之一仍略顯生嫩，另一人則是稍呈迂緩。有一次王本吾和張岱與這兩位學成者一起彈奏，四人如出一手，聽眾大為歎服。張岱說在王本吾之後，去紹興的琴師也有幾個人，但都不如王本吾。[10]這篇文字自然是要表現張岱的音樂天賦、努力和造詣，他對自己的藝術品味引以為傲。

但事實上，張岱對王本吾並非十分滿意，該文指他的演奏「微帶油腔」，另外在〈與何紫翔〉中，張岱強調彈琴必須需有一種生鮮之氣，他指「王本吾不能練熟為生，其蔽也油。…凡百諸項，皆藉此一口『生氣』。得此生氣者自致清虛，失此生氣者終成渣穢。」[11]顯然，他雖然從學於王本吾，但又能超越其師，並不盲從，使自己更上層樓。

〈紹興琴派〉係回憶學琴過程，旨在表達作者的琴藝成就，而〈絲社〉的重點則在呈現作者的文字功力，以及提倡學琴的

---

[10] 明．張岱撰、馬興榮點校，《陶庵夢憶．西湖夢尋》。北京：中華書局，2007。頁 26-27。

[11] 明．張岱，《瑯嬛文集》。長沙：岳麓書社，1985。頁 147。何紫翔即是張岱指其雖學得王本吾琴法，但仍略顯生嫩的那位人士。

文化見解。張岱對自己的音律造詣相當自信，在朋友圈中也很有名。二十歲青年的風雅、年少時的文筆，張岱日後回想依然自覺得意。

張岱的戲曲才子形象表現得最出色的，應是他在〈金山夜戲〉中的演出，這篇文章的位置在《陶庵夢憶》卷一的第六篇。〈金山夜戲〉是張岱最膾炙人口的文章之一，也是《陶庵夢憶》第一篇正寫作者自身的文字，張岱在讀者眼前呈現自己形象，讓自己站到舞台中心。

崇禎二年（1629）八月中秋的隔日，張岱帶領家班前往山東兗州為父親祝壽，他沿著京杭大運河前行，途中路經鎮江，黃昏時靠岸北固山，約於夜晚二鼓時分至金山寺。當時寺內大殿漆黑寧靜，寺外一片月光，張岱陡然興起，令僕人在大殿內點燃燈火，把演戲道具張羅開來，豪情唱起韓世忠戰金山及長江大戰等戲，霎時殿中鑼鼓喧闐，寺中僧人紛紛出來觀看，驚訝萬分，卻無人敢出言探問。等到戲唱完時，已近天亮。張岱一行人收拾道具，解纜過江，飄然而去。眾多寺僧跟至山腳，一路目送，「不知是人、是怪、是鬼。」[12]那年，張岱三十三歲。

可以想像張岱當時顧盼自得的瀟灑風情，即使他在日後書寫這段回憶時，應該依然十分得意，這對名士張岱而言，確是

---

[12] 明・張岱撰、馬興榮點校，《陶庵夢憶・西湖夢尋》。北京：中華書局，2007。頁 15。

很值得回味的過往。然而若從張岱作為遺民角色來看，這段回憶就頗具諷刺意味。南宋大將韓世忠偕其妻子梁紅玉英勇抗金，使得國家命脈得以延續。後人將他們的故事戲劇化，藉以激勵人心，並強化忠勇愛國精神。然而以張岱所處時代而言，這類戲碼恰反襯出當時的朝野無能。而作者回憶中的三十三歲張岱，雖然生活優渥，但多年來科舉無成，也只能在戲劇中虛幻地滿足自己的雄心壯志；再對照亡國後的張岱，他書寫此段回憶，毋寧是得意中夾雜著慚愧，失落中猶帶著自戀。

張岱在《陶庵夢憶》首篇正寫自己的形象，為何是在一場偶然的夜戲中「扮演」英雄？這當然反映他的某種英雄認同，然而戲劇角色之虛構性也可能意味著此認同實現之不可及，那不過就是一種「表演」，只能引得眾人「圍觀」，並無一人詢問他是「何許人，以何事何時至」，[13]更可能在張岱離去後，那些人還是一直不解究竟發生了什麼事，然後最終就像船過水無痕而被遺忘。難道張岱不是焦慮於他的人生表演，到頭來也可能被後人疑惑「是人、是怪、是鬼？」

[13] 明．張岱撰、馬興榮點校，《陶庵夢憶．西湖夢尋》。北京：中華書局，2007。頁15。

## 第二節　梨園粉墨

張岱成長於人們普遍愛看戲的時代，社會上的戲劇演出活動琳瑯滿目。張岱自家有戲班，也經常在外四處觀看各種戲劇表演，因此多方比較與彼此討論下，自然發展出對戲劇的鑑賞力，他的評價也多少反映了時人的看法。

### 壹、錦繡佳劇

〈彭天錫串戲〉[14]寫彭天錫對戲劇的投入。張岱說彭天錫串戲妙天下，他演的每齣戲都有所本，考證精細，無一字杜撰。他曾為了演一齣戲，花費數十金，聘請師父到家，對自己親自講解教授。由於不惜投資於演戲，原本家財萬貫為此一空。春天他多在西湖，曾五次到紹興，還到張岱家串戲五、六十場，可說是演技無窮。彭天錫多扮丑淨，各種奸雄佞幸角色，經他詮釋後都顯得更加凶狠、刁鑽、險惡。他演戲時總是設身處地，傳神地表達出口蜜腹劍、笑裡藏刀、鬼氣殺機、陰森可畏等個性。張岱說彭天錫能達此境界，是因為他一肚皮書史、一肚皮山川、一肚皮機關、一肚皮不平之氣，無處發洩，便藉由串戲而宣洩。張岱也是愛戲的人，自謂只要一看到好戲，便想使其傳之不朽，此猶如好月與好茶，雖只能被一時享用，但都應加

[14] 明．張岱撰、馬興榮點校，《陶庵夢憶．西湖夢尋》。北京：中華書局，2007。頁 71。

以珍惜。

張岱很欣賞彭天錫這種不計代價而全心投入的人，能將戲劇角色演到極致，其中原因主要來自該人的學問、見識與性情，因此才能將演技淋漓盡至地發揮出來。張岱是內行人，因此能理解彭天錫，重視他的才藝。一旦戲劇落幕，人去臺空，然而曾經美好的經驗不應就此煙消雲散，做為知音與惜才的人，張岱為其記錄，留下見證。

〈劉暉吉女戲〉[15]寫劉光斗（1591-1652，字暉吉）女樂家班的表演特色。張岱說通常女戲班只重視女伶妖冶柔媚，對於其他的要求與訓練較不嚴格，但劉暉吉不同，他想要彌補梨園常見的缺陷。例如演「唐明皇遊月宮」這齣戲，當演到葉真人作法時，舞台布景與道具都極為精巧華麗，境界神奇，幾乎讓人忘記其實是戲。其他如舞燈，十多人每人手持一燈，忽隱忽現，怪幻百出，令人匪夷所思。

串戲名家彭天錫對張岱說，女伶表演能達到劉暉吉家班的程度，又何必用男伶，更不必有彭天錫了。張岱認為彭天錫號稱曲中的董狐與南史，向來不輕易讚許別人，而獨傾心於劉暉吉的女家班，他的鑑賞，必是中肯之言。

張岱和彭天錫一樣肯定劉暉吉家班的女伎表演，此文描繪

---

15 明．張岱撰、馬興榮點校，《陶庵夢憶．西湖夢尋》。北京：中華書局，2007。頁 67-68。

其舞台佈景、道具設計與氣氛營造，認為已使戲劇達至另一個層次。劉光斗（暉吉）早年為官表現不錯，但後來附庸閹黨，之後又降清，[16]風評不佳。然而他對訓練家班卻有其獨到之處，此和阮大鋮有點類似。張岱對這樣的人並不完全否定，願意指出他們的優秀能力與表現，此即張岱識人與品人的特點之一。此外，劉光斗曾為張岱的《古今義烈傳》寫序，[17]也反映他們二人有某種交情。

張岱曾記載另一事，他說劉光斗任職紹興推官時，有一次張岱的伶童飾演魏忠賢一角，原本戲中的魏忠賢罵左光斗是直呼其名。張岱囑咐伶童不可直呼「光斗」，要叫「左滄嶼」。沒想到伶童太緊張，開罵時直呼「劉光斗，你這小畜生！」眾人錯愕，劉光斗反而笑稱自己樂於和忠孝人物同名，請演員只管

---

[16] 劉光斗，字暉吉，號訒韋。南直隸常州府武進縣人。天啟五年（1625）乙丑科三甲同進士出身。崇禎六年（1633）為廣西道監察御史。因結交閹黨，以貪污受賄被革職。崇禎十七年（1644）起復為監察御史。弘光元年（1645）以監察御史加大理寺右寺丞。清軍南下，金陵失守，劉光斗迎降，受命安撫。參見清．趙曦明，《江上孤忠錄》。台灣銀行經濟研究室編印《台灣文獻叢刊》第 258 種。台北：台灣銀行經濟研究室，1968。頁 1。清．計六奇，《明季南略》。北京：中華書局，1984。頁 237。清．鄒漪，《明季遺聞》。台灣銀行經濟研究室編印《台灣文獻叢刊》第 112 種。台北：台灣銀行經濟研究室，1961。頁 94。

[17] 明．劉光斗，〈義烈傳序〉，收錄於明．張岱，《張岱詩文集》（頁 443-445）。上海：上海古籍出版社，1991。

罵無妨。[18]看來在當時，他是頗有風度的一個人。

〈楊神廟台閣〉[19]寫浙江諸暨楓橋的楊神廟慶典，張岱的敘述包含三項重點。第一，當地的楊神廟在九月迎台閣。十年前迎台閣就只是演台閣戲而已，但自從駱氏兄弟主其事後，就非常講究演出品質，所找的演員一定要和劇中人物酷肖。確定人選後，才決定扮相，所需袍鎧的緞色花樣，即使價格昂貴也在所不惜，連刻畫匠師也都在一個月前就禮聘前來，務必精益求精，使眾人百口叫絕。他們對台閣戲的計較考量，就和玩古董名畫一樣，一絲一毫都不放過。第二，當地人凡遇小災，便拿一面小白旗到廟裡祈求平安，因此廟方積累的白旗堆滿庫房，到了節日當天，人們將白旗繫於竹竿上，每人持竿行走，隊伍綿延七、八里，有如百萬白蝶盤旋於山坳樹隙，外地前來參觀的遊客多達數十萬。第三，台閣往往有金珠寶石掉落，拾取的人必送還神前。有時掉在樹叢田坎，無從找尋，請神明指示後，也都會指出地點，可謂靈驗不爽。

張岱熱衷戲劇，因此和戲劇有關的事情，都樂於說明，此文呈現一些人士認真對待戲劇之作法，其中的利弊得失，自有不同評價，不宜一概而論。然而當事人願意用上全副精神，睿

---

18　明．張岱，《快園道古》。杭州：浙江古籍出版社，1986。頁 137。

19　明．張岱撰、馬興榮點校，《陶庵夢憶．西湖夢尋》。北京：中華書局，2007。頁 48。

意於「思致文理」，便如同他一向贊賞的有「癖」之人，都能展現真性情的一面。

## 貳、戲外人生

當社會大眾熱衷於戲劇時，這個領域吸引無數人進入，自然包含了形形色色的個體，張岱除了喜歡看好戲，也評議其中某些人，包括他所了解的藝人另一面。

〈朱雲崍女戲〉寫朱雲崍教戲的情形，張岱對朱雲崍先褒後貶。他說朱雲崍教女伶學戲很有一套，他先教她們學習琵琶、提琴、弦子、簫管、鼓吹、歌舞等等。這些女伶的表演，不僅舞姿曼妙，而且道具精彩，例如一場西施歌舞，就有二十多人手持華麗的紈扇、車蓋和宮燈，場面輝煌壯麗，觀眾莫不驚訝。不過張岱很討厭朱雲崍的為人，說他這個人好勝，每在演出得意片段時，便聚睛注視觀眾的反應，只要獲得觀眾贊賞，就趕緊走入後台告知女伶，整齣戲下來，進進出出，頗為累人。而且他生性多疑，女伶被視為禁臠，她們的門戶被緊密封鎖，朱雲崍每晚還要親自巡視，女伶們對他都非常痛恨。張岱最後評價朱雲崍是「無知老賤，自討苦吃者也，堪為老年好色之戒。」[20]

[20] 明・張岱撰、馬興榮點校，《陶庵夢憶・西湖夢尋》。北京：中華書局，2007。頁 25-26。

張岱自家也有戲班，知道訓練演員之不易，對於優秀表演自然很能欣賞，不過他並不因此而忽視人品。朱雲崍是個有才能的人，很懂得訓練演員，也創造了非凡的戲劇演出，然而卻讓那些演員付出痛苦代價。張岱了解朱雲崍女戲的優點，也鄙視這個人，對於這種藝術成就與道德低下的並存情形，分別予以肯定與批評。

〈阮圓海戲〉寫阮大鋮（1587-1646）在戲曲方面的造詣。張岱說阮大鋮的家班優伶非常專業，重視劇情、情理與故事重點，不同於其他戲班常見之粗糙草率。他們的劇本都是主人親自編寫，經過精心構思，有別於其他戲班常有的魯莽無知。所以阮氏家班的表演，可以說是「本本出色，腳腳出色，齣齣出色，句句出色，字字出色。」[21]

張岱在阮家觀看「十錯認」、「摩尼珠」、「燕子箋」三劇，發現主人會向演員講解各項細節，使演員們了解其中涵意與重點，因此演員唱唸的字句都讓人尋味不盡。至於劇中各種道具佈景，也都盡心刻畫設計，非常出色。張岱說阮大鋮是個很有才華的人，可惜心思不正，他編寫的戲劇，十分之七都在罵世，十分之三則為解嘲。大多詆毀東林黨，為魏忠賢辨護，因而被士人君人唾棄，導致他創作的戲曲不被重視。但若以戲劇而論，

---

[21] 明．張岱撰、馬興榮點校，《陶庵夢憶．西湖夢尋》。北京：中華書局，2007。頁 97。

阮大鋮確實有所創新，能跳脫窠臼。

對阮大鋮這樣的人，張岱並未全面否定，雖然指出他的問題，但還是肯定他在戲曲方面的優異表現，強調他在編導上的用心，以及舞台製作精良。張岱的品評反映當時不少人的共同看法。張岱和多數人一樣反對魏黨，但他對東林黨也有微詞，不過即使對魏黨反感，他仍承認阮大鋮的才華。[22]

張岱在《陶庵夢憶》卷四〈牛首山打獵〉提及他們一行人在狩獵過程中還有看戲，據相關研究，當時看的戲應是阮大鋮的戲，那時他被復社發起輿論攻擊而避居於南京牛首山，[23]張岱這群人和阮大鋮的聚會顯示他們並未對阮大鋮完全排斥，張岱還有為此而寫的〈阮圓海祖堂留宿二首〉，[24]顯示在當時即使

---

[22] 這種態度後來有所變化，張岱日後在《石匱書後集》對阮大鋮的批評非常嚴厲，他說：「大鋮在先帝時，每思辨雪逆黨，蓄毒未發；至北變後，遂若出柙之虎，咆哮無忌。及用間既成，超擢內院；國門一示，掃地盡矣！嗚呼！操、莽、溫、懿，猶知修飾邊幅；大鋮一敗至此，與彼偷牛劇賊，抑又何異哉！」見明・張岱，《石匱書後集》。台灣銀行經濟研究室編印《台灣文獻叢刊》第282種。台北：台灣銀行經濟研究室，1970。頁400。

[23] 林芷瑩，〈「以其技還奪其席」—論《桃花扇》中的「曲家」阮大鋮及其劇作〉，《戲劇研究》，21（2018），頁1-34。欒保群，〈讀夢拾屑（三）〉，《紫禁城》，3（2010），頁39。

[24] 〈阮圓海祖堂留宿二首〉其一：「牛首同天姥，生平夢寐深。山窮忽出寺，路斷復穿林。得意難為畫，移清何必情。高賢一榻在，難黍故人心。」其二：「劇談中夜渴，瀹茗試松蘿。泉汲虎跑井，書雠豕渡河。無生釋子話，孰殺鄭人歌？邊警終縈慮，罇前費揣摩。」見明・張岱，

不是好友，依然視為可以交往的對象。

〈朱楚生〉寫女伶朱楚生的才藝與悲情。朱楚生精於調腔，在張岱眼中她並非很美，卻擁有絕色佳人都難有的風韻，其人氣質高雅，「孤意在眉，深情在睫，煙視媚行」。朱楚生對戲劇全心投入，考究詳細，有錯必改，表現出「性命於戲，下全力為之」的態度。然而朱楚生滿懷愁緒，常常心神不寧。某日，張岱和她一起在定香橋，暮色朦朧中林木幽暗，朱楚生低頭不語，泣如雨下，張岱詢問，但她僅以一些表面話回應。張岱說朱楚生「勞心忡忡，終以情死。」[25]

朱楚生的故事有點像五里霧，讓人不了解真正內情，但顯然屬於情癡，對戲劇也是如此，都以至心至情對待；然而這種情意付出能否獲得相應回饋，她的情感又能託付給誰，似乎連張岱也無法成為她的傾訴對象。這個悲情女子以其台上演技與台下風韻，吸引人們競相追捧或追憶，但仍抑鬱以終。朱楚生或許懷才得遇，卻懷情不遇，依舊人生寂寞。張岱雖然欣賞朱楚生，也許並不真正了解她，因此朱楚生覺得無法向他交待心事，張岱的描述已指出兩人的距離。

張岱對才藝出色的優伶是頗為照顧的，在張岱為其家班伶

---

《張岱詩文集》。上海：上海古籍出版社，1991。頁 397-398。

[25] 明．張岱撰、馬興榮點校，《陶庵夢憶．西湖夢尋》。北京：中華書局，2007。頁 68。

人寫的祭文〈祭義伶文〉裡，可看出張岱對伶人的態度。他說伶人夏汝開在幾年前攜其父母弟妹五人來投靠張岱，又以四十金將其妹質押給張岱。後來夏汝開的父親去世，汝開無力葬父，張岱出面協助處理。之後汝開往生，張岱不僅出錢埋葬，還免除其妹質金，將他們母子弟妹送回家鄉，讓其妹嫁人。張岱在此強調自己作為主人對優僮的善待，而且還為其寫祭文，這都因為這位伶人有其獨特之處。張岱說汝開為人跛扈而戇直，傅粉登場，弩眼張舌，喜笑鬼諢，觀者絕倒，聽者噴飯，無不交口稱贊。[26]這樣為其家班增色的伶人，讓張岱心存感念，願意給予更多的關照，甚至包括其家人。相較於朱雲崍的刻薄，張岱呈現自己是個善良的主人，雖然有著「過劍門」之稱，但在日常生活上很有人情味。

戲劇是一種娛樂與藝術，在張岱那個時代，人們日益重視提升其製作品質，戲劇也成為個人與家族的形象之一。明恩溥（Arthur H. Smith, 1845-1932）指中國人熱衷看戲、演戲、串戲，以致將自己視為戲劇中的一個角色，包括舉手投足與言詞表達都有著戲劇化的現象，並以為能在複雜生活中作出適當的戲劇化舉動便是有面子；然而也由此形成愛面子，甚至有時產生表裡不一、虛假做作的傾向。[27]此論或未可定，但是一個人如果

[26] 明・張岱，《瑯嬛文集》。長沙：岳麓書社，1985。頁 267-269。

[27] 明恩溥（Arthur H. Smith）著；劉文飛、劉曉暘譯，《中國人的氣質》。（原著：*Chinese Characteristics*）。上海：上海三聯書店，2007。

精於戲劇之道，應該了解如何展演以獲得好評，至少是善於製造形象與操作形象。張岱回憶記述的戲劇，一方面強調自家戲班的傑出，著重於將之作為家族形象的建構元素之一；另一方面，強調自己精於品鑑，戲劇也成為其個人形象建構的一種元素。戲劇具有娛樂功能與藝術價值，但它同時也具有其他的工具性作用，例如「金山夜戲」不在於戲演得多麼精采，而是主角以特定方式出場演出以及下台的姿態，那是一種戲外之戲，張岱「展演」了他的演戲。

# 第五章　昔時佳節

張岱自述愛繁華，而晚明江南社會的熱鬧節慶正是展示各種繁華的場域，所以張岱的回憶也包含許多節慶及相關活動。他著墨較多的是元宵節與中秋節，另外，也包含清明節、端午節，並兼及若干廟會與進香活動。

## 第一節　四時節慶

傳統社會的節慶活動是社會民眾重視的大事，往往構成社會文化的標記，也是許多人回憶的主要對象，張岱對曾經歷的節慶留下深刻印象，津津樂道於所體驗的熱鬧情景。一方面，許多節慶的豪華排場令人目不暇給；另一方面，人們對此類活動趨之若鶩，民眾捲入一波波的節慶熱潮，也讓張岱有所省思。

### 壹、繁華景觀

晚明社會的商業活動熱絡，刺激了人們追求新奇奢侈的風氣，這種趨勢也反映於節慶活動，張岱對此有相當多的體會。

〈紹興燈景〉描寫紹興元宵節的熱鬧燈市。張岱說紹興燈景之所以名揚海內，主要原因在於「竹賤、燈賤、燭賤」，也就是價格便宜，所以家家皆可從事，也因此家家以不從事為恥。

每到燈節，從通衢大道到貧陋小巷，沒有不搭棚掛燈的。通常大街以數百計，小巷也有十幾架，重重疊疊，鮮豔飄灑，頗為動人。十字街上懸掛一個大燈，俗稱「呆燈」，上面畫有《四書》與《千家詩》的故事，或者寫上燈謎讓人們環立猜謎。庵堂寺觀則以木架作柱燈，上面寫著「慶賞元宵」、「與民同樂」等字。佛像前面安放著紅紙荷花與百盞琉璃，十分明亮耀眼。一些鬧區如橫街軒亭、會稽縣西橋等處，燈景更加盛大。當地還有鬥獅子燈、鼓吹彈唱、施放煙火，現場的人群擁擠雜沓。小巷空地，則有人跳大頭和尚，鑼鼓聲錯，到處都有人圍觀。

城中婦女大多結伴步行，相偕前往鬧處看燈；或者坐在門前，吃瓜子、糖豆，看街上往來士女，大家興致很高，直至午夜方才散去。鄉村百姓多在白天進城，人們刻意打扮，東穿西走，稱為「鑽燈棚」、「走燈橋」。遊客絡繹不絕，只要天氣晴朗，便天天如此。

張岱說萬曆年間，他的父叔輩在龍山放燈，傳為一時盛事，後來還有人仿效。隔年，舅祖朱家在塔山放燈。再次年，在蕺山放燈。之後蕺山一些小戶人家也東施效顰，在竹棚上掛紙魁星燈。那時有口舌輕薄的人嘲笑，指為「蕺山燈景實堪誇，箹篆竿頭掛夜叉。若問搭彩是何物？手巾腳布神袍紗。」對此張岱表示「由今思之，亦是不惡。」[1]

這些都是繁華往事，有如煙花消失於黑夜。在那個火花燦爛的世界裡，曾經不分貧富老少，人人開心享受，對比後來喪

[1] 明・張岱撰、馬興榮點校，《陶庵夢憶・西湖夢尋》。北京：中華書局，2007。頁 73-74。

亂流離，張岱回想那些小百姓的簡陋燈架，便覺得也是不壞。

〈龍山放燈〉[2]回憶童年時，家族長輩在家鄉的放燈盛事。萬曆二十九年（1601）張岱五歲，那年張岱的父叔輩在家鄉龍山舉辦燈節活動。他們削木為架，搭起數百個燈架，燈架外塗紅色，再以錦布包裹。滿山遍谷、樹梢枝頭，無處不是燈。從城隍廟門到蓬萊崗，沿途也全都是燈。從山下往上看，有如星河灌注，火光四射，又像是隋煬帝夜遊，在山谷間傾倒無數螢火蟲，螢光紛紛散開，倚附草木，環繞不去。有一些人到此賣酒，人們席地而坐。整座山無處不燈，燈下無不有席，席上無不有人，人人都在歌唱鼓吹。來看燈的人，一入廟門，就無法回頭，只能隨著人潮上下，不知前往何處。廟門懸掛著禁止規定：禁車馬、禁菸火、禁喧譁、禁止豪門家奴驅趕路人。

張岱的父叔輩在大松樹下搭起戲台，每天晚上都是鼓吹笙簧、宴歌弦管。十六日晚上，張分守在山頂的星宿閣宴請織造太監，傍晚來到山下，看見禁條，出轎笑說，就遵照他們的意思。便將隨役留下，僅由兩位小童扶持上山。星宿閣張燈夜宴，夜半才散，如此進行了四夜，龍山上下盡成糟丘肉林，每天掃出的果核渣滓及魚肉骨頭，堆成高山。女士丟失的鞋子被掛在樹上，有如秋葉。聽說十五日的夜晚，燈殘人靜，賣酒人正在

---

[2] 明．張岱撰、馬興榮點校，《陶庵夢憶．西湖夢尋》。北京：中華書局，2007。頁 94-95。

收拾杯盤，有美女六七人來買酒，買了一大甕，以袖中瓜果下酒，頃刻間喝光而去。有人懷疑她們是女人星，或稱酒星。又聽說一事，有無賴在城隍廟左邊借數間空樓，其內安置美色男童，稱為「帘子胡同」。當晚，有一位美少年來狎童，解衣後卻發現美少年是女的，天未亮就離去，不知其人為何，人們傳言或是妖狐所化。

這篇文字回顧張岱的童年經驗，應該是五歲孩童的眼光與記憶，加上後來傳說，再加上成年後的回想與修飾改造，讓往日繁華以強烈形象呈現。前面〈紹興燈景〉提到元宵節民間無處不燈，「家家以不能燈為恥」，既然如此，屬於富室大族的張家舉辦更隆盛之燈事，以當時而言，似乎也是情理之中，然而規模如此龐大，其中的炫富與浪費反映出當時社會的奢靡程度。張岱此文似乎頗自得於家族前輩以人為方式創造奇觀，讓人們迷惑其中，連妖狐仙怪都來湊熱鬧。

此文亦同樣強調家族輝煌歷史，呈現張岱自己的成長環境，可想而知，各種刺激制約了反應模式，型塑一個人日後感知事物的能力與好惡傾向。張岱往後對張燈活動及製燈事宜的品味，顯然有其從小生活背景的影響。

〈世美堂燈〉[3]寫張岱家族對製燈與放燈的講究，他先引述

---

[3] 明・張岱撰、馬興榮點校，《陶庵夢憶・西湖夢尋》。北京：中華書局，2007。頁 52-53。

《水滸傳》的「燈景詩」:「樓台上下火照火,車馬往來人看人。」張岱認為此已將張燈的道理說得很清楚。他主張燈不在多，關鍵在亮，所以每次放燈時，一定指定數位專人負責剪除燭屑灰燼，以求燭火明亮。張岱說以前有李某人製燈技術極為工巧，曾製燈十架，後來送給張岱，張岱將之作為主燈，再另以精美材料製成其他數架輔燈。張岱的朋友夏耳金也很會製燈，特具巧思與手藝，每年供神時皆會製作一些燈，張岱都高價收購。此外，張岱家中有一位僕人很懂得收藏之法，雖然是紙燈，也能十年不壞，因此張岱家裡的燈相當多且種類豐富。另外，他又從南京趙士元獲得工法精緻的夾紗屏及燈帶，每到放燈時節，便拿出使用，總是美不勝收。張岱還有僕人善於製造盆花煙火，聲音有如雷炮，煙花面積很大。施放時還會有音樂配合以及戲劇演出，使「世美堂燈」成為當地的指標性活動。

張岱相當自信於自己在放燈與煙火上的做法與成就，當然是因為他有家族財力支撐，所以能打造出精美的製品與排場，連同他的家僕有好幾位都擁有不凡技藝，可見一個家族實力亦會反映在僕人能力上。張家的世美堂燈是一種富人手筆，讓鄉親也能一睹難能可貴的燈藝與煙火表演，同時也在人們心中再次確認張家的地方聲望，強化其家族形象。前面第三章曾提及〈瑞草谿亭〉中，張岱指人們稱夏耳金為「敗落隋煬帝」，可見這種講究繁瑣程序的製燈與張燈，也可能在庶民百姓間引發一些不同的反應，不過張岱此處更著重於相關人士不計代價完成精緻的作品與表演，至於要付出何種金錢物力以及是否適當，便不在他的憶述範圍了。

〈魯藩煙火〉應是崇禎三年（1630）張岱三十四歲時，他在父親任職所在的山東兗州魯王藩府觀看魯藩放煙火的情形。此文反映張岱喜愛熱鬧的個性，另外也透露出張岱特殊的觀視方式。

第一，張岱描述了兗州魯藩煙火的盛況，可謂極其聲光刺激之效果。首先，舉凡大殿、牆壁、梁柱、屏風、座位、宮扇傘蓋等處都掛上燈，並把王侯公子、宮女官員、舞伎樂工，都收為燈中景物。等到放煙火時，燈中景物又被收為煙火中景物。其次，殿前搭起數層木架，上面放置著各類煙火，四邊有八架珍珠簾，每簾各鑲嵌著孝、悌、忠、信、禮、義、廉、恥等大字，每字皆有一丈多高，光燦明亮。下面則有火漆塑成的一百多頭各種動物，上面騎著各種不同民族的人，他們手拿各種珍貴器具，這些動物的腳都裝有輪子，腹內藏有人，它們列隊且行且走，並不斷從動物的口中及尾部噴出火花，讓人們看得眼花撩亂、興奮欲狂。[4]

在如此喧囂熱鬧的情境中，出現珍珠簾「孝、悌、忠、信、

[4] 明．張岱撰、馬興榮點校，《陶庵夢憶．西湖夢尋》。北京：中華書局，2007。頁 24-25。

禮、義、廉、恥」大字，應該是相當不協調的，然而張岱只是描述，未進一步評論，但很多人一定會感到其中的諷刺，華麗的八大字顯得非常不真實。

第二，張岱觀賞花燈和煙火的方式與別人不同，他觀察到「天下之看燈者，看燈燈外；看煙火者，看煙火煙火外。未有身入燈中、光中、影中、煙中、火中，閃爍變幻，不知其為王宮內之煙火，亦不知其為煙火內之王宮也。」[5]這固然是形容魯藩煙火規模盛大，遠超過其他人們所能看到的情形，一般人只是看燈燈外，看煙火煙火外；而在魯藩煙火，人們會身入燈中、光中、影中、煙中、火中。然而另一方面，似乎也意味著在這種縱橫踐踏、煙焰蔽天的情境裡，人們已因高度亢奮而失去自我。但張岱還能提出他的觀察，有意表現他身處鬧境時的冷靜與敏銳觀察力。

## 貳、人海鼎沸

張岱善於觀察人，包括節慶群眾內不同種類的人，他們以各種姿態參與到節慶活動中，為整體節慶形象添加各種顏色及造型。

〈葑門荷宕〉敘述天啟二年（1622）二十六歲的張岱來到

[5] 明・張岱撰、馬興榮點校，《陶庵夢憶・西湖夢尋》。北京：中華書局，2007。頁25。

蘇州，正逢荷花節，看到人山人海，萬頭鑽動，以至於一船難求。連女士們都大舉出遊，摩肩擦踵，擁擠不堪，一派繁華熱鬧情景。張岱還引用袁宏道（1568-1610）〈荷花蕩〉的描繪：「其男女之雜，燦爛之景，不可名狀。大約露幃則千花競笑，舉袂則亂雲出峽，揮扇則星流月映，聞歌則雷輥濤趨。」[6]如果進一步比對張文與袁文，可發現張岱除引用前述袁文一段文字外，其實還有其他相似的文字使用，例如袁文有「畫舫雲集，漁刀小艇，僱覓一空。遠方遊客，至有持數萬錢，無所得舟，蟻旋岸上者。舟中麗人，皆時妝淡服，摩肩簇舄，汗透重紗如雨。」[7]張文則是「樓船畫舫至魚艖小艇，雇覓一空。遠方遊客，有持數萬錢無所得舟，蟻鏇岸上者。…舟中麗人皆倩妝淡服，摩肩簇舄，汗透重紗。」或許之前張岱已看過袁宏道的描述，當張岱親臨現場，也目睹或呼應了袁宏道的記述。然而張岱除了同樣看到袁宏道指蘇州人在荷花節呈現的遊冶極盛外，前者似乎還多了「歊暑燂爍，靡沸終日」的不堪之感。張岱一方面喜歡熱鬧繁華，另一方面也排斥喧囂雜沓。

〈西湖七月半〉[8]寫西湖賞月人潮，張岱將賞月者分成五類，

---

[6] 明．張岱撰、馬興榮點校，《陶庵夢憶．西湖夢尋》。北京：中華書局，2007。頁17。

[7] 明．袁宏道著、錢伯城箋校，《袁宏道集箋校》。上海：上海古籍出版社，1981。頁170。

[8] 明．張岱撰、馬興榮點校，《陶庵夢憶．西湖夢尋》。北京：中華書局，2007。頁83-84。

描述他們不同的態度與行為，以及突顯他自己和所屬群體的特質。

張岱說西湖到了七月半，其實已一無可看，唯一可看的是，那些來看七月半的人群。張岱認為看七月半的人群，可以分為五類。

第一，名為看月，其實並不看月。這種人乘坐樓船，簫鼓俱全，盛裝華宴，伎僕侍候。他們追求聲光刺激，熱衷排場，但無心看月。

第二，身在月下，然而不看月。這種人乘坐舟船或樓船，有名妓、閨秀、孌童相伴，歡聲笑語，環坐船上露台，左顧右盼。他們沉湎於鶯鶯燕燕，熱衷交際，也無意看月。

第三，月下看月，更要讓別人看到自己賞月。這種人的乘船上也有音樂歌唱，名妓閒僧，淺斟低吟，管弦輕揚，歌聲相應。他們刻意表現出風雅姿態，使自己成為他人眼中的賞月人。

第四，湊熱鬧，有看等於沒看。這種人不坐船也不乘車，衣衫不整，酒醉飯飽，三五結伙，擠在人群中，大呼小叫。他們看月、看人，什麼都看，但都只是看熱鬧而已。

第五，意在賞月，但不讓別人看見他們在賞月，也不在意其他的賞月者。他們乘著小船輕晃，淨几暖爐，素瓷品茶，好友佳人，邀月同坐；或者避開人群，選擇樹下或裏湖，因此別人看不到他們的身影。

張岱說杭州人遊湖多在早上九時到晚上七時之間，一向避月如仇；而一到七月半便以賞月為名，爭先恐後，蜂擁而出，急急乘船，趕赴勝會。人聲鼓聲，喧囂震撼，大小船隻一齊湊岸，結果什麼也看不到，只看到篙擊篙、舟觸舟、肩摩肩、面看面而已。等到大家玩得盡興了，官府席散，人群競相簇擁而去。此時，另一群像張岱的這種人，方才緩緩將舟船靠岸，招呼友伴，坐在石磴上飲酒。這個時候，月如新鏡，山湖洗去污垢，重現清新面貌，之前那些淺斟低唱的、躲在樹下的人都出來了，大家聲氣相通，彼此互邀同坐。一些韻友、名妓也來到，安放杯箸，竹肉相發，共享雅音。到了更晚，月色蒼涼，東方將白，客人逐漸散去。最後，張岱縱舟酣睡於十里荷花之中，香氣拍人，清夢甚愜。

張岱對人的觀察相當細緻，他分出五種看月人，又意指自己屬於第六類，是更上乘、更了解清雅為何物的人。此又再次反映張岱自標高致，他內心一直存有比較意念，經由比較而突顯與他人的差異，並確立自己的位置。他把看月者分門別類是經過一番觀察與思考，基本上，大部分都是他不以為然的，但也認為他們的層次和程度有所不同，這是他的細膩處；然而當他想要區隔出自己時，未必能完全劃出界限，雖然他嘲諷那些「欲人看其看月者」，肯定「人不見其看月之態」，但是張岱寫下此文，不啻是「欲人看其看」，而非甘於「人不見其看」。

〈虎丘中秋夜〉寫蘇州虎丘中秋節，著重於描繪人民一起創造的節慶景觀。張岱說每到八月半，人們群集於虎丘，不分性別、年齡、行業、階級，甚至惡少騙子也在內。大家就地鋪氈，席地而坐，從生公台、千人石、鵝澗、劍池、申文定祠、試劍石到一二山門，無不充斥人群，「登高望之，如雁落平沙，霞鋪江上。」[9]張岱觀察到這場狂歡夜的活動進程可分成幾個階段。

首先，月亮出來，就有十百多處的鼓吹，大吹大擂，十番鑼鼓，翻天動地，雷轟鼎沸。

稍晚，鑼鼓漸停，改成管弦演奏，並夾雜歌唱，許多人合唱「錦帆開，澄湖萬頃」，各種聲音混在一起，節奏不分。

再更晚，人潮漸漸散去，換成一些士大夫及其家人下船嬉水，大家紛紛唱歌獻技，南腔北調，管弦迭奏，眾人邊聽邊品評。

又更晚時，人群安靜下來，管弦皆息，只剩洞簫伴著少數歌聲，哀澀清綿。

到了深夜，萬籟俱寂，唯有孤月高掛，氣氛靜肅，「一夫登場，高坐石上，不簫不拍，聲出如絲，裂石穿雲，串度抑揚，

9 明．張岱撰、馬興榮點校，《陶庵夢憶．西湖夢尋》。北京：中華書局，2007。頁 65。

一字一刻。」[10]此人高坐石上，引吭高歌，聲音裂石穿雲，字字震動人心，聽者細細品味，大受感動，不敢擊節喝采，只是不住點頭。到此時刻，尚有百十人排列而坐。張岱以為這種情景，若非蘇州，何能有此知音。

對於這種場面，在張岱之前，袁宏道亦有〈虎丘〉一文予以描繪，兩文有部分相似性。袁宏道〈虎丘〉寫道：「虎丘…簫鼓樓船，無日無之。…而中秋為尤勝。每至是日，傾城闔戶，連臂而至，…遠而望之，如雁落平沙，霞鋪江上。…布席之初，唱者千百，聲若聚蚊，不可辨識。分曹部署，競以歌喉相鬥，雅俗既陳，妍媸自別。未幾而搖頭頓足者，得數十人而已。已而明月浮空，石光如練，一切瓦釜，寂然停聲，屬而和者，纔三四輩。…比至深夜，月影橫斜，…則簫板亦不復用，一夫登場，四座屏息，音若細髮，響徹雲際，每度一字，幾盡一刻，飛鳥為之徘徊，壯士聽而下淚矣。」[11]

顯然張岱的記述混和了自己經驗與前人文本，如果說張岱此文是要回憶虎丘中秋夜，那麼他的回憶則摻雜著自己以前的文本閱讀經驗，也就是將他人的記憶置入自己的回憶。

袁宏道與張岱都認為隨著時間遞移，遊客的雅俗之分便逐

[10] 明．張岱撰、馬興榮點校，《陶庵夢憶．西湖夢尋》。北京：中華書局，2007。頁 65。

[11] 明．袁宏道著、錢伯城箋校，《袁宏道集箋校》。上海：上海古籍出版社，1981。頁 157。

一顯現出來，兩位作者也都自視雅人，才得以知曉與聆聽到深夜最精采的演出。張岱指出這些雅人尚存百十人，可見知音不孤單，也是蘇州當地人文化素養的反映。

〈閏中秋〉[12]記載蕺山大會的情景。崇禎七年（1634）閏中秋，時年三十八歲的張岱模仿虎丘曲會，邀集朋友在蕺山亭聚會。與會者每人攜帶酒食與紅氈，大家沿著山坡席地而坐，共有七十多席，每一席都有優童妓女陪侍。當日出席者共七百多人，其中能唱歌的有一百多人，眾人齊唱「澄湖萬頃」，聲如潮湧，山谷雷動。大家盡情歡笑，開懷縱飲。夜深時分，客人們肚子餓了，主人向戒珠寺借大鍋煮飯讓眾人吃，僕人們用大桶擔飯，來往不絕。張岱指示優童在山亭唱戲十幾齣，精采絕妙，圍觀者千餘人，大家玩到深夜才散去。當晚，月光潑地如水，人在月中，有如新浴。夜半，雲朵冉冉升起，遮掩諸山，僅露出一些峰頂，猶如米芾的山雪畫。

張岱大手筆組織聚會，本身就是一場大戲，不僅受邀者彼此觀賞演出，他們也成為更多民眾圍觀的對象。然而張岱主辦的活動是否具有更加與眾不同之處？文中看不出，能看到的依然是人多、轟飲、同唱「澄湖萬頃」。張岱覺得他帶去的優童表演絕佳，除此之外，並無特殊之處。如果只是要模仿虎丘曲會，

12 明・張岱撰、馬興榮點校，《陶庵夢憶・西湖夢尋》。北京：中華書局，2007。頁 89-90。

應不屬於張岱的風格。文中甚至未提諸友賞月情景或其他較雅致的事件，反而令人感受現場的歡鬧喧囂。文末寫到人在月中與雲掩眾山之景，已是散場後張岱的個人補筆。那麼，此次活動讓張岱覺得值得回憶之處為何？或許是張岱由此展露其組織與動員能力，顯示他也能夠籌辦大型藝文聚會，也以此印證張氏家族的實力。

## 第二節　末世狂歡

晚明江南地區經濟繁榮，又由於長江天塹，因此雖處在流寇與外患頻仍的年代，人民似乎未能清楚感受到國家社會的危機，依然過著太平日子。張岱是那個時代的一份子，既參與其間，又不時冷眼旁觀。

### 壹、風俗浮薄

在晚明江南崇奢風氣的影響下，人們重視感官愉悅，也競相製造能刺激感覺的活動。〈越俗掃墓〉便有類似情景，張岱寫道：「越俗掃墓，男女袨服靚妝，畫船簫鼓，如杭州人游湖，厚人薄鬼，率以為常。」[13]他指出二十年前人民過節的習俗尚稱

[13] 明．張岱撰、馬興榮點校，《陶庵夢憶．西湖夢尋》。北京：中華書局，2007。頁 17。這種情形反映江南的民情風俗，謝肇淛（1567-1624）在《五雜組》指「南人借祭奠為踏青遊戲之具，紙錢未灰，舄履相錯，日暮，墦間主客無不頹然醉矣。夫墓祭已非古，而況以焄蒿淒愴之地

樸實，後來日漸華靡，連小戶人家也是鑼鼓喧鬧、歡呼暢飲，四處遊覽寺院亭園。甚至「**自二月朔至夏至，填城溢國，日日如之。**」[14]當時眾人沉浸享樂，盡興忘我，沒人察覺不妥。等到弘光元年（1645）南明總兵方國安部隊入浙鎮守，搶掠人民，收繳所有船隻後，那時即使遙遠的墓地，百姓也只能肩挑祭品，徒步往返，而且婦女連著三年都無法出城。張岱不由得感歎「**蕭索淒涼，亦物極必反之一**」[15]，終以樂極生悲收場。

張岱自言好繁華、愛熱鬧，但並非全然接受這種極度喧囂炫目的情景，雖然他也想看熱鬧，但又以旁觀者姿態將自己拉開距離。另一方面，他又想要回憶與記述這些事，還用許多華麗詞彙去勾勒與描繪，顯然種種奇觀還是在心中留有深刻印象。

〈揚州清明〉[16]是張岱模仿南宋張擇端的「清明上河圖」，但是以文字形式去呈現揚州清明的繁華圖景。張岱指揚州於清明時節，城中男女相競出城掃墓。即使一戶人家有數座墓，也

---

**為謔浪酩酊之資乎？**」以為南方人不像北方人重視墓祭，北方人多心懷憂戚，哭聲相聞。見明．謝肇淛撰、傅成校點，《五雜組》。收入上海古籍出版社編，《明代筆記小說大觀（第二冊）》（頁 1465-1863）。上海：上海古籍出版社，2005。頁 1498。

14 明．張岱撰、馬興榮點校，《陶庵夢憶．西湖夢尋》。北京：中華書局，2007。頁 18。

15 明．張岱撰、馬興榮點校，《陶庵夢憶．西湖夢尋》。北京：中華書局，2007。頁 18。

16 明．張岱撰、馬興榮點校，《陶庵夢憶．西湖夢尋》。北京：中華書局，2007。頁 66。

必須逐一祭拜，掃完所有墓地。人們或是輕車駿馬，或是簫鼓畫船，來回往返，俱無所辭。即使小門小戶的人也要攜帶餚果紙錢，徒步前往墓地。一旦祭拜結束，人們紛紛席地飲食。從鈔關南門、古渡橋、天寧寺到平山堂一帶，一路上都是衣著亮麗的人群。沿途有小攤商在路旁擺設，販售古董、古玩及一些小孩器物。另有一些賭徒坐在小凳上，呼朋引伴，以錢擲地，許多人在一旁觀看。

當天，各地的返鄉客、商人、妓女以及愛熱鬧的人，全都聚集在這裡。有的走馬放鷹，有的鬥雞蹴踘或彈奏樂器，另外也可看到男子玩相撲、兒童放紙鳶、老僧說因果、盲人說書等等，到處都是站著或蹲著的人。到了黃昏，車馬紛紛走向歸程，人潮擁擠，城門壅塞，大家奪門而入。

張岱認為以他所見，惟有春天的西湖、夏季的秦淮，以及秋日的虎丘等三處差堪比擬。不過這三地都是圖景聚集於一處，不像揚州清明綿延舒展三十里，前者有如畫家的橫幅，後者則像手卷。張岱最後說，南宋張擇端作「清明上河圖」，追摹汴京景物，遙寄思念。而自己眼看著這樣情景，怎能沒有夢想。

張岱在〈越俗掃墓〉也寫掃墓，同樣看到厚人薄鬼的情形，張岱在〈越俗掃墓〉感慨物極必反；此處則是睹物思國，意味他之所以描寫往日繁華，並非全是沉湎於當年的享受，而是希望以此寄托故國之思。

〈泰安州客店〉[17]記述崇禎二年（1629）張岱三十三歲時遊泰山的部分見聞，呈現當時進香活動的情景，反映該地商業活動與市民消費的一個側面。

張岱的觀察主要針對山東泰安的旅店，因為該處旅店的規模與經營，大大不同於其他地方。他看到的情形如下：離旅店一里多的遠處，設置著驢馬槽房二、三十間，再近一些，有戲子的住所共有二十多處，再更近的地方，則是妓房，裡面都是妖冶的妓女。張岱原以為這些是當地各方人士經營的不同旅店，沒想到竟全屬於一家旅店的設施。遊客到時，先到一間廳堂掛號並繳費，包括每人例銀三錢八分、山銀一錢八分。旅店房間分三等，下等的早晚皆食素，中午在山上也是素酒乾果，稱為「接頂」。晚上回到旅店，設席慶賀，祝賀遊客上山燒香，求官得官、求子得子、求利得利。此項賀席也分三等，上等的一人一席，內容包括糖餅、五道水果、十道菜、乾果，還有演戲；中等的二人一席，也有糖餅、菜餚與乾果，同樣有演戲；下等的則三、四人一席，也是糖餅、果核，但沒有演戲，只有彈唱。總計店中演戲的有二十多處，彈唱則不計其數。廚房也有二十多間，各種僕役多達一、二百人。許多遊客下山後，便盡情喝酒狎妓，這就是進香一天的活動。此處的遊客絡繹不絕，每天

[17] 明・張岱撰、馬興榮點校，《陶庵夢憶・西湖夢尋》。北京：中華書局，2007。頁 56-57。

上山下山人數眾多，旅店對遊客的客房都不會搞錯，廚房準備葷素飲食也不會混淆，僕役依不同工作項目而清楚分工，其管理效率令人驚奇。張岱聽說泰安一地像這樣的旅店就有五、六家，因而覺得更奇。

此文反映晚明旅遊發展及旅店經營之一斑，但也可能屬於特例，因為連張岱這樣有見識的富人也覺得訝異，應該不是普遍現象，不過仍可代表特定地域的社會發展。由於當時的市場供需，旅遊消費水平達到可觀的程度，從經營者來看，他們已能掌握當時流行的消費心理，提供人們想要的享受，也應該累積出可行的經營管理能力；而遊客方面，許多人也被刺激而不斷膨漲其消費慾望，並形成一種時尚風潮。泰山進香場域內的人流與物慾交錯，不難看出張岱對所見之旅遊文化帶有隱然批判。

## 貳、樂不知憂

在張岱的回憶中，隨著國家進入最危險階段，江南人民依然且歌且舞，包括他自己也還過著悠閒生活，似未真正意識到災難來臨。

〈西湖香市〉[18]回憶西湖香市的熱鬧情景，並對比戰亂後

---

[18] 明‧張岱撰、馬興榮點校，《陶庵夢憶‧西湖夢尋》。北京：中華書局，2007。頁 82-83。

的慘況。西湖香市的時間從二月花朝節到五月端午節。每年此時，從山東到普陀寺進香的人，以及從嘉興、湖州到天竺寺進香的人，都逐日來到西湖，並與西湖的人作生意，因此稱為香市。進香的人在許多地方買東西，包括三天竺、岳王墳、湖心亭、陸宣公祠等，到處都是市集，而尤其集中於昭慶寺。昭慶寺的兩個走廊每天都有集市，舉凡三代八朝的古董、蠻夷閩貊之珍物，全都匯集到這裡。只要到了香市季節，大殿內、甬道、水池左右、山門內外都是人潮，有的在室內設攤、無屋室的就在外面擺攤，攤位外面又有搭棚的，棚外又還有攤，一個挨著一個，緊密排列。商品種類繁多，胭脂、簪子、耳環、量尺、剪刀，以及書籍、木魚、玩具等，無所不有。

這時春風和暖，桃柳明媚，鼓吹清和，岸邊無閒置的船，旅店無閒客，鋪中無剩酒。張岱引述袁宏道的話：「山色如娥，花光如頰，溫風如酒，波紋如綾」，以為確已描繪出西湖三月之景。然而他又認為，此時香客從各地紛雜而來，更有別樣光景。士女的閒雅不敵村婦濃妝豔抹，芳蘭幽香不敵合香芫荽，絲竹管弦不敵搖鼓吹笙，鼎彝古物不敵泥人竹馬，宋元名畫不敵湖景佛寺圖畫。人群橫衝直撞，如逃如逐，如奔如追，無法推開，也牽拉不住。男女老少有數百十萬人，每天擠在寺的前後左右，這種情形要經過四個月才能停止。大江以東，沒有任何地方像這裡一樣。

崇禎十三年（1640）三月，昭慶寺大火，當年及接續兩年又連著鬧饑荒，人民半數餓死。崇禎十五年（1642）山東戰亂，交通中斷，香客斷絕，香市因而中止。張岱自述崇禎十四年（1641）夏季他在西湖，看到城中餓死的屍體一具具抬出去，當時杭州太守劉夢謙是汴梁人，同鄉到此打秋風的人多住在西湖，每天藉機索賄，因此有口舌輕薄的人改古詩譏誚：「山不青山樓不樓，西湖歌舞一時休。暖風吹得死人臭，還把杭州送汴州。」張岱認為此可作為西湖實錄。

張岱此文令人感覺心情沉重，從戰後回望當年，會對彼時各種熱鬧場景感到特別刺眼，此起彼落的狂歡似乎都在暗示著失序、反常與悲劇，他看到「士女閒都，不勝其村妝野婦之喬畫；芳蘭薌澤，不勝其合香芫荽之薰蒸；絲竹管弦，不勝其搖鼓欱笙之聒帳；鼎彝光怪，不勝其泥人竹馬之行情；宋元名畫，不勝其湖景佛圖之紙貴。」猶如既有秩序的瓦解，高低錯位、雅俗逆反、貴賤顛倒，節慶狂歡翻轉了日常秩序，人們從原本的軌道中逸出，終於一切都走向失控。當時人們興奮地「如逃如逐，如奔如追」，豈不成為後來逃難的先兆。

〈閏元宵〉內容是張岱於崇禎十三年（1640）閏正月為元宵燈節所作一篇文字。那年張岱四十四歲，他與家鄉父老約定重新舉辦燈節活動。為此，張岱寫了一篇〈張燈致語〉，內容大意為遇到閏正月是難能可貴的事，前一個月的十五日雖然下雪，但也算是老天點綴豐年，後一個月的元宵節則張燈賞月，人民可以盡情歡樂。文中讚美家鄉是蓬萊福地，宛委洞天。大江以東，民皆安和；遵海而北，水不揚波，百姓皆能共享太平之世界。又說外國人都羨慕中國，皆言中國有聖人，千百國來朝覲。如此佳節，試問那些百歲之人能躬逢幾次？因此希望大家莫負良宵。[19]

這篇文字有點像是活動的宣傳文，因此整篇都在頌揚，製造歡欣氣氛，當年已是崇禎十三年，內憂外患不斷，對照文章內容，應有突兀之感。不過，既然是活動的宣傳文，自然有其誇張不實之處，這篇文字又成為張岱表現文學功力的地方。

〈金山競渡〉[20]寫張岱觀看端午競渡的經驗。他說自已看過西湖競渡十二、三次，也看過其他地方的競渡，例如，崇禎二年（1629）三十三歲時在秦淮河、崇禎四年（1631）三十五歲在無錫、崇禎十五年（1642）四十六歲在瓜州。綜合多次經驗，他以為西湖與無錫最精采之處都在於看競渡之人。秦淮河有燈船而無龍船，龍船則以瓜州最為可觀，而看龍船又以金山寺為首選。瓜州龍船有一、二十隻，皆雕刻著龍的頭和尾，怒氣張揚，顯得威嚴十足；船內有二十人手持大楫，氣勢剽悍；

---

[19] 明．張岱撰、馬興榮點校，《陶庵夢憶．西湖夢尋》。北京：中華書局，2007。頁 100-101。

[20] 明．張岱撰、馬興榮點校，《陶庵夢憶．西湖夢尋》。北京：中華書局，2007。頁 67。

船的中間有彩篷，前後樹立旌旗繡傘，色彩絢麗；龍船上敲鑼打鼓的節奏明快；船艄後安置一架武器，刀刃鋒利；龍頭上有一人倒立，搖搖欲墜，龍尾掛著一個小孩，驚險萬分。從五月初一到十五，龍船每天分別到不同地方表演比賽。到了初五那天，龍船從金山寺與鎮江出發，波濤洶湧，群龍爭鬥，蔚為壯觀。金山寺上人群圍觀，隔江眺望，有如千萬螞蟻或蜂群聚集，蠢蠢欲動。夜間則萬船齊開，兩岸為之沸騰。

崇禎十五年（1642）瓜州競渡，熱鬧非凡，地方上似乎全民動員，然而此時國家危難已非常嚴重，江南人民依然沉湎於安逸享樂，張岱事後回憶，不可能沒有特別感慨。當張岱詳細描寫瓜州龍船的華麗、競渡者的勇悍，相較於日後戰事一敗塗地，這些歡鬧與亢奮令人覺得不忍卒睹。

不過，從另一個角度來看，這些活動也並非全然都是人民無知好玩，誠如謝肇淛所言：「大抵習俗所尚，不必強之，如競渡、遊春之類，小民多有衣食於是者，損富家之羨鏹以度貧民之糊口，非徒無益有害者比也。」[21]有許多升斗小民可透過這些節慶經濟而支撐其生活，在喧囂歡鬧的背後，其實很多人藉由看似奢侈消費與炫奇活動而獲得生活之資，而這就不能僅以

[21] 明．謝肇淛撰、傅成校點，《五雜組》。收入上海古籍出版社編，《明代筆記小說大觀（第二冊）》（頁 1465-1863）。上海：上海古籍出版社，2005。頁 1495。

感嘆人民耽溺享樂來看待了。

# 第六章　山水夢憶

張岱對旅遊的回憶包含外地旅遊、在地與住家附近的遊覽，旅遊種類涵蓋觀賞自然美景、名勝古蹟與園林、宗教和節慶活動。晚明的旅遊文化已達到相當水準，從前述〈泰安州客店〉便可看出當時的景況，此外，文人旅遊對品味的要求，也擴展了那時候的旅遊文化。張岱回憶的旅遊經驗多少反映了當時文人旅遊的文化傾向。

## 第一節　旅遊再現

旅遊是晚明文人熱衷的活動項目之一，張岱同樣喜歡遊山玩水，不過他並非走遍大江南北的那種遊客，他的旅行範圍多在浙江、江蘇與山東，主要還是家鄉附近為主。《陶庵夢憶》有多篇文字都屬於遊記性質，他的旅遊書寫較少純粹描繪自然景觀或文物建築，而是更多連結至一些人事，他的旅遊經驗大多包含某種與人相關的因素在內。

〈焦山〉是回憶崇禎十年（1637）張岱四十一歲遊覽鎮江焦山的情形。當時他的仲叔張聯芳守瓜州，張岱前往探訪與旅遊。他說那時候閒來無事，自己經常跑到金山寺、妙高台。某日前往焦山，去看定慧寺水晶殿、瘞鶴銘、焦處士祠。山中環境很清幽，只是在焦處士祠內看到原本是隱士的焦光，竟然一身國王打扮，還有夫人、陪臣、女官列坐，覺得很荒唐。張岱猜想這是因為在地百姓視焦光為神明，因此才以國王之禮崇拜祭祀，這點雖可理解，然而還是認為太離譜，如果焦光有靈，看到這種情形，不知道會怎麼想。[1]

或許當年張岱遊焦處士祠時只覺得鄉民天真，但若參照後來亡國處境，則這段記事可能令人產生其他想法，第一，東漢焦光拒絕漢靈帝下詔，不願出山作官，一直是多年傳說的典範。明亡後也有不少遺民逃入山野，不願與新朝合作。第二，焦光可以立志作隱士，卻無法抗拒後人把他視為帝王。個人意願與他人的期待未必能夠一致，當清廷徵召前朝官員與文人時，也是有一些原本矢志成為遺民者，受到家人或其他要求出仕之壓力而痛苦不堪。張岱自己曾有類似經驗，他的友人祁彪佳拒絕與清朝合作而選擇自沉。再次回憶那個景點，張岱的記憶與解讀應該愈為沉重。

在〈燕子磯〉中，張岱說他曾經三次乘船經過南京燕子磯，那裡水勢湍急，行船險峻，自己過去一向只從船窗看向燕子磯，總覺恐怖萬分，沒想到岸上別有天地。崇禎十一年（1638）四十二歲的張岱和友人遊覽燕子磯，才發現以前錯過這裡的佛地仙都。張岱走訪當地的殿閣與僧院，景觀皆有可取，美中不足的是觀音閣旁的僧院建築未能面向奇崛的峭壁，徒然可惜了如此好的景致。張岱覺得若有一小樓癡對此景，便可面壁十年。

---

[1] 明．張岱撰、馬興榮點校，《陶庵夢憶．西湖夢尋》。北京：中華書局，2007。頁 27-28。

文章結尾提及那年張岱回浙江，閔老子與王月生送行，大家共飲於石壁下。[2]

張岱為何寫燕子磯？雖然此地是一個有名景點，但此文可能還有兩個意蘊，其一，江上所見與岸上不同，假使未上岸親歷其境，不知其間另有天地。其二，坐擁美景的僧院卻以背對之，辜負大自然的天賜。這些情形似乎與許多世事相仿，人們常只看外表，不能洞視事物的內涵；另一方面，人們也常漠視美好事物，自我囿限經驗領域。不過連像張岱這樣的人都數次錯失一睹佳境的機會，也是怪事。張岱特別寫閔老子與王月生送別，有意突出他與此二人的交情，也可能那次的石壁共飲讓張岱印象深刻，總之幸運地，他在南京期間，並未與這兩位別緻的人失之交臂。

〈棲霞〉[3]寫遊南京棲霞山的一段遭遇，那是崇禎十一年（1638）張岱四十二歲，他攜帶一個竹兜和一位僕人，前往棲霞山旅遊，在山上住了三晚。山間有許多佛像，但已遭受破壞。山頂住著一位瘋顛和尚，張岱與之對談，覺得對方語言荒誕，但又感到其中不無奇特道理，可惜未能進一步追問。黃昏時他登上山頂觀霞，景象絢麗，無以名狀，不由得坐在石上癡對。

[2] 明．張岱撰、馬興榮點校，《陶庵夢憶．西湖夢尋》。北京：中華書局，2007。頁 24。

[3] 明．張岱撰、馬興榮點校，《陶庵夢憶．西湖夢尋》。北京：中華書局，2007。頁 42-43。

之後到庵後看長江帆影，感覺大地遼闊無際。此時，他遇到一人打坐，一直看著自己，張岱作揖詢問，獲知對方是蕭士瑋（1585-1651，字伯玉），[4]兩人便坐下對談。蕭士瑋問及普陀山，張岱正好那年曾旅遊過，也寫有《補陀志》，便拿出來請對方看，蕭士瑋很高興，還為他寫序言。當晚蕭士瑋拉著張岱同宿，兩人無所不談，蕭士瑋意猶未盡，又強邀張岱再留宿一夜。

張岱面對瘋顛和尚，似悟非悟，之後癡對晚霞或感歎山河遼闊，似乎都有一種身處無邊無涯的迷惘，直到遇到蕭士瑋才回到世俗，有了能對話的對象與話題。蕭士瑋是天啟二年進士，有文名，張岱能得其肯定，亦再次顯示他在文人圈的地位。

〈岣嶁山房〉[5]記載張岱早年在杭州靈隱「岣嶁山房」的讀書與遊歷經驗。天啟四年（1624），時年二十八歲的張岱與弟弟及若干友人一起在此修習七個多月。岣嶁山房附近有青山與溪

---

4 蕭士瑋，字伯玉，江西泰和人。萬曆四十四年（1616）中鄉試，天啟二年（1622）成進士。除行人，歷吏部郎中。弘光時，擢光祿寺卿。金聲桓兵亂江西時，士瑋抗清護鄉。著有《春浮園集》。南明亡後，緇衣不仕。錢謙益為《春浮園集》作序，表示二人有深厚文字交。參見清．徐鼒，《小腆紀傳》。台灣銀行經濟研究室編印《台灣文獻叢刊》第 138 種。台北：台灣銀行經濟研究室，1963。頁 784。明．張岱，《石匱書後集》。台灣銀行經濟研究室編印《台灣文獻叢刊》第 282 種。台北：台灣銀行經濟研究室，1970。頁 413。清．錢謙益，〈春浮園集序〉，收入明．蕭士瑋，《春浮園文集》。清光緒十八年（1892）西昌蕭作梅刻本。

5 明．張岱撰、馬興榮點校，《陶庵夢憶．西湖夢尋》。北京：中華書局，2007。頁 31。

流，樹木茂密，溪聲悅耳。山中食物不缺，鄰人常來此販賣蔬果雞鴨，唯獨無魚，於是張岱圍堵溪水闢出一個池塘，蓄養了數十尾大魚，每當有客人來時，便以鮮魚招待。日暮時分，常信步至冷泉亭、包園、飛來峰。某日，他順著溪流邊走邊看飛來峰石刻造像，口中還罵著「楊髡」（楊璉真珈），沒想到就看見一尊波斯人像坐在龍象上，還有四、五位裸身蠻女作獻花果之狀，旁有石刻寫此是楊璉真珈像。張岱一時怒起，將其頭砍下，搗碎蠻女像，還把它們丟入廁所。寺僧原以為張岱破壞佛像，很不以為然，後來知道被毀的是楊璉真珈像，便轉而歡喜並予肯定。

張岱顯然對自己當年舉措頗為得意，《西湖夢尋》也有同樣記述。摧毀楊璉真珈像正是彰顯當時的民族意識。元代西僧楊璉真珈為藏傳佛教僧侶，深得忽必烈信任，總管江南佛教事務，在杭州一帶建寺造像，並大肆盜墓，曾盜掘南宋帝后陵寢與王侯將相墓地，惡名昭彰，因此以當時一般觀點而言，張岱加以破壞很具有正當性，不會被視為破壞文物。例如，朱國禎（1557-1632）曾記述一則「梟禿像」，寫道：「楊璉真伽等三髡畫諸佛像，以己像雜之，刻於飛來峰石岩之內。嘉靖二十二年二月，杭州知府陳仕賢擊下三髡像，梟之，三日，棄於圊。田汝成為之記。亦快，亦快。」[6]早年陳仕賢便已砸毀造像，丟入廁所。

[6] 明．朱國禎撰、王根林校點，《涌幢小品》。收入上海古籍出版社編，

以此觀之，甚至可以說，張岱的破壞舉動還有幾分模仿前人行為的成分在內。有些資料指出張岱弄錯了，他破壞的並非楊璉真珈像，不過張岱提到當時有看到現場的文字說明「勒石志之，乃真伽像也。」[7]不曉得其中原因為何。

〈白洋潮〉描述看錢塘潮的情形。張岱回憶崇禎十三年（1640）八月，他前往浙江紹興白洋鎮弔唁朱燮元（1566-1638），因而得以一覽錢塘潮，當時陳洪綬與祁彪佳也在那裡。據祁彪佳的日記所載，此事發生於崇禎十一年（1638）八月初四日，[8]在場者包括張岱及其弟。崇禎十一年，張岱四十二歲。張岱說那天聽到有人呼喊看潮，自己便快速前往，陳洪綬與祁彪佳也隨後跟到。這三人中，張岱是最年長的，他的反應最快，似乎比其他二人更熱衷於觀潮。祁彪佳在當天日記並未進一步描述觀潮情景，張岱則生動地記下令人驚心動魄的壯觀景象，從最初望見潮頭如遠方一線，接著有如千百群小鵝振翼驚飛，再接著像百萬雪獅飛奔而下，再更近則儼如颶風狂掃，拍岸而上，觀潮者紛紛走避塘下，眾人「看之驚眩，坐半日，顏始定。」

《明代筆記小說大觀（第二冊）》（頁 3101-3879）。上海：上海古籍出版社，2005。頁 3782。

7 明．張岱撰、馬興榮點校，《陶庵夢憶．西湖夢尋》。北京：中華書局，2007。頁 31。

8 明．祁彪佳，《祁忠敏公日記》。收錄於《北京圖書館古籍珍本叢刊 20》（頁 559-1085）。北京：書目文獻出版社，2000。頁 768。

[9]不知張岱是否想到蘇軾的〈觀潮〉「廬山煙雨浙江潮，未到千般恨不消。及至到來無一事，廬山煙雨浙江潮。」儘管張岱回憶此事時記錯時間，然而當年情景歷歷在目，顯然當時的悸動心情依然值得回味。

由於張岱的父親曾任職山東，因此他有機會藉探親而一遊山東，他寫了兩篇在曲阜孔廟與孔林的參觀經驗：〈孔廟檜〉、〈孔林〉。此既是他的遊歷記錄，也是張岱對自己傳統文人身分和儒學文化的一種連結。

〈孔廟檜〉回憶崇禎二年（1629）時年三十三歲的張岱到山東兗州為父親祝壽，順道遊覽曲阜孔廟。文章一開始就寫入門後，赫然看見「宮牆上有樓聳出，匾曰『梁山伯祝英台讀書處』，駭異之。」[10]堂堂孔廟竟也附會梁祝傳說，難怪張岱驚訝。接著他去看孔子手植的檜樹，據說此樹已歷經幾千年，其間數次枯榮，「至洪武二十二年己巳，發數枝，蓊鬱；後十餘年又落。」孔氏子孫認為此樹榮枯預示著國家運勢。張岱速寫了所看到的殿堂、塑像、碑記等各項文物，內容尚屬一般，較特殊的是文章結尾突然提到孔家人說：「天下只三家人家：我家與江西張、鳳陽朱而已。江西張，道士氣；鳳陽朱，暴發人家，小

[9] 明．張岱撰、馬興榮點校，《陶庵夢憶．西湖夢尋》。北京：中華書局，2007。頁 36-37。

[10] 明．張岱撰、馬興榮點校，《陶庵夢憶．西湖夢尋》。北京：中華書局，2007。頁 22。

家氣。」[11]很明顯的，做為讀書人的張岱對該次孔廟之旅沒有產生太多崇敬感情，首先，他看到的梁祝匾意味著當地已經庸俗化；再者，孔子當年周遊列國，致力傳播學說、改變世界，而孔氏後人以樹木占世運；最後，孔家人對鳳陽朱的直白批評，表現對明王朝的反感。然而不知這是張岱在現場聽到，或是後來耳聞，若是前者，則明亡前敢於公然有此批評，也是相當奇特。不管如何，顯然張岱對此並不避諱，在其回憶書寫時選擇予以呈現，自有其用意。

〈孔林〉較屬於平鋪直敘，張岱寫出參觀孔林所見孔氏宗族墓園的情景，「紫金城外，環而墓者數千家，三千二百餘年，子孫列葬不他徙，從古帝王所不能比隆也。」這是思想家勝過帝王之處。張岱也看到從兗州到曲阜的路上，樹立著一些木牌，「有曰：『齊人歸讙處』，有曰：『子在川上處』，尚有義理；至泰山頂上，乃勒石曰：『孔子小天下處』，則不覺失笑矣。」[12]張岱所看到的，多是後代人享受前輩餘蔭，卻又時常無所作為或鬧笑話。正如許多開國英雄建立基業，終究會在後代子孫手中葬送，張岱書寫回憶的時代便是這樣的末世。

張岱的旅遊也包括參觀軍事活動，例如他在山東就順道參

[11] 明．張岱撰、馬興榮點校，《陶庵夢憶．西湖夢尋》。北京：中華書局，2007。頁 23。

[12] 明．張岱撰、馬興榮點校，《陶庵夢憶．西湖夢尋》。北京：中華書局，2007。頁 23-24。

觀當地的閱兵情形。〈兗州閱武〉[13]寫崇禎四年（1631）張岱三十五歲時，他到山東探望父親並觀看閱兵。張岱看到軍隊陣容壯盛，馬騎三千，步兵七千，陣法變換迅速。但他也同時看到閱兵中有三、四十位男童扮成女子，他們進行馬上表演，顛倒橫豎，在馬背翻騰，柔若無骨；又有彈奏各種異族樂器，在長官前面賣力演唱。張岱指該年的參將是北方人，那些扮演者都是他在外宅畜養的歌童，個個皆極姣麗。張岱最後說，若換成別人，恐難有此表現。

張岱以看似不帶批判的文字，呈現出晚明軍隊虛華不實的一面。張岱是有志寫史的人，看到這種情景，不會沒有警覺，亡國後對此段回憶，應是格外痛心，但也不應有太大意外。

另一篇也是關於參觀軍隊活動的文字為〈定海水操〉，[14]此係張岱觀看水軍演習的情形，地點在浙江定海演武場，位於浙江鎮海東北的招寶山海岸。張岱看到水軍操練演習動用了各種大戰船、小戰船、鬥艦等數千艘，再雜以輕快小船，各種船艦來往如織，船隻首尾相連，阻隔通道。水軍利用標幟與鼓聲傳遞訊息，攻守截擊，絲毫不爽。水兵瞭望，像猴子般蹲在桅杆上面，只要發現敵船，便縱身跳下水，奮力游泳，頃刻到岸，

[13] 明．張岱撰、馬興榮點校，《陶庵夢憶．西湖夢尋》。北京：中華書局，2007。頁 46-47。

[14] 明．張岱撰、馬興榮點校，《陶庵夢憶．西湖夢尋》。北京：中華書局，2007。頁 91。

走報中軍，旋又躍入水中，輕如魚鳧。

張岱說水軍操演以夜戰最奇，旌旗杆櫓皆掛一小燈，以青布覆蓋，晝角一響，萬燈齊舉，火光映射。在招寶山憑檻俯視，現場有如烹斗煮星，釜湯滾沸。各船火炮轟裂，有如暗夜風雨中電光閃耀，令人不敢正視；又如同雷斧劈斷崖石，墜落深淵，讓觀者驚魂失魄。

張岱看到的水軍演習陣容龐大，演出精采，他用了許多修辭語彙去突顯在視聽形象上給人的巨大震撼，然而如果只是表演，則和〈兗州閱武〉描繪的情形一樣，預示著後來戰事潰敗，不過此文和〈兗州閱武〉有不同之處，張岱並未指陳是否某些部分屬於徒具形式的表演，或許他並未在現場看到這個部分，也或許是局外人的觀看，未能掌握重點。

大部分的《陶庵夢憶》內容是張岱的生活記事，鮮少涉及國家大事，即使以上兩則文字也是描繪局部現象，未有進一步評論，但已可讓人領會其中含意。又例如卷一的〈鐘山〉，更是從他的觀察呈現相關問題，〈鐘山〉是《陶庵夢憶》的首篇文章，是張岱書寫的第一個回憶。

此篇文章題名鐘山，文內實指明孝陵，但文章重點並非皇陵，而是針對祭祀儀式，張岱從儀式引申國事衰頹。這是張岱回憶崇禎十五年（1642）四十六歲時，參觀太常寺中元祭祀儀式的觀察與感想。張岱由於姻親朱兆宣（1613-1672）時任太常寺典簿，因而得以隨其參觀此次祭禮。雖然祭祀場景莊嚴肅穆，眾人小心翼翼，「稍咳，內侍輒叱曰：『莫驚駕！』」[15]然而張岱看到的祭品極簡陋，一些器具也很粗樸，張岱還擔心有人誤會他的說詞，特別強調是親眼目睹：「他祭或不同，岱所見如是。」[16]甚至「祀畢，牛羊已臭腐不堪聞矣。」[17]他回憶崇禎十一年（1638），有人說孝陵上有一股黑氣，沖入牛斗，持續一百多日，「岱夜起視，見之。」從此流賊猖獗，處處告警。之後崇禎十五年修皇陵時，又有人指其傷地脈、泄王氣，爾後果然發生國變。張岱氣憤批評，認為即使寸斬負責修陵官員也不足贖罪。然而亡國之民，能怪誰呢？他最終感慨「孝陵玉石二百八十二年，今歲清明，乃遂不得一盂麥飯，思之猿咽。」[18]張岱似乎將亡國悲劇歸之於宿命，然而此應非張岱的真正想法，他應知曉有眾多原因導致明王朝覆滅，[19]風水之說只是一種藉口，但對

---

[15] 明．張岱撰、馬興榮點校，《陶庵夢憶．西湖夢尋》。北京：中華書局，2007。頁 11。

[16] 明．張岱撰、馬興榮點校，《陶庵夢憶．西湖夢尋》。北京：中華書局，2007。頁 12。

[17] 明．張岱撰、馬興榮點校，《陶庵夢憶．西湖夢尋》。北京：中華書局，2007。頁 12。

[18] 明．張岱撰、馬興榮點校，《陶庵夢憶．西湖夢尋》。北京：中華書局，2007。頁 12。

[19] 張岱在其史學著作中對明亡有很多分析，其中認為崇禎帝「焦於求治，刻於理財；渴於用人，驟於行法：以致十七年之天下，三翻四覆，夕改朝更。耳目之前，覺有一番變革；向後思之，訖無一用。」使十七

於無法改變之事實，這種天命的藉口還是能有某種安撫作用。

《陶庵夢憶》的第二篇文章是〈報恩塔〉，張岱自然有遊覽經驗，他說報恩塔的精湛工藝象徵王朝鼎盛，「報恩塔成於永樂初年，非成祖開國之精神、開國之物力、開國之功令，其膽智才略足以吞吐此塔者，不能成焉。…永樂時，海外夷蠻重譯至者百有餘國，見報恩塔必頂禮讚嘆而去，謂四大部洲所無也。」[20]然而一切俱往矣，如今這個擁有「中國之大古董，永樂之大窰器」的主人反淪為蠻夷鐵蹄下的亡國奴。

張岱以〈鐘山〉、〈報恩塔〉作為《陶庵夢憶》全書的首兩篇文章應有其用意，兩篇分別指涉明朝開國皇帝朱元璋與朱棣，如此成為作者自己作為明朝子民的一種身分表徵，也是遺民對故國的一種基本的道德姿態。他以這兩篇文字向已逝去的王朝致敬，將之做為一本追憶過往歲月之著作的開端，有一種儀式性的成分在內，就像許多歷史著作，總要從開國帝王說起。張岱腦海中的生活回憶雖然可以「不次歲月、不分門類」，然而書之於文字，宣之於讀者，他似乎仍想要遵循士子人臣的一些基本禮儀，即使他並未正式成為臣子。

---

年的勵精圖治盡屬枉然。見明．張岱，《石匱書後集》。台灣銀行經濟研究室編印《台灣文獻叢刊》第282種。台北：台灣銀行經濟研究室，1970。頁59。

[20] 明．張岱撰、馬興榮點校，《陶庵夢憶．西湖夢尋》。北京：中華書局，2007。頁12。

## 第二節　文人品味

張岱的旅遊經驗突顯他作為文人的高雅品味，這也反映所處晚明時代文人對旅遊文化的重視。張岱回憶遊覽過程的體驗及相關趣事，都呈現出特定文化身分所衍生的認知與反應。

〈爐峰月〉[21]記述張岱與友人登山賞月的經歷。浙江會稽香爐峰的山頂陡峭，千丈岩兩石不相接，俯身下望，令人膽寒。據說王陽明（1472-1529）曾一躍而過，人們佩服其膽量。張岱的七叔張燁芳曾以毛氈裹住身體，從上面繫繩子垂降；張岱自己也曾和兩位樵夫，從下面往上爬。張岱自認兩人堪稱癡絕。天啟七年（1627）張岱三十一歲，在天瓦庵讀書，午後和兩三位友人登上絕頂看落日。一位朋友建議多待一會兒，等月亮出來再下山。又說時機難得，即使遇上老虎，也是命。況且虎亦有道，夜間應是下山獵食豬狗，難道還會上山看月嗎？大家覺得有理，便一起坐在石上賞月。當日正是十五，月光下的草木都發出怪光，讓人心生恐懼。隨後大家彼此策扶下山，半途聽到有人大聲喊叫，原來是家僕與山僧七八人手持火把、刀棍沿路叫喊，他們以為張岱等人遇到老虎，因而出來找尋。張岱也出聲回應，僕人們急跑上來，將大家扶持下山。隔天，聽到山後有人說昨晚山上有火把數十隻、大盜一百多人，不知是從哪

---

21 明・張岱撰、馬興榮點校，《陶庵夢憶・西湖夢尋》。北京：中華書局，2007。頁 61。

裡來的。張岱等人都偷笑不語。文末提及謝靈運（385-433）當年開山闢路，隨從數百人，太守王琇以為是山賊，直到知道是謝靈運才心安下來。張岱認為幸好那晚沒被當成山賊抓起來，可算幸運。

看來張岱與其七叔張燁芳都曾挑戰爐峰，應該體能不錯，對於他們叔侄二人的這種行為，張岱以得意的心情稱為癡絕，視為難得的舉動。另外，他和友人從看落日到賞月，竟至家僕上山搜尋，又被鄉民誤會為盜，張岱視為趣事。相較於僕人的憂勞與鄉民的不安，公子們的浪漫行為顯現出和一般人的距離。

〈雷殿〉[22]寫家鄉風光。張岱說「雷殿」在龍山的磨盤岡下，從前吳越國王錢鏐（852-932）在此建蓬萊閣，還有斷碑存在。殿前的石台高爽，喬木蕭疏。六月，月光從南面照來，明亮清淨，皎月不會被樹木遮蔽。張岱自言每常於沐浴後，拉著秦一生、石田上人、平子等人坐在石台上乘涼。他們攜帶餚果，飲香雪酒，剝雞豆，喝烏龍井水，水涼冽激齒。下午指示僕人先將西瓜浸泡井水內，到晚上切開食用，涼冷逼人，能克制三伏暑熱。林中有許多鷹，聽到人聲就驚起，飛翔鳴叫於雲霄間，半日都不下來。

張岱寫此文，並非全針對風景，而是有同伴，他們共享良

22 明・張岱撰、馬興榮點校，《陶庵夢憶・西湖夢尋》。北京：中華書局，2007。頁 87。

辰美景，而且有美食佳釀，是一種高級享受，另外還有僕人侍候，勞力工作有人代辦，純然一種富貴人家的悠閒生活。如此景致，假使只有張岱一人，則張岱的感受與場景氣氛或許有所不同，這個美感經驗的構成包含眾多元素，自然的與人為的元素都進入張岱的感知範圍，而張岱憑藉其解讀而使之成為難忘的回憶。

〈龍山雪〉[23]寫張岱的賞雪經驗。天啟六年（1626）張岱三十歲，該年十二月，雪深三尺，夜晚雪止，張岱登上龍山，坐在城隍廟山門，當時陪侍在旁的優伶有李岕生、高眉生、王畹生、馬小卿、潘小妃。那晚，萬山載雪，連月亮都被寒氣凍得不能發光，雪地呈現呆白。坐久愈覺冷冽，有老僕送來熱酒，張岱勉力喝一大杯以禦寒，酒氣慢慢上來，然而積雪厚重，寒氣逼人，竟不得醉。雪夜中馬小卿唱曲，李岕生吹洞簫，聲音被凍得咽澀難出。直到深夜時分，大家才回家。馬小卿與潘小妃相抱從百步街翻滾而下至山腳，兩人從雪堆中站起，渾身浴雪。張岱坐著一輛小羊頭車，拖冰凌而歸。

雪夜登山賞景，是一件很雅的事，但張岱並非獨自前往，因此又是一幅有旁人在場的圖景，張岱在伶人相伴下賞雪，他們以歌聲樂曲協助張岱去感知周遭環境，他們的難以發聲成為

---

[23] 明·張岱撰、馬興榮點校，《陶庵夢憶·西湖夢尋》。北京：中華書局，2007。頁 87。

增強張岱體驗寒冷的感覺。又有家僕送熱酒，雖無助於敵擋寒氣，但有人侍候關照，想來也是有些許暖意。然而進一步來看，在這樣的場景中，張岱的內心或許有點寂寞，不知他是否能把寒夜賞雪的心情與其同伴分享，在伶人與僕人環侍下的主人，和其心中感受的天地俱寒似乎有著一些距離。

〈湖心亭看雪〉記述張岱的一次賞雪經歷。崇禎五年（1632）十二月，當時三十六歲的張岱住在西湖。時值隆冬，大雪三日，湖中絕無人聲鳥鳴。某晚，張岱坐上小船，身著毛裘，攜帶火爐，獨自前往湖心亭看雪。湖上霧淞瀰漫，天空、雲朵、山崗、湖水全都化成一片銀白。湖中只見「長堤一痕，湖心亭一點，與余舟一芥，舟中人兩、三粒而已。」到了亭上，沒想到已有兩人在裡面，他們鋪氈對坐，另有一位童僕正以爐火溫酒。兩人看到張岱，非常驚喜，訝異道怎麼此刻湖中還有人來。隨即邀請張岱共飲。張岱詢問二人姓氏，得知他們是金陵人，來此作客。張岱勉力喝了三杯酒，便告辭離去。下船之際，船夫喃喃說，本來以為只有相公癡，沒想到還有人和相公一樣癡。[24]

這是冬天的西湖與湖心亭，張岱在《西湖夢尋》對湖心亭的描述則另有風貌：「金碧輝煌，規模壯麗，遊人望之如海市蜃樓。煙雲吞吐，恐滕王閣、岳陽樓俱無甚偉觀也。春時，山景

---

[24] 明．張岱撰、馬興榮點校，《陶庵夢憶．西湖夢尋》。北京：中華書局，2007。頁43。

睺羅，書畫古董，盈砌盈階，喧闐擾嚷，聲息不辨。夜月登此，闃寂淒涼，如入鮫宮海藏。月光晶沁，水氣滃之，人稀地僻，不可久留。」[25]不同時節，張岱感受到此地的不同景象，有壯麗的一面、喧鬧的時候，也有淒涼冷僻之時。上述崇禎五年十二月的經驗，又讓張岱感受到另一種景色。

一開始張岱在湖上的觀照方式，是以凌空視野，綜覽全景，甚至超越自我，看到自己的小船像「一芥」，舟中人包括自己只是「兩、三粒」，由此看見自己的渺小。他的這種觀照並非偶一為之，在遊普陀山而寫的〈海志〉中，他也提到自己感受「舟如芥，人如豆…余亦芥中豆也。」[26] 顯然他能超越個人實際處境，從巨觀世界去想像自己的存在狀態。之所以能感知自身微小，是因為眼界高度放大，以及心境的開展和廣納，如此所見之「一痕」、「一點」、「一芥」和「一粒」之間便無特別明顯差異存在，都只是此景中的細小構成分子。

文末，張岱藉船夫之口而顯示自己在他人眼中是癡人，而這樣的癡人並非特例，還有其他人也同樣癡，在此人世間，可能不經意間相遇，彼此一笑而別，無需多言。張岱可能原以為湖上只有自己一人，亭上金陵客也可能認為不會遇見他人，彼

[25] 明・張岱撰、馬興榮點校，《陶庵夢憶・西湖夢尋》。北京：中華書局，2007。頁 179-180。

[26] 明・張岱，《瑯嬛文集》。長沙：岳麓書社，1985。頁 76。

此相遇都有一種意外之感。這種「想不到」打破了原來的想像，可能促使個體重估自我，重新構連人我關係與人物關係。如果張岱此行未遇到金陵客，那麼這次賞雪就只是個人經驗，然而有了金陵客的在場，他們共享了某些景觀，或許各有不同解讀與感受，但張岱的經驗絕對不同於原本想像「個人」賞雪而「獨自」面對蒼茫大地的感覺。兩位金陵客應不是俗人，不然也不會去湖心亭，而且還比張岱早一步，張岱「強飲三大白而別」，似乎是逃開了，如果再待下去，恐怕張岱的原有想像會被攪動得更為變形。

頗有意思的是那位船夫，如果湖心亭看雪是一場表演，則船夫原本算是一位跑龍套的臨演，但張岱最後決定讓他在劇場結束前發聲，由他來進行最後的總結。而這位船夫以旁觀者身分，評論這些癡人，此舉本是張岱有意藉其評語而突顯自己，然而這也間接反映出船夫是一位局外人，他可能不解這幾個人在白茫茫大地中究竟想看什麼，又或者在萬物俱絕的世界裡能夠尋找出什麼。他只是在寒冬裡真切地感受到冰冷、空曠，以及幾位好整以暇的「癡」人。如此船夫之言便召喚出另一個世界，去對比張岱和金陵客等人的生活處境，因此張岱本欲以船夫所言之「癡」去強化自己與世俗的距離，這種距離原屬於意義境界或美學上的涵義，但卻不可避免也包括了社會角色位置的差距，此與張岱之前感受到一痕、一點、一芥、一粒的渺小且無差異性，彼此並非沒有抵觸，也不易消解。

張岱除了欣賞山水文物之外，也常對這些景觀進行比較與批評。《陶庵夢憶》卷一的〈日月湖〉描述寧波的日湖與月湖。張岱為何在首卷寫「日月湖」？除了憶往之外，或許有著懷「明」之意。日湖不寫景，只從賀少監祠[27]去寫唐朝詩人賀知章（659-744），而且加以嘲諷。張岱先說祠內賀知章像「絕無黃冠氣象」，沒半點道人氣質，而且「乞鑑湖歸老，年八十餘矣。」[28]一個人到了如此年老才想要歸隱，還能被人傳言成急流勇退，豈不荒謬？又藉著提及賀知章的一則軼聞，指其是熱衷富貴利祿的人，而這樣的人竟然還被「《唐書》入之《隱逸傳》，亦不倫甚矣。」[29]至於月湖景色優美，湖中本有不少士大夫的園亭，但多已台榭傾圮。清明時節，日湖與月湖仍然遊人如織，遊船熱絡，大家在城牆下席地而坐，亦飲亦歌。

這裡不無借古諷今之意，明亡後許多人刻意操弄形象，其

---

[27] 此應為賀秘監祠，目前位置在浙江省寧波市海曙區柳汀街 98 號，在月湖之旁，日湖已消失。據寧波市文物保護管理所的「寧波文化遺產保護網」說明，賀秘監祠現存建築為清同治四年（1865）修復。至元至正十九年（1359）始作祠專祀之。明洪武間（1368-1398）遷祠於今地。見「寧波文化遺產保護網」http://www.nbwb.net/pd_wwbh/info.aspx?Id=917&type=2

[28] 明·張岱撰、馬興榮點校，《陶庵夢憶·西湖夢尋》。北京：中華書局，2007。頁 14。

[29] 明·張岱撰、馬興榮點校，《陶庵夢憶·西湖夢尋》。北京：中華書局，2007。頁 14。

虛偽詭詐，如何讓人區辨真假，張岱藉由嘲諷賀知章而質疑「歷史」真相，而這也是他執意要寫石匱書的原因之一，愈是懂得歷史的人，愈了解所謂「歷史」是一種建構，但卻「今古傳之」。張岱歷經國變，不能不有許多感慨，其實不只「平泉木石，多暮楚朝秦」[30]，人心亦何嘗不是，待事過境遷之後，人們依然只管當下的生活與遊樂，又有誰在乎真相為何。

〈湘湖〉[31]是張岱對蕭山湘湖的品評。他比較西湖與湘湖，前者因蘇軾而聞名，後者和任長者有關。蘇軾有意使西湖成為湖，而任長者卻不願使湘湖成湖。傳說任長者為巨富，擁有湘湖田數百頃，但有相師斷定他將一夜而貧。後來縣官下令淹灌，任長者的田地盡失而成赤貧，果然應驗。

張岱指湘湖中有許多小山、小墩亂插水面，水道不易辨識，必須有熟悉水道的人指引，否則難以行走。張岱評價西湖如名妓，人人皆可褻玩；鑑湖如閨秀，可敬而不可狎；湘湖則如處子，面目羞澀，猶如未嫁時。張岱還強調這是定評，不可更改。

張岱對山水的鑑賞能力也相當自信，許多人贊賞西湖，但張岱評其如名妓，可見一個風景區過度開發而出現的後果，在當時就已顯現。在人們眼中，湘湖名氣與景觀或許不如西湖，

---

[30] 明・張岱撰、馬興榮點校，《陶庵夢憶・西湖夢尋》。北京：中華書局，2007。頁 15。

[31] 明・張岱撰、馬興榮點校，《陶庵夢憶・西湖夢尋》。北京：中華書局，2007。頁 62。

但前者也因此保有更純真的景致。另外，張岱在品評名湖的同時，也對三種女性形象予以定義，指名妓是人人得而媟褻之，雖然張岱自己也狎妓，對某些名妓也予以肯定，但內心可能不免夾雜某種輕視；不過另一方面，張岱對她們還有悲憫之情，就像對王月生與朱楚生一樣。

基本上，張岱喜愛西湖，還為西湖寫了《西湖夢尋》，如果說西湖如名妓，人人得而媟褻，那麼張岱應該也是媟褻者之一，因此當他在品評西湖時，也間接指出自己的身分。褻玩者在玩弄對方之際，也同時在自賤人格。不過張岱自認不屬於這類庸俗的媟褻者，他對西湖具有超出他人的了解與感受，他的友人王雨謙在〈西湖夢尋序〉中指「張陶庵盤礡西湖四十餘年，水尾山頭，無處不到。湖中典故，真有世居西湖之人所不能識者，而陶庵識之獨詳；湖中景物，真有日在西湖而不能道者，而陶庵道之獨悉。」[32]正由於他的深刻認識，所以張岱認為自己能看到西湖的真正面貌，不同於一般只在意皮相的褻玩者。因此，張岱以生花妙筆去寫景寫物，經常展現與眾不同的見解與品味；但另一方面，他仍然和很多人一樣愛遊西湖並津津樂道，似乎也是附從時人的觀念與作法，終究無法超越時代的局限。

張岱闊別西湖二十八年後完成《西湖夢尋》，他在自序中提

[32] 明‧王雨謙，〈西湖夢尋序〉，收錄於明‧張岱，《張岱詩文集》（頁433-444）。上海：上海古籍出版社，1991。頁444。

到：「余夢中所有者，反為西湖所無。…今所見若此，反不若保我夢中之西湖，尚得完全無恙也。…而今而後，余但向蝶庵岑寂，蘧榻于徐，惟吾舊夢是保，一派西湖景色猶端然未動也。」[33]張岱感嘆西湖以前的景物已非，因而只能在自己的夢中追尋。不過，這種想法卻有人不以為然，例如，查繼佐（1601-1676）在為該書寫的序言說道：「張陶庵作《西湖夢尋》，以西湖園亭桃柳、簫鼓樓船，皆殘缺失次，故欲夢中尋之，以復當年舊觀也。余獨謂不然，余以西湖本質自妙，濃抹固佳，淡妝更好。湖中之繁華綺麗雖凋殘已盡，而湖光山色未嘗少動分毫，…陶庵於此，政須着眼，何必輾轉反側，寤寐求之，乃欲以妖夢是踐也。」[34]然而這裡似乎誤解了張岱，張岱雖然惋惜「凡昔日之弱柳夭桃、歌樓舞榭，如洪水淹沒，百不存一矣。」但他主要是因懷念故舊，這些地方與景物曾經是他與親友相遊和流連之處，因此睹景物而思人，他說：「余之夢西湖也，如家園眷屬，夢所故有，其夢也真。今余僦居他氏已二十三載，夢中猶在故居。舊役小傒，今已白頭，夢中仍是總角。」由於不捨美好的過往，所以張岱希望保有夢中景物與故人。至於對西湖的「繁華綺麗」，張岱本來就有其不同觀點，他在《西湖夢尋》的〈西

---

[33] 明・張岱撰、馬興榮點校，《陶庵夢憶・西湖夢尋》。北京：中華書局，2007。頁 119。

[34] 清・查繼佐，〈西湖夢尋・查繼佐序〉，收錄於明・張岱，《張岱詩文集》（頁 116）。上海：上海古籍出版社，1991。

湖總記－明聖二湖〉曾言：「善遊湖者，亦無過董遇三餘。董遇曰：『冬者，歲之餘也；夜者，日之餘也；雨者，月之餘也。』雪巘古梅，何遜煙堤高柳；夜月空明，何遜朝花綽約；雨色涳濛，何遜晴光灩瀲。」[35]可見張岱更欣賞西湖卸下脂粉後的本真面目，而非「繁華綺麗」。倒是另一位為《西湖夢尋》寫序的武林道隱指出：「爾若只以舊夢是尋，尚在杯水浮芥中，往來盤礴，何足與於寥廓之觀。」[36]看出張岱執著舊夢的局限性。

這不僅是由於張岱對特定地方的原本美好想像，與現實感知之間出現巨大落差，更在於其解讀的現實已背離以往認定的價值，若他也人云亦云地去接受現實變化，讓自己隨波逐流、不辨好壞，也就形同背叛自我。當一個人已失去很多事物，此刻護持內心珍視的理念，或許只是為逝去的年代留下一個註腳，但其實也並非易事。

人們常在遊山玩水時投射其價值觀，張岱也不例外，例如他在〈岱志〉提到遊泰山時想要宿頂，但由於雲纏霧繞，看不清景觀，隨從的人又不耐飢寒，被迫匆忙下山。好不容易才有的朝山之行，卻無法見到泰山真面目，讓他不甘心，隔日便想再次上去；但牙家認為向來朝山後沒有再次上山的前例，若有

---

[35] 明・張岱，〈西湖總記－明聖二湖〉，明・張岱撰、馬興榮點校，《陶庵夢憶・西湖夢尋》。北京：中華書局，2007。頁 121-125。

[36] 清・武林道隱，〈西湖夢尋・武林道隱序〉，收錄於明・張岱，《張岱詩文集》（頁 117）。上海：上海古籍出版社，1991。

違犯恐會不祥惹禍。張岱表面上答應，其實內心不予理會，逕自找尋山標前往，途中遇到前一日見過面的山中兒童與婦女，他們不解張岱昨日已朝頂過，怎會又再來。張岱對此還很得意，認為自己打破了原本眾人遵循一日一宿頂的千年朝山慣例。[37]

又例如他在〈海志〉[38]提到遊普陀寺院時，看到許多比丘和比丘尼進行燃頂、燃臂與燃指等行為，還有一些俗家閨秀也跟著如此作，大家忍受酷烈爇炙，朗誦經文，以不楚不痛不皺眉去表現他們的信心與功德。張岱大為搖頭，表示菩薩慈悲，怎會要求信徒炮烙以為供養。張岱還進一步指那些人徹夜不眠，對佛危坐，睡眼婆娑，有些人說看到佛在移動，有的說看見佛放大光明，各自舉出自己看到的異象。張岱對於這些人的信仰似有疑惑。但另一方面，他又認為許多鄉村百姓不管任何福禍都將之歸於菩薩，如果連王法聖賢都無法教化，卻能由佛菩薩施加影響，也就不得不認為佛法果真廣大了。

不過張岱又看到，許多進香朝拜之善男信女所搭乘的香船擁擠髒亂不堪，有如現世地獄，這些皆由某寺和尚作為香頭包辦主持，然則如此種種醜態、種種惡臭又作何解。張岱又提到他在該次旅遊中經過飢飽嶺，從嶺上看見有釣船千艘，競相爭逐魚獲之利，眾人大肆殺戮，嶺下礁石岩穴，盡被魚腥污穢。

[37] 明・張岱，《瑯嬛文集》。長沙：岳麓書社，1985。頁 72。
[38] 明・張岱，《瑯嬛文集》。長沙：岳麓書社，1985。頁 75-86。

張岱感慨本應是清淨法海，竟然容許人們殺害無數生命。所謂輪回報應之說，在此佛地何以不靈。

張岱說他走訪潮音洞時，由於傳說潮音洞大士常顯現異象，他便問當地住僧是否看過，僧人回答說，以前菩薩確曾住在該地，但因萬曆年間大風吹倒石樑，所以菩薩已移往他處居住。對此回答，張岱在其文章內寫自己不敢笑，作禮而別。由此可以想見他的態度。

另一方面，張岱對旅遊區的社會生態，有時也有較直接的批評，例如他在〈岱志〉[39]提到泰山旅遊時，看到沿山都是乞丐，皆手持竹筐乞錢，而這些乞丐的乞法扮相非常奇怪，令人不可思議，儼然一幅吳道子的地獄變相圖。另外，又有一些進香客各立小碑，或在崖石刻字，如「萬代瞻仰」、「萬古流芳」，令人覺得厭惡。張岱說這兩種人皆可恨，乞丐求利於泰山，進香客求名於泰山，他們都在作踐泰山清淨土。張岱接著認為社會中一些名利人作踐世界，正是與此相同。這應該是張岱更想要表達的意思。

又如泰山的進香客為祈求神明保佑，往往捐獻許多金銀財寶，因此殿中堆積的金珠錦帛高達數尺。但張岱直接指出，泰山之下設有一個軍營，每夜有士兵守宿，每季指定一位官員掃

[39] 明・張岱，《瑯嬛文集》。長沙：岳麓書社，1985。頁 66-75。

殿，每年進帳數萬金，山東的大大小小官員都從中分得一部分。

這是張岱在旅遊時看到的民間宗教信仰現象，並分別提及信眾、寺方、業者與官方在其中的影響，他以旁觀者的角色對各方面都有某程度的質疑，對比出他自己作為一名文人遊客的不同立場與觀點。不過張岱大多並不採取嚴詞指責，只是諷刺或突顯應注意之處；其實他更關注於自己能否從山水遊歷獲得獨特感受，並參照相關文獻記載，去比對自己的感知與見聞，更希望自己能夠補前人或他人記述的不足。例如在遊普陀時，他認為該地山水奇絕橫絕，但《水經》及《輿考》未能詳載，因而他欲以述說山水去供佛，以山水作佛事，而且自認開創了一種新的文人旅遊作風，「自今以往，山人文士，欲供佛而力不能辦錢米者，皆得以筆墨從事，蓋自張子岱始。」[40]

晚明社會商業發達，人民旅遊活動也熱絡開展，文人受社會風潮影響也熱衷旅遊，但又憑藉其文化資本而進一步精緻化他們的遊歷行為，以彰顯文人特有的品味與經驗深度，並經由相關論述去表達文人旅遊的特性與價值。譬如，歸莊（1613-1673）將旅遊方式分成三種：貴人之遊、豪士之遊與布衣之遊。貴人之遊經常高舉旌旗，大陣仗出行，有眾多僕從沿途伺候。豪士之遊常在出遊時攜帶許多珍寶，以大手筆結交友人，旅途中舟車絲竹，各種享受一應俱全。至於布衣之遊則是依賴其名

[40] 明・張岱，《瑯嬛文集》。長沙：岳麓書社，1985。頁 75。

聲與技能，去贏得王公貴族與飽學碩彥的尊重和禮遇。歸莊說布衣之遊還可再分成三類：因人之遊、作客之遊與獨往之遊。因人之遊是陪伴貴人出遊，因為貴人作官常有宦遊機會，他們出遊時常需要文人騷客跟隨以及充當友伴，一些文人騷客便可藉此免費旅遊、登覽山川。作客之遊係指藉由拜訪作官的親友，則可依賴親友的官力財力，因而更方便處理旅遊事宜。獨往之遊則是自行出遊，只要略有資糧，便可成行。既不依附貴人，也不受俗士牽絆，完全自主決定旅遊過程。[41]

歸莊言下之意，自然是認為獨往之遊應是最理想的遊道，然而個人必須擁有可用的資源，否則難以達成。像《陶庵夢憶》的〈牛首山打獵〉便是描述一種貴人之遊；包涵所的樓船旅遊則可算是豪士之遊。〈曹山〉提及張岱祖父張汝霖的曹山張樂，以絲竹管絃增加旅遊樂趣，似也屬於此類。而張岱數次去探訪任職外地的父親與仲叔，並順道在該地旅遊，應是屬於布衣的作客之遊。當然在他的家鄉附近，也有類似獨往之遊的活動，但大部分他並非真正獨自一人，張岱的旅遊通常有同伴，也有僕人。

除了上述不同的遊道，出遊還有其他更多的講究，例如，王思任（1574-1646）便列出許多不理想的旅遊方式，包括：官

---

[41] 明．歸莊，〈五遊西湖記〉。收入明．歸莊，《歸莊集》。北京：中華書局，1962。頁 374-375。

員之遊、文士之遊、富人之遊、窮人之遊、老人之遊、年幼之遊、群體鬨鬧之遊、獨自旅遊、托庇於人的旅遊、隨便之遊、匆忙之遊、客套之遊、心有牽掛之遊、豪紳權貴之遊、貪圖舒適之遊、放浪狂狷之遊、急燥之遊、追求時髦之遊、幫閒之遊、艱苦之遊、膚淺之遊、限制時間地點之遊、賒帳享受之遊等等。因為這些旅遊各有其缺點，[42]不足以讓人充分領略旅遊樂趣或深化旅遊品質。譬如，文士之遊的缺失在於一般文士熱衷仕途，大多旅遊京師，無心涉足其他地方。獨自旅遊的缺點則是無遊伴可交換經驗，因此亦非理想的旅遊方式，此與歸莊強調獨往之遊的自主與自在有所不同。

或像袁宏道認為「山水朋友不相湊」以及「遊非其時，或花落山枯」皆屬敗興，[43]他也是重視同好者的偕遊樂趣，並且要能合乎季節，以免錯過美好景色。另外，還有人提出對遊客心理的要求，例如陳第（1541-1617）主張「遊有五，不懷安、

---

[42] 王思任認為「官遊不韻，士遊不服，富遊不都，窮遊不澤，老遊不前，稚遊不解，哄遊不思，孤遊不語，托遊不榮，便遊不敬，忙遊不慊，套遊不情，挂遊不樂，勢遊不甘，買遊不遠，賒遊不償，燥遊不別，趁遊不我，幫遊不目，苦遊不繼，膚遊不賞，限遊不逍，浪遊不律。」見明．王思任，〈紀遊〉，《王季重雜著》（頁645-647）。台北：偉文圖書出版社，1977。頁646-647。

[43] 明．袁宏道著、錢伯城箋校，《袁宏道集箋校》。上海：上海古籍出版社，1981。頁506。

不惜費、不思家、不怯死、不立我」。[44]這似乎是針對那些想要壯遊天下的人，期許具有冒險挑戰之精神，這種旅遊已屬於一種心智體能的鍛練，可能不是一般文弱人士所能應付。

對於文人韻士來說，更著重於旅遊中呈現清雅品味，例如屠隆就認為旅遊必須準備「雅」的遊具，除了一些必需品，例如笠、杖、葫蘆、瓢、藥籃、衣匣等之外，還需要葉箋、漁竿、疊桌，提盒、提爐、酒尊、備具匣等，它們在旅途中都能提供不同功能，使遊客更為方便與盡興，甚至更能展現不凡氣質和心境。例如「葉箋」的作用是：「山遊時偶得絕句，書葉投空，隨風飛颺，泛舟付之水流，逐水浮沈，自多幽趣。」還有江上釣魚用的「漁竿」，並不是真的為釣魚而用，只是用來「一鉤掣動滄浪月，釣出千秋萬古心，是樂志也，意不在魚。」還有活動的「疊桌」，是為了列爐焚香，或放置花瓶插花，以供清賞之用。另外，「備具匣」內含有小梳具匣、茶盞、骰盆、香爐、香盒、茶盒等，亦可裝入文房四寶，再加上圖書小匣、股牌匣、香炭餅匣、詩筒等。[45]從上述旅遊工具便可想像出此種遊客的意態優雅，恍如悠遊於圖畫世界中。或許張岱出遊時也會令其僕人攜帶這些物件隨行，不管是在爐峰看夕陽或在雷殿賞月，

---

[44] 轉引自金雲銘，《陳第年譜》。台灣銀行經濟研究室編印《台灣文獻叢刊》第 203 種。台北：台灣銀行經濟研究室，1972。頁 116。

[45] 明．屠隆，《考槃餘事》。收入《叢書集成新編（第 50 冊）》（頁 325-349）。台北：新文豐出版公司，1986。頁 347-349。

必然更添佳趣。

除了前述的準備功夫，真正的雅士還必須能創造出與眾不同的遊賞時機，以獲得獨特的觀景經驗。例如高濂《遵生八箋》列出十二條「冬時幽賞」，皆是他認為眾人少有的冬遊體驗，有點類似私房景點。譬如，「湖凍初晴遠泛」，當西湖寒冬結冰時，命家僮操舟敲冰浪遊，觀看冰開水路，聲溜百步，恍若星流。或湖冰衝激破碎，有如玉屑四飛，大快寒眼。「幽然此興，恐人所未同。」或「雪霽策蹇尋梅」，則是雪止出遊，策蹇尋梅，穿著紅衣，「以此妝點景象，有超然出俗之趣。」再如「雪後鎮海樓觀晚炊」，當滿城積雪，萬瓦鋪銀之際，登上高樓凝望，大地一片銀白。日暮晚炊，百千家戶青煙四起，有如玉版紙中界以烏絲闌畫。高濂認為這種幽勝妙觀，恐亦未有人知得。又如「除夕登吳山看松盆」，[46]值除夕夜，杭城居民燃柴放炮，火光衝天。此時心中有幽趣的人，可登山向下瞭望，能看到紅光萬道、火焰如雲的大奇觀。此時一個人幽立高空，俯眺囂雜塵世，會覺得自己身在上界。[47]

類似這種情形也出現在張岱身上，例如〈龍山雪〉與〈湖

---

[46] 高濂指「除夕惟杭城居民家戶架柴燔燎，火光燭天，撾鼓鳴金，放炮起火，謂之松盆。」見明．高濂著、趙立勛校注，《遵生八箋校注》。北京：人民衛生出版社，1993。頁 208。

[47] 明．高濂著、趙立勛校注，《遵生八箋校注》。北京：人民衛生出版社，1993。頁 204-208。

心亭看雪〉都是別具一格的冬景體驗，一般人較少去嚐試，但能讓人置身難忘的景觀，對感受性敏銳的人來說，自然更會產生獨特的解讀與細緻的經驗。而這樣的經驗還需要能夠被記述、分享與流傳，如此方能不負大自然創造的美景，以及不枉遊客個人曾有的經歷與體驗。例如，周忱（1380-1453）曾言「天下山川之勝，好之者未必能至，能至者未必能言，能言者未必能文。故往往以此為恨。」[48]張岱或許沒有遍遊各地名山大川，但他不僅對所遊覽之地的人事物常有獨特見解，更能夠以生動文字進行記錄，寫下他自己的見聞與感受。

[48] 明・周忱，〈遊小西天記〉，《雙崖文集》卷一（版心頁碼 46-49）。光緒四年山前崇恩堂刻本。頁 49。

# 第七章　百工集錦

晚明社會的商業趨勢，帶動許多工藝行業也熱絡發展。各種工藝師傅日益受到重視，有些還成為名人，並在一些文人著作中被記載與贊揚。《陶庵夢憶》便敘述了許多技藝人士的故事，他們涵蓋廣泛領域，各種手工製作、繪畫、說書、園藝、茶藝等皆包含在內，張岱對這些人及其技藝的回憶，在他的記憶書寫中佔有不少比例。

## 第一節　匠人列傳

張岱對匠人的關注，最主要著重於他們專心訓練手藝與技能，提供高品質的產品與服務，而這些東西滿足了張岱對生活品味的要求，因此這些匠人和他自己的生活息息相關，他也願意對他們有更多的了解，並與他們結成朋友。

### 壹、技道相通

〈諸工〉[1]一文提出張岱對工藝師傅的看法，也同時表達他的人生態度。他說竹、漆、銅、窯等相關製造工人，一般都被視為賤工。然而嘉興的臘竹、王二的漆竹、蘇州姜華雨的籙竹、嘉興洪漆的漆、張銅的銅，以及徽州吳明官的窯，他們都是以竹、漆、銅、窯的名人起家，而且能和縉紳人士並坐抗禮。如

---

[1] 明・張岱撰、馬興榮點校，《陶庵夢憶・西湖夢尋》。北京：中華書局，2007。頁 60。

此看來，天下何物不能使人貴，只不過人們自輕自賤罷了。

張岱在此表明他對人的看法，也包含他對社會階層的素樸想像。其實晚明經濟發展已經使儒商距離縮小，百工技藝的價值也益發被社會重視，因此張岱的觀點只是反映當時的一種趨勢，也表示自己認可這種看法。他結交各領域的翹楚人士，也樂於為他們留下一些記事。更重要的，是鼓勵更多人追求更高層的技藝境界，朝向更多元的發展。不過也應該注意的是，這種看法在當時可能有人不以為然。若以社會風俗日趨奢靡的角度來看，有人認為百工技藝之發達與社會崇奢習俗有關，特別是一些富豪人家要求更高級的生活享受，進而促成許多工匠不斷推陳出新，以各種淫巧器物迎合富人慾望，這種發展不無導致整個社會朝向捨本逐末的危險。[2]顯然這樣的想法和張岱屬於不同論調。

張岱在〈砂罐錫注〉[3]提到當時的製壺工藝，指宜興壺有三大家，依序分別為龔春、時大彬、陳用卿。製錫大師則有王元吉、歸懋德。這應該是當時稍有文化內涵者都了解的，張岱只是複述眾人皆知的事。該文重點在於接下去的文字，他寫道宜

[2] 像張瀚（1511-1593）在其〈百工紀〉內便有類似的觀念。見明．張瀚撰、蕭國亮點校，《松窗夢語》。上海：上海古籍出版社，1986。頁 67-71。

[3] 明．張岱撰、馬興榮點校，《陶庵夢憶．西湖夢尋》。北京：中華書局，2007。頁 30。

興砂壺是砂製的，錫壺是以錫製成的，原料都很平凡廉價，然而一旦製成器物，便價格不俗，有的甚至名貴到可比商彝、周鼎，這主要是因為它們的「品地」。

如何由原本平庸的砂或錫轉變成高雅文物，端賴工藝師傅能否從中創造品質，所以這些藝師值得被尊為大師，他們的慧眼與巧手能化腐朽為神奇，不能以一般工匠等閒視之。這也是張岱及當時許多文人雅士樂於結交技藝名家，也願意為他們留下記錄的原因。因此「好物」可以超越玩物喪志，就如他在〈吳中絕技〉認為「技也而進乎道」，此對真正的鑑賞家而言，其中道理亦相近。

〈吳中絕技〉[4]點名了幾位能工巧匠，包括治玉的、治犀的、鑲嵌的、製梳子的、做金銀的、製扇子的、製琴的等等，張岱認為他們都是百年無敵的一等工藝師。但張岱還強調，良工也必須要有識貨的人，「至其厚薄深淺，濃淡疏密，適與後世賞鑒家之心力、目力針芥相投。」[5]如果沒有內行的鑑賞家去欣賞及解讀工藝師的技藝與心意，以及去感受工匠「由技入道」的精

---

[4] 張岱在此文中提到「趙良璧之治梳」，但據《袁宏道集箋校》一書的箋校說明，此可能為張岱的誤會，趙良璧實為治錫器，而非治梳。見明．袁宏道著、錢伯城箋校，《袁宏道集箋校》。上海：上海古籍出版社，1981。頁 731。

[5] 明．張岱撰、馬興榮點校，《陶庵夢憶．西湖夢尋》。北京：中華書局，2007。頁 20-21。

神，那麼就難以成就良工絕技。當然，張岱自己就是這樣的鑑賞家。

這種重視技藝的觀念在當時已日益普及，例如，袁宏道在〈寄散木〉之書信中勸其舅父龔仲安習藝，袁宏道認為人生不可一藝無成，倘若學詩文不成，可轉而學習下棋，像萬曆初年的國手方子振或奕棋名家小李；若又學不成下棋，則可轉而學彈琵琶或蹴踘，像琵琶名手查十八、蹴踘高手韓承義。他以為「凡藝到極精處，皆可成名」，未必要將人生局限於讀書作官。[6]事實上，連文人士大夫本身也越來越涉入不同的技藝領域，像沈德符（1578-1642）也提到「縉紳餘技」，指出「近年士大夫享太平之樂，以其聰明寄之剩技。」有的善擊鼓、能作金石聲，或像吳中縉紳留意聲律、工於度曲。[7]這些現象顯示出當時文人生活型態之轉變。而張岱自己就在彈琴、戲曲、製茶等方面發展出專業能力，形同對匠師角色及其工作內容的認同。

## 貳、匠師格調

張岱舉出了許多能人高手，他們不僅技藝精湛，而且大多性格獨特而鮮明，張岱對他們的描繪突顯出匠師個性與其作品風格的對應。

---

[6] 明．袁宏道著、錢伯城箋校，《袁宏道集箋校》。上海：上海古籍出版社，1981。頁 202-203。

[7] 明．沈德符，《萬曆野獲編》。北京：中華書局，1980。頁 627。

〈濮仲謙雕刻〉裡的濮仲謙是南京知名的雕刻家，任何竹器只要經他勾勒數刀，便立即價格翻倍。但他真正喜歡的，卻是盤根錯節的竹子，隨形雕刻、刀法簡潔，只要略加刮磨便能高價售出。濮仲謙的名氣很高，凡是他題名的物件，莫不成為昂貴珍品。南京三山街因濮仲謙而獲利者有數十人，但他自己卻依然低調而貧窮。濮仲謙很有個性，只要看見友人座上有好的竹器、犀材，便自行雕刻起來；但若不合其意，即使施以強大權勢和利誘，都不能使之動手。[8]

如果從濮仲謙的聲望來看，當時追捧的人應該不少，不過張岱應會認為其中真正的鑑賞家依然有限，大多數人只是因為他的名聲而盲目追逐，或僅是附庸風雅的有錢俗人。

〈柳敬亭說書〉[9]寫南京說書名家柳敬亭的故事。張岱稱他為「柳麻子」，說他皮膚黝黑，滿面疤痕，卻又淡定悠然，土木形骸。柳敬亭擅長說書，每日說書一回，定價一兩銀子，須十天前預約給訂金，但常不得空。當時南京有兩位當紅人士，即名妓王月生與說書人柳敬亭。

張岱說曾聽他講「景陽岡武松打虎」，和《水滸傳》原始內容相去甚遠。柳敬亭的描寫刻畫，纖細入微，然而又乾淨俐落，

---

[8] 明・張岱撰、馬興榮點校，《陶庵夢憶・西湖夢尋》。北京：中華書局，2007。頁 21。

[9] 明・張岱撰、馬興榮點校，《陶庵夢憶・西湖夢尋》。北京：中華書局，2007。頁 62-63。

並不嘮叨。聲音宏亮如巨鐘，說到重點，叱吒叫喊，震動屋室，連店中一些空的缸甕都被震出嗡聲。柳敬亭說書時，主人與聽眾必須安靜專注，只要看到有人交頭耳語、打喝欠或面有倦色，便閉口不語，絲毫不能勉強他。每到夜晚，店家擦淨桌子，點上燈燭，柳敬亭款款而談，輕重疾徐，抑揚頓挫，皆入情入理，深刻把握人物角色。張岱認為柳敬亭雖面貌奇醜，但口齒伶俐，眼神靈活，衣著端莊，幾乎和王月生一樣，難怪也同樣受歡迎。

柳敬亭是當時的傳奇人物，在許多人的著作中留下身影。例如，吳偉業（1609-1672）在〈柳敬亭傳〉對其生平有頗詳細的說明，指他本姓曹，年少時「獷悍無賴」，遭到通緝，逃鄉後某日休憩於柳樹下而改姓柳。自學而會說書。後來遇到一位儒生莫后光對他有所提點，讓他的說書藝術更為精進。之後他到揚州、杭州、蘇州、南京等地說書，聲名大噪，並且結交名人，被引為上賓，獲得大家敬重。吳偉業指柳敬亭「與人談，初不甚諧謔，徐舉一往事相酬答，澹辭雅對，一坐傾靡。」南明時期，曾入寧南侯左良玉（1599-1645）幕，得其信任，聲望更甚。左良玉去世後，柳敬亭財產盡失，陷入貧困，遂重操舊業。[10] 余懷（1616-1696）在《板橋雜記》提及柳敬亭「擊節悲吟，傾靡四座，蓋優孟、東方曼倩之流也。後入左寧南幕府，出入兵

[10] 清・吳偉業著、李學穎集評標校，《吳梅村全集》。上海：上海古籍出版社，1990。頁 1055-1058。

間。寧南亡敗，又遊松江馬提督軍中，鬱鬱不得志。年已八十餘矣…猶說『秦叔寶見姑娘』也。」[11]柳敬亭晚景淒涼，錢謙益在〈為柳敬亭募葬地疏〉寫道：「柳生敬亭，今之優孟也。長身疎鬚，談笑風生…片語解頤，為人排難解紛…。今老且耄矣 猶然掉三寸舌，糊口四方。負薪之子，溘死逆旅，旅櫬蕭然，不能返葬，傷哉貧也！優孟之後，更無優孟。敬亭之外，寧有敬亭？」[12]

對於這樣的人物，張岱對他留有深刻印象並寫入夢憶，自然可想而知。張岱此文寫柳敬亭，除題名外，通篇皆稱其「柳麻子」，反復強調其貌不揚，意欲突顯其說書藝術和外貌的對比。孔尚任（1648-1718）在《桃花扇》描繪的柳敬亭也是非等閒之說書人，時常自稱「柳麻子」，如「我柳麻子本姓曹，雖則身長九尺，卻不肯食粟而已。」「俺柳麻子信口胡談，卻也燥脾。」其他人有時稱之「敬老」或「柳麻子」，如「那班門客才曉得他（按：指阮大鋮）是崔魏逆黨，不待曲終，拂衣散盡。這柳麻子也在其內，豈不可敬！」「聞得前日還託柳麻子去下私書的。」[13]張岱另有一詩〈柳麻子說書〉亦高度肯定，寫道「及

[11] 清．余懷，《板橋雜記》。收入《叢書集成新編（第 83 冊）》（頁 205-212）。台北：新文豐出版社，1986。頁 210-211。

[12] 清．錢謙益著、清．錢曾箋注、錢仲聯標校，《牧齋有學集》。上海：上海古籍出版社，1996。頁 1419。

[13] 清．孔尚任著；王季思，蘇寰中，楊德平合注，《桃花扇》。北京：人民文學出版社，1959。頁 7, 70, 72, 84。

見泰州柳先生，諸公諸技皆可罷。先生古貌偉衣冠，舌底喑嗚兼叱咤。」形容柳敬亭是「眼前活立太史公」。[14]柳敬亭並不自限於走江湖的藝人，不願止於娛樂大眾而糊口，因此在亂世中留下特殊身影。張岱強調這位說書人對表演的自尊自重，也是與其他一般藝人不同之處。另外張岱還將他和名妓王月生相提並論，兩人在他眼中都是別有風格或具有風骨的藝人，是那個社會中值得被記住的人物。

〈姚簡叔畫〉[15]寫張岱同鄉一位畫家姚允在（生卒年不詳，字簡叔）的個性及其畫藝。崇禎十一年（1638）張岱四十二歲，暫居南京桃葉渡，那時來往的人只有閔汶水與曾鯨一二人而已。本來他和姚允在連一面之交也沒有，但姚允在卻主動前來拜訪，兩人一見如故，便住在張岱的寓所。期間，姚允在會幫張岱料理日常米鹽瑣事，而且不讓張岱知道。一得空，便拉著張岱上酒館，往往酒醉而歸。舉凡姚允在認識的貴族大老、朋友、僧侶、高人、名妓等都逐一介紹給張岱。兩人共同起居，生活了十日。後來一位僕人前來，張岱方才知道姚允在有妾也在寓所。姚允在為人深藏不露，與人難合，一意孤往，他人不易接近。不知為何主動結交張岱，還覺得求之不得。張岱說有一次兩人至報恩寺訪友，對方出示宋元大師的畫作，姚允在聚睛觀看，

---

14　明・張岱，《張岱詩文集》。上海：上海古籍出版社，1991。頁 50。

15　明・張岱撰、馬興榮點校，《陶庵夢憶・西湖夢尋》。北京：中華書局，2007。頁 60-61。

回來後便為張岱仿作蘇漢臣的畫，畫中人物如小兒、宮娥的體態與姿勢皆詳細生動，後來對照原本，一筆不錯。[16]

張岱在卷七〈過劍門〉寫秦淮妓女請姚允在代邀張岱去看她們演戲，顯然姚允在和南京青樓女子關係不錯，而且多屬名妓。張岱喜歡結交異人，一些異人也樂於和他交往。張岱眼中的姚允在行事作風奇特，大概有才華之人都有某些怪癖，而張岱也頗能包容，仍能欣賞這種人的優點，也因如此，張岱便能從此種交友過程中，增加自己的見識。

張岱對百工技藝的看重，還包括栽培果樹的農藝高手。例如，〈樊江陳氏橘〉[17]寫橘園主人以及張岱對橘子的講究。紹興樊江陳氏有一片果園，四周以枸杞、菊花圍起。他們也釀酒，釀出的酒連專家也稱贊。他們還種瓜果，並用蜂蜜製成蜜餞。此外，還有謝橘一百多株，園主對採摘橘子有特殊規定，橘子青時不摘、酸時不摘、尚未紅時不摘、未經霜也不摘，採擷時必須連蒂剪下。這樣收取的橘子皮寬飽滿、色黃而深、果肉堅

[16] 張岱在《石匱書後集》對姚允在的記載為「姚允在，字簡叔，會稽人。姚氏世工圖繪，而簡叔筆下澹遠，一洗畫工習氣；其摹倣古人，見其臨本，直可亂真。久住白下，四方賞鑒家得其片紙，如獲拱璧；而雪景奇妙，可匹關思。」見明・張岱，《石匱書後集》。台灣銀行經濟研究室編印《台灣文獻叢刊》第 282 種。台北：台灣銀行經濟研究室，1970。頁 486。

[17] 明・張岱撰、馬興榮點校，《陶庵夢憶・西湖夢尋》。北京：中華書局，2007。頁 63。

實爽脆、橘絡易剝解、味甜而鮮，其他地方的橘子都無法相比。

張岱說自己每年一定親自到陳氏橘園採購，寧可遲些、貴點、少一些，這樣才能買到品質最好的橘子。買來的橘子貯放於黃砂缸，下面鋪墊稻草或乾的松毛。過十天，草開始濕潤，便予以更換。如此可保存至隔年三月，依然甘脆有如新摘。[18] 張岱認為陳氏橘園主人以一百多株橘樹，每年獲利達百匹絹，可算無愧於這些水果。

張岱講究生活品質，對橘子的要求亦同，此須靠果園主人細心管理，張岱也願意配合園主，限制自己的消費，藉由生產者與消費者的良性互動而確保產品品質。陳氏橘園主人似乎在其他方面如釀酒、蜜餞皆有不錯成果，顯然同樣用心經營。張岱以此例再度證明他在〈諸工〉指「天下何物不足以貴人」。另一方面，張岱精於保存，讓橘子生命得以延長，不僅滿足張岱的口腹之慾，其實也是讓人間美好事物留存更久，亦是珍惜人們曾對其賦予心意與努力，因此，不只陳氏橘園主人無愧於他所栽種的謝橘，張岱作為一位知味與賞味的人，也同樣自認無愧於那些橘子。

茶藝高人更是張岱傾心相待的對象。〈閔老子茶〉[19]題名看

---

[18] 朱彝尊《食憲鴻秘》提到藏橘之法為：「松毛包橘，入罈，三四月不乾。」見清・朱彝尊，《食憲鴻秘》。北京：中國商業出版社，1985。頁 91。

[19] 明・張岱撰、馬興榮點校，《陶庵夢憶・西湖夢尋》。北京：中華書局，2007。頁 38-39。

似寫當時的茶藝大師閔汶水，事實上也是展現張岱對茶與水的精湛鑑賞力。張岱說好友周墨農（周又新）曾誇閔汶水的茶道非凡，崇禎十一年（1638）九月，四十二歲的張岱前往南京，船靠岸後便至桃葉渡拜訪閔汶水。當天，閔汶水有事外出，很晚才回來。張岱本以為他是一位年輕人，沒想到眼中看見的是婆娑老者，兩人才剛談幾句話，老人突然說自己的拐杖放在某個地方，忘了帶回來，隨即匆匆出門而去。張岱不想白來一趟，便等下去，又過了很久，至深夜時分，老人終於回來了，見張岱竟然還在，好奇問他怎麼還沒走。張岱說由於久仰大名，若未喝到閔汶水的茶，就絕不離去。老人頗喜，開始煮茶，速度極快，隨之引張岱到另一房間，窗明几淨，有十幾種精品茶具。張岱品茶後覺得茶色與茶味皆屬上乘，詢問茶葉品種，老人說是「閬苑茶」，張岱不信，指出是「羅岕茶」，老人很驚歎。張岱又問是用何種水，老人說是惠泉水，張岱又不信，因為惠泉水長途運送，必會影響水質。老人又是贊歎，並告知長途取用與運送惠泉水的一套方法。最終，老人大笑，說自己年已七十，在所見懂茶的鑑賞家中，無人能超過張岱。兩人就此定交，成為好友。張岱在卷二〈燕子磯〉提及那年自己離開南京時，閔老子送行，共飲於石壁下。

張岱在這裡既寫閔汶水的茶藝，也寫他的個性，更是寫張岱自己的品茶功力讓茶道高手也佩服不已。張岱在此強調自己是知茶善飲的人，猶如田藝蘅所指：「煮茶得宜，而飲非其人，猶汲乳泉以灌蒿蕕，罪莫大焉。飲之者一吸而盡，不暇辨味，俗莫甚焉。」[20]而張岱不僅慢飲細品，還能精準說出茶葉與泉水，這種能力若非水淫茶癖之人實在難以辦到。不過張岱雖然具有很高功力，但閔汶水的運水之法還是讓張岱有額外收獲，這也應該是他一直熱心於結交民間藝師的原因之一。在這對忘年交的互動過程中，雙方既是品茶，也是品人。老人的幾番試探，考驗張岱的性格與本事，而張岱通過試驗，不僅證明其能力，更是突顯自己與眾不同，並且具有超越他人的屬性。

張岱對匠師的欣賞不限於已有名氣的大家，即使一般商家師傅，只要能符合張岱心中的標準，便能獲得他的肯定與推薦。例如，〈露兄〉[21]寫張岱對家鄉一間茶館的品評，也同時展示他為此而寫的一篇檄文。崇禎六年（1633）張岱三十七歲，那年有人開了一間茶館，水取自玉帶泉，茶葉用蘭雪茶。茶水現煮，絕無老湯，茶具時常清洗，沒有污穢不淨的器皿，火候與湯候皆恰到好處。張岱很是贊賞，稱茶館為「露兄」，取自米芾的「茶甘露有兄」，同時寫了一篇〈鬥茶檄〉，內容極其盛贊該茶館的品質。此文一方面指出張岱心目中好茶館的各種條件，也顯示

[20] 明．田藝蘅，《煮泉小品》。收入《筆記小說大觀（四編）》（第六冊）（頁 4027-4040）。台北：新興書局，1978。頁 4034。

[21] 明．張岱撰、馬興榮點校，《陶庵夢憶．西湖夢尋》。北京：中華書局，2007。頁 100。

只要是好的店家，張岱也很樂意為之宣傳，再者，張岱也同時藉由為茶館命名與撰寫檄文，再次展露他的文才。

〈甘文台爐〉寫蘇州一種優質香爐及其特殊背景。「甘文台爐」是一位名叫甘文台的人所製造的香爐。張岱說，一般而言，香爐的重點在於適用，尤其是必須耐火。許多香爐遇火即壞，例如哥窯、汝窯都是如此。真正適用與耐火，莫過於宣德爐。然而宣德爐價格昂貴，一個就要價一百四、五十金。其他像施銀匠的香爐雖然也不錯，但粗笨可厭。蘇州有一位回民甘文台，鑄爐頗有良方，他燒製的銅爐，與宣德爐無分軒輊，幾可亂真。甘文台的秘訣就在於所用的銅料，而此又和該人的宗教信仰有關，甘文台是伊斯蘭信徒，不信佛教，他錘碎西藏滲金佛，拿來製爐，所以其香爐品質不僅不輸宣爐，有時還能超越。甘文台自言已摧毀佛像七百多尊，張岱對此的反應為「**使回回國別有地獄，則可。**」[22]

張岱一向重視百工技藝的優秀人士，認為技與道是一脈相承，然而也有例外，像甘文台毀佛製爐，張岱便不以為然，不過他還是注意到此人的技能，不會忽視不見。

[22] 明・張岱撰、馬興榮點校，《陶庵夢憶・西湖夢尋》。北京：中華書局，2007。頁 72-73。

## 參、藝即生活

在張岱書寫的許多技藝大師中，除了前述一些業界行家外，還包括不少業餘人士，他們並非以此為生，然而因興趣及高度投入，也發展出令人贊歎的出色表現。張岱更欣賞這些人全心貫注，以致成癡成癖的精神及態度，他們的技藝與生活融合為一，形成人與物的交溶，張岱傾向在物的精緻化中也看到人的極致化。

〈金乳生草花〉的主角是《陶庵夢憶》出現的第一位癡人：金乳生。他喜愛花草，躬身照顧，雖然身體不好，但仍不辭辛勞。張岱認為此人不俗，金乳生在自家宅前的空地開闢花園，臨河蓋起三間小軒，所佈置的石砌、花欄、假山等等，都有畫意，「草木百餘本，錯雜蒔之，濃淡疏密，俱有情致」。[23]四季有不同的花卉品種，金乳生無不悉心照料，仔細清理各種傷害花草的害蟲。每日早起，顧不得盥洗，就趴在階下，「捕菊虎，芟地蠶，花根葉底，雖千百本，一日必一周之。…事必親歷，雖冰龜其手，日焦其額，不顧也。」[24]這般辛勤看護，終於有好結果，「青帝喜其勤，近產芝三本，以祥瑞之。」[25]

---

[23] 明．張岱撰、馬興榮點校，《陶庵夢憶．西湖夢尋》。北京：中華書局，2007。頁 13。

[24] 明．張岱撰、馬興榮點校，《陶庵夢憶．西湖夢尋》。北京：中華書局，2007。頁 14。

[25] 明．張岱撰、馬興榮點校，《陶庵夢憶．西湖夢尋》。北京：中華書局，

祁彪佳在〈越中園亭記〉曾提到金乳生的「亦園」，「在龍門橋，主人金乳生。植草花數百本，多殊方異種，雖老圃不能辨識。四時爛熳如繡。所居僅斗室。看花人已履滿戶外矣。」[26]

金乳生是一位愛花成癡的典型，即使須忍受身體的不適，仍然無怨無悔。他的行為或許在別人眼中傻氣十足，但他內心有外人難以體會的喜悅與滿足。張岱欣賞這種人，金乳生可成為張岱據以宣示自己看重生命品味的一種代表。

傳統文人認為生命價值是立德、立功、立言，張岱則強調也可以是執著特定事物、一以貫之的投入，像金乳生為自己小花園的付出，不僅讓小園花草生意盎然，也同時成就自己的生命意義。張岱沒有提及金乳生的其他方面，也未說明他是否忠奸善惡，只聚焦於這位護花使者對花草的全心全意，從這點去呈現此人的一個側面，而這個側面形象及其蘊含的意義在張岱回憶中具有重要份量，他是《陶庵夢憶》回憶的第一位具體人物。

另一方面，若與另一篇〈天台牡丹〉合併來看，則其中也意指著一個花園若要興旺，必須有人廢寢忘食地去管理，如果

2007。頁 14。

[26] 明・祁彪佳撰、中華書局上海編輯所編輯，《祁彪佳集》。北京：中華書局，1960。頁 191。

有更多像金乳生這樣的人（有知識、有方法、願意事必恭親），則不只是花園，包括家園也不致荒蕪而消亡。

〈范與蘭〉[27]寫張岱的好友范與蘭對花草的喜好。范與蘭七十三歲，喜歡彈琴，也喜愛養蘭花及盆景。他有建蘭三十多缸，像簸箕一般大。范與蘭勤於照顧，夏季時，早上搬入室內，夜晚搬到室外；冬季時，則早上搬出室外，晚上搬入室內。長年辛苦，不減農事。開花時，香氣可飄散至一里外，客人只要坐上一會兒，衣服便沁染上香味，能三、五日不散。張岱說自己在花期時到范與蘭家，坐臥不去，香氣酷烈，令人想要以口吞下。花謝後，無數花瓣被棄。張岱覺得可惜，便和范與蘭商量，建議拿來食用，例如，可以和麵煎炸、加蜜浸漬或用火烘焙。范與蘭也同意這個想法。

范與蘭少年時曾跟隨王明泉學琴，能彈「漢宮秋」、「山居吟」、「水龍吟」三曲。後來聽到王本吾彈琴，大為贊賞，便盡棄以前所學，改學王本吾的琴法，花了半年學會「石上流泉」一曲，仍然生澀棘手。王本吾離開後，范與蘭又忘記所學，且刻意丟掉過去學習的東西，以至完全不記得。雖然終日撫琴，但也只是和弦而已。

范與蘭有一個小盆景，栽植豆板黃楊，枝幹蒼古奇妙，盆

---

[27] 明，張岱撰、馬興榮點校，《陶庵夢憶．西湖夢尋》。北京：中華書局，2007。頁 98-99。

石非常相稱。有人出價二十金想買它，范與蘭不肯，極為珍愛，稱之為「小妾」。張岱也很喜歡這個盆景，強行借去，放在自己書房。過了三個月，竟發現有一枝幹枯萎下垂，張岱很懊悔，趕緊還人家。范與蘭驚惶無措，煮人參汁澆灌，日夜撫摩，一個月後終於復活。

張岱筆下的范與蘭也是個有特色的人物，雖然學琴意志不堅，喜新厭舊，但對花草植物卻情有獨衷，願意不辭辛勞，與〈金乳生草花〉的金乳生相去不遠，都是用心成癡的愛花者。這位范與蘭已是七十三歲老人，仍對他的花草充滿情感。當然，這是富貴人家才能有的生活，否則何能以人參去救治植物。

對花草的珍惜以及具備認識能力，也反映當時清雅人士的一種格調，例如田藝蘅在〈別花人〉[28]提及惜花人固然難得，而「別花人」更屬難得，他所謂的「別花人」是指能夠分辨與鑑賞各類花卉的人。只要是「別花人」，很少不愛惜花的。而真正懂花且有品味的人，在賞花時不會出現魯莽失禮的行為。田藝蘅強調名花猶如美人，可玩而不可褻，可愛而不可折。擷葉一瓣形同撕裂美人的衣裳，掐花一痕就像撓美人之肌膚，拗花一枝是折美人的股肱。以酒噴花是唾美人之面，以香觸花是熏美人之目。解衣對花，狼藉可厭者，有如與美人裸裎相逐。貼

---

[28] 明．田藝蘅著、朱碧蓮點校，《留青日札》。上海：上海古籍出版社，1992。頁 637-638。

近花朵而覷之者，這種行為簡直和盲人一樣；彎身而嗅之者，就像是那種鼻塞不靈的人。以上種種皆屬不宜，都會令人覺得鄙俗，有失高尚文雅的身分。

若以此標準來看，或許張岱建議范與蘭將花謝後予以加工食用，也有如焚琴煮鶴，是在褻瀆美人遺體，並非一件雅事。比較理想的方式可能還是像林黛玉的「未若錦囊收艷骨，一抔淨土掩風流，質本潔來還潔去。」不管如何，類似金乳生和范與蘭這樣的惜花者，在日常生活中無時不掛念著如何看護自己所珍視的花草，建構出一個自己與這些花草共生的小世界，並透過他們整治花草的專業技能，維持此一花與人共生世界的存續，也滿足了惜花主人追求生命意義建構之需求。

〈水滸牌〉[29]記述畫家陳洪綬繪製水滸葉子（紙牌）的過程，以及張岱為此而寫的一段緣起文字。張岱說陳洪綬繪畫時，所畫出人物的古貌、古服、古盔甲、古器械等，都是以繪畫去寫出他的學問。陳洪綬稱自己的畫中人物為「宋江」、「吳用」，而「宋江」、「吳用」也無不回應，磅礴的英雄氣概與忠義精神充塞於筆墨間。友人周孔嘉請張岱催促陳洪綬畫水滸葉子，在周孔嘉與張岱的敦促下，歷經四個月，終於完成。張岱為此寫了一篇緣起，內容贊譽陳洪綬的繪畫造詣，說他畫《水滸》四

---

[29] 明・張岱撰、馬興榮點校，《陶庵夢憶・西湖夢尋》。北京：中華書局，2007。頁 76。

十人，使宋江兄弟得以復睹漢官威儀。張岱認為這些精采的作品，應該珍重對待，觀畫者必須以花露洗浴薰香後，方許觀看。又說這樣的佳品，張岱不敢藏私，願與同好共享。

張岱在此強調高等的畫技，必然是以畫家的學問與性情為基礎，但有時若有知音鼓勵，則會增強創作者的創作動力，而張岱自己便扮演了這樣的角色，所以這件作品的完成，他也有其影響，而且作為一位鑑賞者，他也會希望自己的品評能附加於作品之上，隨著作品而流傳。

〈沈梅岡〉記載嘉靖時期官員沈束（1514-1581）[30]的手藝。沈束任給事中時，得罪嚴嵩，繫獄十八年。獄中除讀書外，自行研習工藝。由於手邊沒有工具，他以鐵片每天磨礪，磨成鋒利的刀鋸。某次得到一塊楠木，沈束製造出文具、木匣、壁鎖，又用數片棕竹製成扇子，有十八根扇骨，堅固紮實，遠超過巧匠的水準。沈束去世後，他的夫人請張岱曾祖張元忭寫墓誌銘，並以沈束的獄中工藝作品相贈。張元忭為木匣與竹扇作銘文，另外又請徐渭書寫，張應堯鐫刻，時人稱為四絕。張岱一直珍藏著這些物件。後來張岱又聽說沈束曾將粥與土混和，以數年

30 《明史》記載沈束（字宗安，號梅岡）為嘉靖二十三年進士，官禮科給事中。入獄期間，衣食常缺，每日讀周易。有妾潘氏，守候十八年。隆慶繼位後復其官，皆辭不赴。布衣蔬食，終老於家。參見清・張廷玉等，《明史》。北京：中華書局，1974。頁 5531-5532。

時間製成銅鼓，聲音可達一里外。[31]

從沈束的入獄經歷與工藝水準，可想見此人的堅毅性格。張家收藏這些物品既是紀念其中故事，也是彰顯張家與沈束的關係。對張岱而言，這些故事已是數代前的事，自然是經由長輩和傳聞而獲知，不過其中有曾祖的銘文，感受更覺親近。張元忭將沈束比之蘇武，顯示物之可貴還在於人的節操。

關於匠人，張岱在〈世美堂燈〉[32]提及幾位在燈藝及煙火方面有專長的人，包括製燈專家夏耳金、李某人、善製夾紗屏及燈帶的趙士元，另外還有善於收藏燈具與製造盆花煙火的家僕。

張岱這些書寫顯然認為許多人身上皆蘊藏著技藝潛能，這些人的心志使其潛能轉化成具體的技術才幹。在晚明一片浮華的社會流風中，這些故事代表仍有不少專注務實的人，他們堅持做好事情。

---

[31] 明・張岱撰、馬興榮點校，《陶庵夢憶・西湖夢尋》。北京：中華書局，2007。頁 30-31。

[32] 明・張岱撰、馬興榮點校，《陶庵夢憶・西湖夢尋》。北京：中華書局，2007。頁 52-53。

## 第二節　技藝之憶

除了上述特定人士的技藝成就，張岱回憶中還有一些他認為值得記述的特殊情事，它們涵蓋社會上一些人以不同手法去呈現各自認可的技法藝能。

〈天台牡丹〉這篇文章描繪浙江天台某村五聖祠前的牡丹花（鵝黃牡丹）。張岱說天台牡丹開得極為盛豔，「枝葉離披，錯出檐甃之上，三間滿焉。」[33]固然花開燦爛，令人讚賞，但讓張岱覺得值得回憶與書寫的，並非只是壯觀的花景，而是看到當地百姓對牡丹的關注心情與愛護行為，「土人於其外搭棚演戲四五台，婆娑樂神。」[34]大家慶賀花季到來，祈求神明保佑，也由於人民已形成護花的集體意識，大家彼此提醒不得任意傷害，「有侵花至漂發者，立致奇祟。土人戒勿犯，故花得蔽芾而壽。」[35]

在地居民共約護花，必然包含大家認可的栽植技術，雖然文中並未提及，但可想而知是鄉民彼此接受的處理方式，且必須依賴群體力量才能達成共同目標。從另一個角度來看，這篇

[33] 明・張岱撰、馬興榮點校，《陶庵夢憶・西湖夢尋》。北京：中華書局，2007。頁 13。
[34] 明・張岱撰、馬興榮點校，《陶庵夢憶・西湖夢尋》。北京：中華書局，2007。頁 13。
[35] 明・張岱撰、馬興榮點校，《陶庵夢憶・西湖夢尋》。北京：中華書局，2007。頁 13。

文字也許有另一層隱義，在張岱所處時代，國家之所以滅亡，是由於虜寇作亂，而且人民（官與民）疏忽又無能。牡丹（國家、國君）若未能得到土人（百姓）的集體認同，並共同約定「戒勿犯」，進而形成群體護衛力量，則美麗花朵便難免遭受侵奪與踐踏的命運。張岱在此藉著回憶牡丹而意有所指，或許也是該篇文字置於《陶庵夢憶》卷一第三篇位置的用意之一。

〈一尺雪〉[36]寫張岱看過的一種芍藥花，以及人們對待此花的態度與行為。張岱說「一尺雪」是一種特殊品種的芍藥，他曾在山東兗州看過。此花的花瓣純白，潔如羊脂，粉艷雪腴。「一尺雪」的花朵很大，上下四旁方三尺，但枝幹細小，無法支撐碩大花朵，必須綁上小支架以扶持。張岱說這種花在其他地方看不到，大江以南只聞其名而無此品種，也沒有適合栽種此花的土壤，因而只有在兗州才有機會觀賞「一尺雪」。

兗州人栽植芍藥就好像在種麥子一樣，都是大面積一塊接著一塊。花季來時，人們大宴賓客，搭起花棚，在路上、門上、牆壁、屏風、門簾、坐席、階梯等處都以芍藥裝飾，花費再多也不吝惜。張岱自謂昔日在兗州，友人每天剪數百朵送到他的寓所，四處堆放，幾至不知如何處理。

各地風土不同，唯有四處旅行，才能增廣見聞，張岱有機

[36] 明．張岱撰、馬興榮點校，《陶庵夢憶．西湖夢尋》。北京：中華書局，2007。頁 79-80。

會到山東兗州，才得以親眼看到特殊品種的花卉，並了解當地花農經營情形。這是因其父親在山東任職之故，係藉由人際關係而開展的空間經驗。另外，張岱回憶當年繁花似錦的太平歲月，包括他所描繪的情景，常令人有過度與氾濫之感，誠如文中所指收到別人贈送的芍藥花多到「堆垛狼藉，無法處之」。消費一旦超出正常程度，過多的物資都失去原有價值，常被殘忍地輕視與踐踏，也不再能欣賞其中的美，其實這也是人對自己的殘忍。

〈菊海〉[37]寫張岱受邀觀賞菊花的經驗。張岱說山東兗州有一張氏人家邀請他去看菊花，該地離城五里。張岱抵達其園，一開始繞來繞去，完全看不到一朵菊花，感到很怪。過些時候，主人才帶他到一處空曠地方，有三間葦廠，張岱進入一看，不敢置信，簡直是一片菊海。葦廠三面砌著三層花壇，都放著各式菊花，大的如瓷甌，俱皆飽滿鮮豔，翠葉層層，完全沒有脫落的情形。張岱認為這是結合天道、土力、人工而成，缺一不可。

張岱提到兗州縉紳家庭的風氣多模仿王府，每逢賞菊時節，各處都用上菊花，包括桌、炕、燈、爐、盤、盒、盆、壺、幃、褥、酒、麵食、衣服花樣等等，無一不是菊花。夜晚則點上蠟

---

[37] 明·張岱撰、馬興榮點校，《陶庵夢憶·西湖夢尋》。北京：中華書局，2007。頁 80。

燭照向花叢，將花朵烘染得更具特色。散席後，便令人撤除葦簾，讓花朵受露。

〈菊海〉描寫的情景和〈一尺雪〉有些類似，都是繁盛的花景，不過前者針對縉紳富戶的養菊情形，仍然強調其展現出壯觀與豔麗的感官印象，可見當地人的習俗與品味。

〈朱文懿家桂〉寫作者祖母的父親朱賡家中的一棵桂樹。祁彪佳對此也曾記述，他說朱家後面有「秋水園」，朱賡尚未宣麻拜相前，常在此遊憩吟詠，「旁有桂樹，大數圍，蔭一畝餘。」[38]張岱也指此樹的樹蔭下可坐客三、四十席，但朱家對待該樹的方式頗奇特，採取「不亭、不屋、不台、不欄、不砌，棄之籬落間。花時不許人入看，而主人亦禁足勿之往，聽其自開自謝已耳。」[39]似乎是完全不管不顧，任其自然成長，而且花開時，還禁止人們去觀賞。張岱評論說，樗櫟由於被棄用，因而得以終其天年；百歲老人常出自貧戶，然而衰老病弱，讓子孫嫌惡，何足稱為人瑞。

不管如何，此處呈現朱家看顧桂樹的獨特方式，至少這種方式能使該樹繁茂壯碩，並成為一個知名樹景。張岱對此的評語似反映他對生命的看法，人們多祈求長命百歲，但如果像樗

[38] 明・祁彪佳撰、中華書局上海編輯所編輯，《祁彪佳集》。北京：中華書局，1960。頁 185-186。

[39] 明・張岱撰、馬興榮點校，《陶庵夢憶・西湖夢尋》。北京：中華書局，2007。頁 39。

櫟被棄、老人被厭，則這種生命意義便不無可疑。張岱或許是要追求有用的、被肯定的生命。他一直強調自己於亡國後不死，乃是為了寫史，如無此項使命，失卻目的之生命便不過是苟活罷了。

在上述個案中，各種不同的操作都是經由特定人為方式而使「物」獲得更特殊的發展，也就是張岱在觀察物的同時，他總是連繫到人的形象與作為，透過從物看人、由人看物之間來回品鑑人與物的關係，間接揭示他對人之存在意義的觀念。

# 第八章　美食／賓玩

成長於晚明江南及鐘鳴鼎食之家的張岱，對於珍饈美味應該是從小就習以為常，不僅飲食豐足，而且當時關於飲食養生的觀念也頗為盛行，富貴人家常多有講究。另外，除了品嚐佳味外，饒有餘裕的名門望族與文人雅士總要收藏一些寶物，彼此觀摩或炫耀，此亦是當時社交常見的現象。[1]

## 第一節　夢裡尋味

張岱享受生活之際，自然也包含美食在內，因此他難免要回憶過去曾經品嚐過的美妙滋味，特別是落難後三餐不繼，更是懷念從前大快朵頤的日子。

### 壹、餚饌之思

張岱也算是美食家，但相較於他對戲曲、園亭、茶泉及各種工藝的熱衷，他極少具體提到某些名廚或烹飪能人及其手藝，[2]他雖然談到不少食材種類，但鮮少指出特定菜餚料理的名稱，

---

[1] 收藏物件除了滿足個人對某些物件的喜好外，還具有炫耀身分地位與社交功能，這在當時已屬常見，例如，陸容（1436-1497）指出：「京師人家能蓄書畫及諸玩器、盆景、花木之類，輒謂之愛清。蓋其治此，大率欲招致朝紳之好事者往來，壯觀門戶；甚至投人所好，而浸潤以行其私；溺於所好者不悟也。」見明・陸容撰、李健莉校點，《菽園雜記》。收入上海古籍出版社編，《明代筆記小說大觀（第一冊）》（頁 361-529）。上海：上海古籍出版社，2005。頁 417。

[2] 極少的案例如《陶庵夢憶》卷四〈乳酪〉提及蘇州過小拙的「帶骨鮑

不過從張岱關於飲食的文字來看，他確實是相當講究吃的品質。[3]

〈方物〉[4]是一張美食清單，作者回憶並列舉自己喜愛的各地特產，涵蓋的地域包括北京、山東、山西、江西、福建、南京、蘇州、杭州、山陰、蕭山、諸暨、嵊縣、臨海、台州、浦江、東陽、嘉興等。他點名的食物琳瑯滿目，諸如北京的蘋婆果、山東的羊肚菜與秋白梨、蘇州的帶骨鮑螺、南京的套櫻桃與桃門棗、嘉興的馬交魚脯、杭州的西瓜和塘棲蜜橘、蕭山的楊梅、嵊縣的蕨粉、諸暨的香狸及櫻桃、台州的瓦楞蚶，以及家鄉山陰的破塘筍、河蟹與鰣魚等等，不勝枚舉。張岱說自己時常想要品嚐這些東西，如果是遠方的食物，較不易取得，就一年吃一次，近處的則每月或每日都要吃。雖然他也知道天天追求口腹之慾，罪孽深重，然而想到如今兵荒馬亂，錢塘江一衣帶水，尚不敢輕渡，他覺得自己將這些美食資訊傳達四方，也算是一種福德。

---

螺」。

[3] 張岱在〈海志〉提及「余素清饞，不能茹素」，在遊普陀的過程中，曾因海上往來不得不吃齋一個多月，在月餘的茹素後，竟然碰到葷食而下箸即嘔，讓他覺得是特殊經驗，「不謂老饕如余，亦有此素緣。」如此來看，他偏愛的美食或許在素食領域是較有限的。見明．張岱，《瑯嬛文集》。長沙：岳麓書社，1985。頁 83。

[4] 明．張岱撰、馬興榮點校，《陶庵夢憶．西湖夢尋》。北京：中華書局，2007。頁 55。

張岱在戰亂期間且食物匱乏之際回憶美食，可能是畫餅充飢、安慰自己。但另一方面，作者實際上也是藉由食物而描寫自己，這位富貴中人便是在這些美食的餵養下才能成為「張岱」。唯有曾經擁有多樣美食體驗的個體，才能舌粲蓮花地細數各種道地滋味，同時帶出此人的豐富見識。而且只要他喜歡吃的東西越多，並且這些食物越是出產於許多不同地方，那麼他就能透過消費這些食物而與那些地方有所連繫，他的生活與生命就能夠跨越空間，遠涉自己不曾或不能去的地域。藉由這些美食，不只滿足了他的口腹，也同時滿足了他的心靈。

〈乳酪〉[5]一文展示張岱身為美食家的才能。他說乳酪自從假手坊間商人販賣以來，早已失去應有的美味。張岱為了能吃到真正香醇的乳酪，他自己養了一頭牛。每夜取乳，置於盆中，次日早上，乳花便長出很高。用銅鍋煮，可加入蘭雪茶汁，不斷煮沸，這樣製成的乳酪，味道絕佳，吹氣勝蘭，沁入肺腑。想吃熱食的話，可添加佳釀或花露，放入陶鍋蒸煮；若想吃冷食，也可攙入豆粉，濾凝成腐。另外也可以煎酥、作皮、製餅、酒凝、鹽醃或醋醃，無不佳妙。張岱說，蘇州過小拙加入糖霜進行熬煮、過濾、鑽之、掇之、打印，製成鮑螺狀的「帶骨鮑螺」，堪稱天下美味。這種製法很神秘，秘方鎖在密室，還用紙

---

[5] 明・張岱撰、馬興榮點校，《陶庵夢憶・西湖夢尋》。北京：中華書局，2007。頁 50-51。

條封住，不輕易傳給人。

為了品嚐美味，單是一項乳酪，就可以有許多不同作法，變化萬端，滋味多樣。張岱還為了能吃到優質乳酪，乾脆自己養牛，掌控牛乳來源，這對有錢人家自是不難。不過張岱能詳細知道各種製法，代表他不是一般的紈袴子弟，而是會細心研究的人，擁有廣博知識正是他自視甚高的原因之一。

〈蟹會〉[6]寫張岱回憶食蟹的美好滋味，也是一則美食文字。張岱說在食品之中，不加鹽醋而能五味俱全者為蚶與河蟹。這是許多人的共識，一般人很難抵擋蟹味之美，李漁（1611-1680）也表示「予於飲食之美，無一物不能言之，且無一物不窮其想像，竭其幽渺而言之，獨於蟹螯一物，心能嗜之，口能甘之，無論終身一日，皆不能忘之。至其可嗜、可甘與不可忘之故，則絕口不能形容之。」[7]這種美妙味道連想像豐富、文筆精湛之人都難以描寫。

張岱說河蟹到了十月與稻粱同時成熟而肥美，殼大如盤，紫螯巨大如拳，小腳肉多，油脂豐腴。掀開蟹殼，滿是蟹膏，堆積成團，有如玉脂琥珀，味道甘香濃郁得連八珍也無法相比。每到十月，張岱便和友人兄弟成立「蟹會」，大家約在下午齊聚，

6 明．張岱撰、馬興榮點校，《陶庵夢憶．西湖夢尋》。北京：中華書局，2007。頁 99。

7 清．李漁著、沈勇譯注，《閒情偶寄》。北京：中國社會出版社，2005。頁 164。

煮蟹分食，每人六隻，怕冷了有腥味，便連番加熱。[8]另外搭配肥臘鴨、牛乳酪。醉蚶形如琥珀，以鴨汁煮白菜有如玉笋。瓜果有謝橘、風栗、風菱。酒則是飲玉壺冰，蔬菜有兵坑筍，米飯則吃新餘杭白的稻米，茶則是蘭雪茶。這種享用美食的好日子令人懷念，張岱不得不認為由今思之，真如天廚仙供；當年的酒醉飯飽，他後來回想，實在覺得慚愧。

張岱此文呈現富貴人家的飲食，也寫出他對美食的愛好，逐一羅列的高級食物，拼湊出優渥生活的片段。人在貧窮日子裡回憶美食，記憶中的滋味總是加倍甘甜，這裡面的情感即使有慚愧，應不敵更多的眷戀。

〈鹿苑寺方柿〉[9]寫張岱在逃難過程中的吃柿子經驗。張岱

---

[8] 朱彝尊在《食憲鴻秘》提到煮蟹之法（倪雲林法）：「用薑、紫蘇、橘皮、鹽同煮。才大沸便翻，再一大沸便啖。凡旋煮旋啖，則熱而妙。啖已再煮。搗橙虀、醋供。」這種烹調與食用方式已成為時人常見的方法。見清．朱彝尊，《食憲鴻秘》。北京：中國商業出版社，1985。頁111。另外，明末太監劉若愚（1584-?）敘述宮中至八月蟹肥時節，宮眷與內臣皆五六成群，攢坐共食，嬉笑自若。每人自揭臍蓋，以指甲仔細挑剔，用蘸醋以佐酒，或剔蟹胸骨八路完整如蝴蝶式，以示手藝纖巧。食畢，飲蘇葉湯，用蘇葉等件洗手。見明．劉若愚著、陽羨生校點，《酌中志》。收入上海古籍出版社編，《明代筆記小說大觀（第二冊）》（頁2887-3099）。上海：上海古籍出版社，2005。頁3065。從這些描述的情形來看，可見當時不論宮中或民間，只要是富裕人士，對食蟹的講究是類似的。

[9] 明．張岱撰、馬興榮點校，《陶庵夢憶．西湖夢尋》。北京：中華書局，2007。頁83。

說浙江蕭山的方柿，綠皮的不好，皮紅而肉爛的也不好，必須是樹頭紅且堅脆如藕，方可稱為絕品。不過這種柿子偶爾才有，機會不多。張岱認為各種水果的命運不同，有幸與不幸，譬如西瓜生於六月，享盡天福；秋白梨生於秋季；方柿與綠柿則生於冬季，都碰上不好的氣候。

順治三年（1646）五十歲的張岱逃難至浙江嵊州西白山，當地的鹿苑寺前後有夏方柿十多株。六月盛暑，柿大如瓜，果肉生脆如咀嚼冰雪；不過無法催熟，因此太澀難以入口。當地人用桑葉煎湯，冷卻後加鹽少許，倒入甕內，將柿子浸入其中，放置兩天便可取食，滋味異常鮮美。張岱說他吃的蕭山柿大多澀口，建議不妨以此法試之。

張岱的回憶書寫不限於往昔繁華，戰亂流離的日子也有值得記憶之處。此文寫流亡時的食柿記，並寫下熟成脫澀的方法，可見他在苦難中依然能夠博學雜收，不失原有的生命風格。從另一個角度來看，由於逃難至該地，他才有機會品嚐到當地柿子，以及得知當地使用的催熟方法，此對一位熱衷吸收新知的人而言，無疑是因禍得福。

〈品山堂魚宕〉[10]寫張岱家中庭園附近的景觀，特別是該地生產的優質食物。「品山堂」在「眾香國」，祁彪佳〈越中園

[10] 明・張岱撰、馬興榮點校，《陶庵夢憶・西湖夢尋》。北京：中華書局，2007。頁 88-89。

亭記〉記載「衆香國」為張岱父親張耀芳建置的庭園，此處堂名為「品山堂」，是因為「**千巖萬壑，至此俱披襟相對，恣我月旦耳。**」[11]顯然在此可以觀覽與品鑑諸山，不過張岱此文著重當地的水鄉情景。

張岱說自己二十年前大半住在眾香國，白天進城，晚上一定出城。品山堂有孤松，箕踞而立，枝幹伸展至池上。池廣三畝，蓮花密佈，蓮房以千百計，新鮮可愛。剛下雨後，可收集荷上水珠煮酒，酒香撲鼻。門外魚宕，橫亘三百餘畝，種植許多菱芡。小菱如姜芽，嫩如蓮實，香似建蘭，滋味極佳。深秋時節，橘子經受寒霜，若非色紅飽滿，不輕易剪下。冬天觀看鄉民捕魚，魚船千餘艘，鱗次櫛比，各種捕魚方式皆有，諸如夾魚、網魚、刺魚、罩魚，不一而足，攪得池水泛泥，濁如土漿。收網後集舟分魚，魚稅達三百餘斤，赤魚白肚，滿載而歸。張岱說他約集兄弟好友，烹鮮劇飲，竟日方散。

此文呈現太平年代百姓安享豐足生活的情景，雖然只針對品山堂魚宕，但江南水鄉大約如此。張岱描繪此地四季皆有可觀的景色，而且物產富饒，當然是從他的社會位置所做的觀察；小民的真實日常與生計，也許不那麼美好浪漫，採菱人與捕魚人可能無暇享受荷珠煮酒與烹鮮劇飲。

---

[11] 明‧祁彪佳撰、中華書局上海編輯所編輯，《祁彪佳集》。北京：中華書局，1960。頁 197。

張岱對美食的書寫算是相當克制與保留，並未大肆描繪山珍海味，反倒是在〈嚴助廟〉嘲諷當地主辦家族的豪奢排場，批評其徵集許多匪夷所思的食材，張岱暗示它們多屬不合時宜與錯誤觀念的飲食作法，顯現他對美食的講究並不包含這部分。

張岱對飲食之道有自己的看法，他認為古時候的人不懂得分辨細微滋味，真正知味者只有孔子，所謂「食不厭精，膾不厭細」，僅此「精細」二字，便已得飲食精義。再加上以「失飪不食」概括熟食講求，以「不時不食」概括蔬食選擇，如此四句話既是食經，也是養生之論。之後，雖然出現各種飲食著作，但內容大多傾向過度加工烹製，盡失食物本味。再往後，能夠了解飲食精義的人只有蘇軾；但至宋末，道學盛行，不重視口腹之慾，自然忽略飲食之道；而元人簡直是茹毛飲血，根本不值一提；直到明朝宣德年間，人們才開始知曉關於飲食之事，但許多觀念仍然有待改進，張岱舉例說他的祖父張汝霖與包涵所、黃汝亨共組飲食社，並著《饔史》四卷，內容多取自《遵生八箋》，雖尚能把握正宗風味，但張岱不喜歡宮廷式的大官炮製法，認為《饔史》仍有烹調不當、失去食物鮮味的問題，因此張岱將該書重新整理，去除所有矯揉造作的製法，使之回歸本味。[12]顯然張岱認為即使他的祖父與當時富豪包涵所等人，

[12] 明．張岱，〈老饕集序〉，收入明．張岱，《瑯嬛文集》。長沙：岳麓書社，1985。頁 23-25。

皆尚未能掌握美食要領，而他自認更勝一籌，能夠超越前人而了解真正的美味世界。

高濂（1573-1620）在《遵生八箋》的「飲饌服食箋」指出：「人於日用養生，務尚淡薄，勿令生我者害我，俾五味得為五內賊，是得養生之道矣。…若彼烹炙生靈，椒馨珍味，自有大官之廚，為天人之供，非我山人所宜，悉迸不錄。」[13]也是講究保留食物本味、反對過度加工的觀念。又如朱彝尊的《食憲鴻秘》將飲食之人分成三類：餔餟之人、滋味之人、養生之人。認為「餔餟之人。食量本弘，不擇精粗，惟事滿腹。…滋味之人。嘗味務遍，兼帶好名。或肥濃鮮爽，生熟備陳，或海錯陸珍，誇非常饌。…此養口腹而忘性命者也。至好名，費價而味實無足取者。…養生之人。飲必好水，飯必好米。蔬菜魚肉但取目前常物，務鮮、務潔、務熟、務烹飪合宜。不事珍奇，而自有真味；不窮炙煿，而足益精神。」[14]可見當時人們的飲食品味已更重視自然養生。

又如李漁主張飲食之道在於「膾不如肉，肉不如蔬」，如此才是漸近自然的理想方式。至於蔬食之美不外乎「清、潔、芳馥、鬆脆」，著重其原本具有淡潔芳甘的味道以及爽脆口感，因

[13] 明．高濂著、趙立勛校注，《遵生八箋校注》。北京：人民衛生出版社，1993。頁 382。

[14] 清．朱彝尊，《食憲鴻秘》。北京：中國商業出版社，1985。頁 5-6。

此整治之法以八字訣「摘之務鮮，洗之務淨」[15]便能獲得美味與養生的菜品。

但在實際生活中，總還是不免有重排場、好新奇的習性，特別是富貴人家與官場應酬常以鋪張飲食作為門面或禮數，連李漁也不免要研製「五香麵」、「八珍麵」，宴客時又要以花露澆飯來款待佳賓。[16]張岱固然是重視飲食正味，但從他對各地特產如數家珍，以及對乳酪製法的要求，似乎也不是全然屬於清淡平常的作法，至少他的乳酪工序與食蟹搭配的食物，便頗為複雜與豐盛。

## 貳、茶香記憶

在飲食中讓張岱念茲在茲的便是茶了，他不僅自許為知茶的人，包括茶理與水理俱屬在行，而且還認為自己是頂級的箇中能手，在他的相關文章中可明顯看出張岱對自己「水淫茶癖」有掩不住的得意。

---

15 清·李漁著、沈勇譯注，《閒情偶寄》。北京：中國社會出版社，2005。頁 135, 137, 139-140。

16 「五香麵」是以五種調味料和麵製成麵條。「八珍麵」則除了調味料，還要加入雞、魚、蝦肉，以及竹筍和香菇等研成細末一起和麵。花露澆飯是指用薔薇、香櫞或桂花製成花露，在飯剛熟時澆淋其上，使米飯更添香味。見清·李漁著、沈勇譯注，《閒情偶寄》。北京：中國社會出版社，2005。頁 146, 150。

〈蘭雪茶〉[17]講張岱發明及製造新茶的過程。他說浙江的日鑄茶一向品質很好，歐陽修（1007-1072）曾指「兩浙之茶，日鑄第一。」王十朋（1112-1171）亦言「龍山瑞草，日鑄雪芽。」從此日鑄雪芽聲名大噪。可是後來民間流行京城製茶法，雪芽茶也被迫放棄原有製法。張岱的三叔張炳芳了解松蘿焙法，取用瑞草製出新茶，香味濃冽。但張岱不以為然，他認為瑞草雖好，但產量少，無法滿足民眾需求，不如仍用原來產量較大的日鑄茶。因此張岱招募安徽歙縣工人採用松蘿焙法研製日鑄雪芽，並以禊泉水煮茶，最初香味過濃，後來加入茉莉，經反復調配，才研發出色香味俱佳的新茶。為了有別於之前的雪芽，張岱遂命名為「蘭雪」。四、五年後，蘭雪茶行情大漲，許多人不喝松蘿，只喝蘭雪，甚至有些松蘿茶也冒名為蘭雪，連安徽歙縣的松蘿也改稱蘭雪。

此文不僅呈現張岱精於製茶的研發能力，也同時意指他對家鄉的茶產業發展有所貢獻。文中雖指出三叔也懂茶，但張岱更勝一籌，因為他還能顧及產業現況與市場需求，並非徒然只想研發精良品種，滿足少數人口腹之慾。藉由這種論述人與物的關係，張岱彰顯自己見識不凡的一面。

前面第七章敘述張岱回憶諸工百匠時，已提及〈閔老子茶〉

[17] 明．張岱撰、馬興榮點校，《陶庵夢憶．西湖夢尋》。北京：中華書局，2007。頁 35-36。

[18]中他對茶藝大師閔汶水的肯定，以及他也得到這位大師的讚許。閔汶水不僅有好茶，而且他的茶室窗明几淨，收藏著荊溪壺、成宣窯磁甌十餘種，皆是精絕之品。閔汶水覺得張岱也是知茶者，因此不吝告知運送惠泉水的方法，譬如取水前必須先淘洗水井，夜間靜候新泉水出來，便立即汲取入甕，水甕底部須以山石鋪墊，船隻運送時若非順風，則不宜行進，如此方可確保水質新鮮不變。

張岱認為在閔汶水之後，只有他的醫者友人魯雲谷也算是茶界行家。張岱在〈魯雲谷傳〉[19]說魯雲谷深通茶理，禊水雪芽，事事精辦。一些相知與同好的人每天去他那裡試茶，朋友紛至遝來，應接不暇，雲谷不厭其煩，反而樂此不疲。魯雲谷是一位特殊的醫者，曾治癒張岱兒子的痘症。但他用藥奇特，所以一般人若非遇到極險極難之痘症，是不會去找他的。不過雲谷也不在意，能醫則醫，不能醫則清楚表明，不濫收錢。雲谷有潔癖，恨煙恨酒，恨人摘花，尤其恨人吐痰，只要聽要吐痰聲，便到處尋找檢查。因此若非解人韻士，很難和他成為朋友。魯雲谷除了擅長醫病與茶道外，還多才多藝，精通好幾種樂器。張岱說自己和魯雲谷屬於至交，每天必到他家啜茗焚香，劇談謔笑。張岱提及有一次雲谷家的老僕用魯家所藏雪水煮茶

---

[18] 明．張岱撰、馬興榮點校，《陶庵夢憶．西湖夢尋》。北京：中華書局，2007。頁 38-39。

[19] 明．張岱，《瑯嬛文集》。長沙：岳麓書社，1985。頁 191-192。

待客，結果受到魯夫人指責，雲谷大怒，十天不與夫人說話，還對張岱說，他一向以朋友為性命，若想斷絕他的朋友，那就不如休掉夫人。因此張岱認為雲谷是一個有俠腸的人，從張岱的敘述模式中可看到，他認為茶品與人品是相通的。

〈禊泉〉[20]展現張岱高人一等的品水功力。他先嘲笑一些紹興名人不懂水，例如，有位縉紳和祖父張汝霖聊天時，將祖父說的「惠泉水」誤聽為「衛前水」；又如易學大師日鑄先生董懋策竟認為茶理就在濃、熱、滿三字，董懋策甚至還說陸羽《茶經》不值一顧，可以燒掉。張岱自述萬曆四十二年（1614）十八歲時，夏季某日路過斑竹庵，入內取水飲用後，感覺非常不凡，走去查看，發現井口邊有字「禊泉」，很像王羲之的書法。取水泡茶後，茶香四溢。張岱自此對禊泉有獨到認識，例如，剛汲取的禊泉水不宜直接飲用，因為有苔蘚腥氣，須放置三天才能讓腥味盡去。此外他還「發明」一種鑑別禊泉水的方法，有「好事者信之」。從此禊泉知名度大增，每天都有人去取水，人們用來釀酒、開茶館、賣水、送人者皆有之。由於取水的人過多，地方長官怕井水枯竭，便封鎖禊泉，但自此禊泉名聲反而更響亮。張岱認為禊泉優於會稽陶溪、蕭山北干泉與杭州虎跑泉，只有惠山泉尚屬伯仲之間。不過對家鄉紹興來說，遠道

---

[20] 明．張岱撰、馬興榮點校，《陶庵夢憶．西湖夢尋》。北京：中華書局，2007。頁 34-35。

從無錫運來惠山泉，水質會產生微熱，不如在地的新鮮水源，才是更勝一籌。張岱對品水很具自信，他說某次家僕偷懶，以其他井水混稱禊泉，遭張岱斥責，僕人一開始矢口否認，張岱具體指出僕人是取自某井水，對方才坦白承認。[21]張岱說人們常以為傳說古人能分辨淄水與澠水，是一件不尋常之事，其實這並不難，張岱自認對於各種水，都可逐一辨識。他自信地說這種本事，張岱在行，何待易牙。

張岱此文不僅展露對水的鑑賞能力，也強調自己對開發地方優良水源的貢獻，他使禊泉成為名泉，提高了家鄉的飲水文化。然而，可注意的是，《陶庵夢憶》卷三的〈陽和泉〉提到禊泉後來被寺僧破壞，不復以往。而僧人之所以破壞禊泉，是因為人們去取水時，常對僧人需索無度，甚至暴力相向。寺僧不堪其擾，便以各種方式污染泉水。雖然張岱數次前往清理，仍無法抵擋僧人一再破壞，最終禊泉無藥可救。張岱發現禊泉，使禊泉出名，但也導致禊泉被毀，如果張岱不曾開發禊泉，也許禊泉始終默默無聞，卻可保有乾淨之身。這樣的故事難說沒有隱含意義。

---

[21] 此正應了田藝蘅所言：「去泉再遠者，不能自汲，須遣誠實山童取之，以免石頭城下之偽。」見明．田藝蘅，《煮泉小品》。收入《筆記小說大觀（四編）》（第六冊）（頁 4027-4040）。台北：新興書局，1978。頁 4038。

第七章已說明張岱在〈露兄〉[22]中對家鄉茶館的好評。他認為家鄉在地的瑞草雪芽向來號稱絕品，然而很多人烹煮方法不當，因而沒有受到社會的應有重視。而這家茶館用玉泉水與蘭雪茶，煮出來的茶湯味道甘滑、香潔、清爽，堪稱勝過「八功德水」。所謂八功德水具有清、冷、香、柔、甘、淨、不噎、除病等特質，[23]而張岱認為「露兄」的茶還有過之，對其評價如此之高，顯然非常契合他的理想，因此「露兄」茶館的老板或許名不見經傳，茶館也可能並非廣為週知，但張岱依然巧費心思為之命名，並加以宣傳。

〈愚公谷〉[24]寫到無錫惠泉。張岱說無錫縣城北去五里有銘山，過橋後，左岸有店鋪，店家精雅，販賣泉酒水壇、花缸、宜興罐、風爐、盆盂、泥人等貨。愚公谷在惠山右方，房屋多已傾圮，惟存木石。惠泉涓涓，從井到澗，從澗到溪，從溪到池，再到民居的廚房、浴室，人們拿惠水去洗滌、澆灌、沐浴，甚至清洗溺器，無所不用惠水。張岱認為居民的福德與罪孽相

---

[22] 明・張岱撰、馬興榮點校，《陶庵夢憶・西湖夢尋》。北京：中華書局，2007。頁 100。

[23] 談遷（1594-1657）指「南京靈谷寺琵琶街側，有池云八功德水。余嘗過之，則涸。按八功德水見天竺國，一清、二冷、三香、四柔、五甘、六淨、七不噎、八除病。」見清・談遷著；羅仲輝、胡明校點校，《棗林雜俎》。北京：中華書局，2006。頁 364。

[24] 明・張岱撰、馬興榮點校，《陶庵夢憶・西湖夢尋》。北京：中華書局，2007。頁 90。

同。此文提及當地由於惠水取得便利，而被廣泛使用甚或濫用。張岱在卷三〈褉泉〉曾寫連他自己也無力用惠泉，卻看到當地人可無限使用，反而不會珍惜。

## 第二節　藏家珍玩

許多物品可被視為人的延伸，收藏品也有這種作用，常被用來證明物主的財富、地位、理念、品味等等。例如，在書畫界中，通常有鑑賞家和好事者兩種人，唐朝書畫家及鑑賞家張彥遠（815-907）認為「有收藏而不能鑑識，能鑑識而不善閱翫，能閱翫而不能裝褫，能裝褫而無詮次，皆病也。」[25]但另一方面，有些人雖具有識玩能力，然而又過度投入，反而使書畫成為肇禍之端，例如李日華（1565-1635）指「夫書繪本大雅之玩，而溺者至以此傾人之生，諂者至以此媒身之禍。豈清珍之品，本非勢焰利波所得借資者耶？」[26]這些現象呈現出物主的不同文化層次與人品操守，除書畫外，在其他的收藏領域，大抵也是如此情形；另外，文震亨（1585-1645）認為在器具方面，「今人見聞不廣，又習見時世所尚，遂致雅俗莫辨。更有專事絢麗，目不識古，軒窗几案，毫無韻物，而侈言陳設，未之敢輕許也。」

[25] 引自明・屠隆，《考槃餘事》。收入《叢書集成新編（第 50 冊）》（頁 325-349）。台北：新文豐出版公司，1986。頁 333。

[26] 明・李日華著、屠友祥校注，《味水軒日記校注》。上海：上海遠東出版社，2011。頁 30。

[27]許多熱衷收藏者也常有類似情形，因此從一個人擁有寶物器具的情形，多少能看出該人的人品，所以可作為由物去鑑別人的一種管道，張岱也時常觀察到藏品與人的關係。

張岱在〈朱氏收藏〉寫舅祖家朱氏的豐富收藏，也提出他自己的想法。張岱指朱氏家藏如「龍尾觥」、「合巹杯」，皆鏤雕精細，堪稱鬼斧神工，世所難見。其他如秦銅漢玉、周鼎商彝、哥窯倭漆、廠盒宣爐、法書名畫、晉帖唐琴等，品項與數量之多，堪與嚴嵩相提並論，以致被時人譏諷。不過張岱認為博洽好古，本屬於文人韻事，「風雅之列，不黜曹瞞，鑑賞之家，尚存秋壑。」就怕後代子孫豪奪巧取，未免有累盛德。張岱聽說以前朱氏子孫廣置田宅，由於居近南門，便想要買盡南門外「坐朝問道」四號田，當時張岱的外祖父陶允嘉（1556-1622）嘲諷說：「你只管坐朝問道，怎不管垂拱平章？」[28]一時傳為佳話。

朱氏是張岱的舅祖家，他並不避諱指出朱家富比嚴嵩，被時人譏刺，可能有其不正當之處。朱家子孫被陶允嘉暗諷，更可見此家族之一斑。不過張岱還是欣賞那些風雅珍奇之物，以為文人經常和這些東西接觸，更能顯得學識淵博。張岱能夠成為自豪的人，很大部分也是拜此家族之賜。

[27] 明．文震亨著、陳植校注、楊伯超校訂，《長物志校注》。南京：江蘇科學技術出版社，1984。頁 246。

[28] 明．張岱撰、馬興榮點校，《陶庵夢憶．西湖夢尋》。北京：中華書局，2007。頁 77。

〈仲叔古董〉[29]敘述張岱仲叔張聯芳的收藏軼事。張岱說仲叔從小和舅祖朱敬循親近，因此學會了收藏文物，並精於鑒賞。張聯芳手中擁有白定爐、哥窯瓶與官窯酒匜，知名藏家項元汴（1525-1590）曾出價五百金想要收購，被仲叔拒絕。萬曆三十一年（1603）當時有一件鐵梨木天然几，滑澤堅潤，品相十分好，淮撫李三才出價一百五十金，未能買到，被張聯芳以二百金買下。張聯芳取得此物後，立即運走，李三才大怒，派兵追趕，但已來不及。

萬曆三十八年（1610）張聯芳獲得璞石三十斤，是一種水晶，聯芳欣喜異常，找來玉工，模仿朱家的「龍尾觥」與「合巹杯」，分別各製成一個，價值三千，其餘碎片也都成為珍寶。張聯芳家資巨萬，收藏日富。崇禎元年（1628）後因任職之故而曾至河南，獲得銅器多達數輛車，其中有「美人觚」一種，大小十五、六枚，青綠徹骨，有如翡翠，又似鬼眼青，令人無法正視，該物歸給聯芳的兒子張萼（燕客），後來卻於某日丟失不見。

此文再度指出張家的收藏與朱家關係密切，特別是張聯芳累積大量藏品，主要源自和舅祖朱敬循耳濡目染。張聯芳和李三才爭奪木几之事，反映當時富人競相收藏文物的趨勢，同時

[29] 明・張岱撰、馬興榮點校，《陶庵夢憶・西湖夢尋》。北京：中華書局，2007。頁 77-78。

也突顯出張聯芳的機變，以及李三才的蠻橫。可惜的是，據張岱說法，張聯芳一輩子積聚的財富與古董，在他去世後不到半年，便被兒子燕客揮霍殆盡。張岱提及燕客丟失美人觚，似乎有暗示其人性格之意，但又故意加了一句「**或是龍藏收去**」，不無嘲諷。

相較於朱敬循與張聯芳的收藏，張岱自家的寶物則有不同因緣。〈木猶龍〉寫張岱的古物珍玩，它是一段粗大的枯木，重千餘斤，長年受風濤衝擊，通體遍佈波紋。「木猶龍」有故事，據說最早為明朝開國名將常遇春（1330-1369）在遼東取得，被運至京城，置於府內。後來府邸發生火災，大家都以為枯木必然付之一炬，沒想到災後清理瓦礫，發現它被埋在土中，竟安然無恙，眾人非常驚異，因此稱之為木龍。後來不知為何流轉於市場，張岱父親用十七隻犀牛角杯將其買下，原本要獻給魯獻王，但因誤書木龍犯諱而遭拒，因此便一直留在父親的長史署中，後來張岱將它載運回家。父親過世後，木龍被當成傳世寶。崇禎十年（1637）張岱四十一歲，他邀請詩社好友為這段枯木命名賦詩。各人命名不一，其中周墨農（周又新）稱其為「木猶龍」。張岱認為「木猶龍」堪稱有奇遇，千里迢迢從遼東經陸路、水路輾轉來到自己家中，前後花費近百金，又獲得詩人們歌詠，確實是一件不凡之物。[30]

---

[30] 明．張岱撰、馬興榮點校，《陶庵夢憶．西湖夢尋》。北京：中華書局，

「木猶龍」原是枯木，與人無干，只因有心人刻意解讀與維護，因而得以存史留名，假使枯木果真有靈，應會感激慧眼人的見識與知音，感動於能歷經人間知遇之旅。然而從另一個角度來看，這也是人類的自作多情，對原本毫無靈性的枯木愛之惜之，願意想像枯木似龍且有龍，以此寄託自己的心事。如果枯木真能為主人提供安慰，則這場人木奇緣應能為主人生活增添一段佳話，也創造了枯木的價值。[31]然而不曉得「木猶龍」於明亡後是否還在，當時兵荒馬亂，家產流失，或許已不知流落何方，或毀於戰火。張岱為木猶龍作銘為：「夜壑風雷，神槎化石。海立山奔，煙雲滅沒。謂有龍焉，呼之欲出。」又銘：「擾龍張子，尺木書銘。何以似之？秋濤夏雲。」[32]

〈松花石〉寫張岱家中一塊奇石的故事，它是由松樹變成的化石。張岱說松花石是祖父張汝霖從瀟江署運來，這塊石頭原本位於江口神祠，當地人殺牲祭神，將毛血灑在石上，久而久之，石上佈滿血漬與獸毛，幾乎無法看到石頭。張汝霖將石

---

2007。頁 19。

[31] 物的美必須依賴有解讀能力的人予以發現和解讀，因此解讀者能否賦予意義及審美價值才是更重要的事，例如，李日華某日和兒子一起觀賞某件藝術作品，該作品雖非絕品巨作，但父子倆興味盎然地欣賞，「夜漏三下，猶與兒子烹茶秉燭，咀玩不已。藝事要須一時神到，何必遠索王、李、荊、關耶！」見明・李日華著、屠友祥校注，《味水軒日記校注》。上海：上海遠東出版社，2011。頁 52。

[32] 明・張岱，《瑯嬛文集》。長沙：岳麓書社，1985。頁 215。

頭搬到署中，親自清洗，稱之為「石丈」，並作〈松花石記〉。他還在石上刻字，上面寫著「爾昔鬣而鼓兮，松也；爾今脫而骨兮，石也；爾形可使代兮，貞勿易也；爾視余笑兮，莫余逆也。」[33]意思是向石頭說，你以前是松樹，如今脫胎成石頭，你的形體雖改變，但堅貞不可變；你看著我笑，但願你不要辜負我的心意。可見張汝霖對石頭的重視程度。可是後來隨著張汝霖去世，「石丈」不再被珍視，竟至棄於階下，被用來承載花缸，這當然不算是合適的用法。張岱說他嫌松花石蜷曲臃腫，「失松理」，沒有松樹原應有的意致。

張岱此文頗為特殊，他一向自視很高，自認有獨到眼光，在這則故事中，他和祖父有不同看法，是否表示他自認見解高於祖父？張岱說他之所以不喜歡松花石，是因它的外形，然而張岱又提到祖父期望石頭的品格不因外形而變，依然堅貞不易。那麼，為何張岱從外形就認為松花石「失松理」？他所解讀的松理限於外觀？張岱還比較董玘家所藏松木，覺得董家松木的節理與樹皮都更勝「石丈」。即便如此，從祖父珍愛的藏品，一變而成棄物，其中轉變實在過大。

此文側寫出張岱祖父的個性，對一塊石頭產生情感，或許是一種投射，這是一些藏家對藏品常有的反應，只是張汝霖看

[33] 明・張岱撰、馬興榮點校，《陶庵夢憶・西湖夢尋》。北京：中華書局，2007。頁 89。

上的是一塊他人眼中其貌不揚的化石。這塊石頭遇到貴人，在有心人的眼裡手中，腐朽可化神奇，因此石頭有名、有傳、有銘文，主人還會從石頭得到某種回應。然而另一方面，這種源於個人的意義建構多半脆弱，張岱輕而易舉地顛覆了祖父的解讀，且無須立基於堅實的論據。不過，張岱雖不甚認可祖父的眼光，但卻欣賞祖父對石頭的有心、有情。

〈天硯〉是《陶庵夢憶》首次寫及他的堂弟張萼（燕客），藉由虛寫硯石而實寫燕客，刻劃出燕客的個性。故事起於張岱託友人秦一生幫忙找硯石，當時由於市場炒作，好的硯石材料已不易獲得，正當秦一生遍尋不著之際，城內獄中有某大盜願意出手一塊璞石，要價銀兩斤。那時恰巧張岱人不在城內，秦一生拿不準主意，便向燕客請教。燕客檢視硯石後，批評得一文不值，說這種石頭只堪用來墊桌子，勸秦一生還給人家。然而沒想到，當晚燕客便私下以三十金向物主買走硯石。燕客找來製硯師傅做成天硯，上有五小星、一大星，稱為「五星拱月」。燕客怕秦一生看到，遂將大小二星鏟去，只留三小星。秦一生得知此事很不高興，向張岱告狀，不過張岱並不介意，爽朗笑說誰得到都一樣。張岱要燕客拿出來讓大家觀賞，一看果然是好硯，秦一生都看傻了，最後，燕客請張岱為石硯寫一段銘文。[34]

[34] 明．張岱撰、馬興榮點校，《陶庵夢憶．西湖夢尋》。北京：中華書局，

這則故事顯示當時為爭奪寶物，連熟人之間也會欺騙，同時也指出燕客會耍心機的一面。另外也表達作者自己心胸開闊，以及具有出色的文采。

綜合張岱的相關書寫來看，張岱筆下的燕客個性急躁、壞脾氣，且常暴殄天物、揮霍無度。在張岱眼中，燕客屬於「異人」，雖然有多樣才能，但剛愎自用。雖然這次燕客算計了張岱，不過，燕客也有幫張岱的時候，崇禎八年（1635）張岱參加省試因試卷不合規定格式而被黜，心情大壞，燕客去找祁彪佳，希望後者能幫忙，如此看來燕客也有心細的一面，但這點在張岱筆下並不曾出現，張岱回憶書寫的燕客形象是以負面居多。甚至，在他寫的〈燕客三弟像贊〉中，對燕客的評語為：「始慕橫財之燕公，後羡驟貴之桂萼。人稱為丘壑中之秦皇也，剩水殘山，任其開鑿。又稱為古董中之桀紂也，漢玉秦銅，受其炮烙。其任性乖張，恃才放縱，而終及於禍也。」[35]

另外，人們常指張岱與祁彪佳兩人為好友（張岱認為祁彪佳是他的「山水知己」。尤其是南明隆武二年（1646）方國安強邀張岱出山，張岱夢見祁彪佳勸其歸隱以完成《石匱書》。）其實祁彪佳與燕客的關係更為緊密，兩人既是表兄弟又是連襟兼

---

2007。頁 20。

[35] 明．張岱，《瑯嬛文集》。長沙：岳麓書社，1985。頁 249。

兒女親家，祁彪佳的日記中（特別是去世前兩年）[36]記載著與燕客的頻繁來往，遠多過於提及張岱的次數。當然，我們從祁彪佳的書寫中也看不到張岱筆下的燕客形象。

〈齊景公墓花樽〉[37]寫一個古物「齊景公墓花樽」的故事。張岱指花樽據說是以前有人盜掘齊景公墓而獲得，後來輾轉成為張岱岳母之某位親族的收藏物。花樽高三尺，束腰，方口，花紋獸面，粗細得當，非常得張岱的喜愛，很想借用。由於該位親族嚴於收授，張岱一直不敢開口，直至花樽主人到廣西任職，才由張岱的岳母私下讓他放到自己書房。張岱勤加拂拭，使之發出異光，並貯水插上梅花，後來花謝結子，大如雀卵。張岱珍藏與把玩了兩年，花樽主人從廣西歸鄉，要找這個花樽，張岱怕岳母難以交待，便趕快歸還。沒想到後來物主被商人利誘，花樽竟以百金被賣掉。張岱聽說花樽後來在歙縣某氏的家廟。

張岱寫花樽，其實也是寫他和親族的關係。此文指出岳母對他的關照，難怪他在〈祭外母劉太君文〉[38]有著深刻的哀傷。張岱或許想如果花樽在他手中，就不會流落他方，這個故事也

---

[36] 明・祁彪佳，《祁忠敏公日記》。收錄於《北京圖書館古籍珍本叢刊 20》（頁 559-1085）。北京：書目文獻出版社，2000。

[37] 明・張岱撰、馬興榮點校，《陶庵夢憶・西湖夢尋》。北京：中華書局，2007。頁 81。

[38] 明・張岱，《瑯嬛文集》。長沙：岳麓書社，1985。頁 262-265。

顯現出他與某些親族間的距離，他們有時並真正不了解有價值的事物，並把張岱珍愛的東西遺失，雖然該物本非張岱所有，但他可能覺得若是彼此理念相同，便不會發生物不得其主的遺憾了。

這種情形還曾演變至更嚴重的情形，例如，在〈三世藏書〉裡，張岱回憶家中藏書流失的經過。張氏家族三代藏書，累積三萬多卷，祖父認為孫輩中惟有張岱愛讀書，允許他隨意拿走想看的書籍，那時張岱取走約二千多卷。天啟五年（1625）祖父去世，二十九歲的張岱當時人在杭州，族中叔輩、弟輩，以及門客奴僕們胡亂拿取，因此「三代遺書，一日盡失」。張岱說自己自幼收集圖書，四十年來已達三萬卷。弘光元年（順治二年，1645）戰亂時期，張岱入山逃難，隨身攜帶書籍不多，留在家中的書被方國安部隊佔取，兵士們把大量書籍拿去升火，又搬去當擋箭盾牌，結果「四十年所積，亦一日盡失。」張岱只能感嘆張家的書運不幸。接著張岱回顧歷史上的藏書，認為最具成就者當屬隋唐，他敘述當時皇室的藏書規模與書庫機關，之後如明朝《永樂大典》也是數量龐大，堆積好幾個庫房。相較之下，張岱損失的書籍量，不過九牛一毛而已。[39]

張岱應該很不能原諒家族一些人的作法，不過這裡可看到

---

[39] 明・張岱撰、馬興榮點校，《陶庵夢憶・西湖夢尋》。北京：中華書局，2007。頁 31-32。

張岱的視角轉變，即便事涉自己多年藏書盡失，但在痛惜之餘，他將視野拉到更宏大的歷史，由此觀照世間無常，自己只是時間長河裡的一滴水，以此寬慰自己。張岱寫隋唐皇家藏書的那一段文字，也有展示自己歷史知識之用意，畢竟他是立志成為史家的文人。

# 第九章　少壯穠華

張岱的前半生享受了錦衣玉食的生活，也少不了富貴公子常有的休閒娛樂，親友之間呼朋引伴相偕遊玩的日子非常多，這些都成為他日後回憶的基礎與材料。透過這些優越的生活經驗，張岱作為世家子弟的身分表露無遺，也影響了他進行回憶與觀照自我的方式。

## 第一節　優遊逸樂

通顯世家的消遣活動，包括平常的休閒娛樂或家族盛事皆有可觀之處，各有不同講究與排場，也帶出不一樣的愉悅感受，滿足不同品味人士的需求。

### 壹、遊戲三昧

張岱家族是富室大族，生活無憂，自然養成各種休閒娛樂的習慣，其中雅俗活動兼而有之。〈鬥雞社〉[1]談及作者早年熱衷於鬥雞的情形。天啟二年（1622）二十六歲的張岱在龍山下設立鬥雞社，還模仿王勃〈鬥雞檄〉，也作了一篇檄文。那時，仲叔張聯芳與好友秦一生兩人興緻很高，每天帶著古董、書畫、文錦、川扇等貴重文物來和張岱賭，但大多是張岱的雞獲勝。張聯芳很生氣，心有不服，用盡各種方式武裝自己的鬥雞，卻

---

[1] 明．張岱撰、馬興榮點校，《陶庵夢憶．西湖夢尋》。北京：中華書局，2007。頁 42。

仍無法得勝。他聽說徐州武陽侯樊噲的子孫畜養鬥雞天下第一，便偷偷派人尋訪，可是毫無結果，因而更加憤怒。某日，張岱讀野史，書中提及唐玄宗是酉年酉月生，因沉迷鬥雞而亡國，張岱也是酉年酉月生，從此不再玩鬥雞。

乍看之下，這是張岱回憶年輕時的逸樂行為，但同時也透露出他玩得有品味，不只組社，還寫檄文，大家賭的都是古玩文物，而且他只要想玩，就能精通其道，因此總是贏家。另一方面，此文也側寫張聯芳的個性，似乎屬於衝動好勝，天啟二年的張聯芳已是四十幾歲的人，他是祁彪佳口中的二酉姨父、燕客的父親。張聯芳擅長繪畫，精於收藏，娶山陰富戶王禹屏女兒為妻，家資很可觀。官至揚州司馬，分署淮安，督理船政，頗得史可法信任。崇禎十六年（1643）練鄉兵守清江浦，積勞成疾而逝，可算是鞠躬盡瘁。[2]此和迷於鬥雞的形象相對照，張岱刻劃出該人生命的多種面向。

張岱最後說因知道自己生日與唐玄宗相同而放棄鬥雞，此係有意避開負面聯想，另外亦顯示他自認雖愛玩，但有節制，不因逸樂而誤大事。只是他雖停止鬥雞，仍遇到亡國，但張岱憶寫年輕好玩之事並非有所懊悔，而是強調自己在遊戲中顯現的技能，事實上，張岱的逸樂生活除了鬥雞之外，還有許多不捨放棄的部分。

---

[2] 明．張岱，《瑯嬛文集》。長沙：岳麓書社，1985。頁 169-170。

〈合采牌〉記述張岱為一副遊戲牌而寫的一篇文章。張岱說，他自己設計一副文武牌，材料採用紙質製作，以紙牌替代骨牌，更便於鬥玩。堂弟燕客也刻了一副牌，是一種集合各種鬥虎、鬥鷹、鬥豹的遊戲牌，由於種類很多，因此稱為「合采牌」。張岱為此牌寫了一篇短文，內容大意為：古人認為「錢」一字不雅，因而改稱為賦、祿、餉。在遠離天子千里之外的地方稱為「采」，是因為所謂「采」，就是採集當地的好東西作為貢物，和賦稅類似。諸侯在天子的控制範圍內稱為「采」，將土地分封給子孫也稱「采」，其實都是指穀物，也就是糧食。周朝行封建制而采邑多，秦朝無采邑而滅亡。以前由於采邑未統一，於是出現了齊桓公與晉文公；主父偃則主張實行「推恩令」，藉由分封子弟以削減采邑。張岱認為由此來看，好官也只是得到更多的采邑罷了，甚至以此類推，則竊賊亦采，盜匪亦采，大家都是為了爭錢奪利，因此虎鷹豹被選來作為遊戲牌上的畫。張岱引用孟子的「天下無道，小役大，弱役強，斯二者，天也。」最後又引《尚書》〈皋陶謨〉曰：「載采采」。認為君王應善於用人，必須用有多種德性的人，而且對於一個人的德行，應多方考察。張岱以為確實是至理名言。[3]

基本上，張岱此文藉由對一副牌而展露其文學能力，為此

[3] 明．張岱撰、馬興榮點校，《陶庵夢憶．西湖夢尋》。北京：中華書局，2007。頁 101-102。

牌之命名提出說明，並同時表達政治觀點「載采采」。然而這些議論置於一則為賭博遊戲工具而寫的文章，似乎奇怪，而且又是燕客製造的戲牌，令人感覺別有用意。事實上，社會上許多冠冕堂皇之事物和活動常是為了追求金錢，與賭博似乎相去不遠，本質上皆是逐利，卻以偽飾避人耳目。張岱此文不無諷刺意味。

〈噱社〉[4]寫張岱的仲叔張聯芳與友人組織「噱社」的事。張岱說張聯芳性格詼諧，很會說笑話，在京師和漏仲容、沈德符、韓敬等人結「噱社」。他們出言短短數語，必令人噴飯。漏仲容是八股文名家，常說老人讀書做文章與少年不同，少年讀書有如快刀切物，迅速掃過；老年有如以指頭掐字，掐得一個，只是一個。少年寫文章，抬頭看天，一篇現成文字便掛在天上，頃刻間一揮而就。老年則如噁心嘔吐，以指摳喉才能吐出，且吐不多，全是渣穢。張岱認為這是格言，並非只是笑話。

張岱此文應是從長輩處聽聞而來，當時文人結社的風氣非常興盛，張聯芳等人結社實屬常態，結「噱社」以詼諧會友也不稀奇，張岱描寫「噱社」的重點在於指出這些文人於幽默中不失智慧，在話語機鋒中反映人生經驗。另一方面，也展示仲叔的人脈，其所結交之朋友皆屬鴻儒。

---

[4] 明．張岱撰、馬興榮點校，《陶庵夢憶．西湖夢尋》。北京：中華書局，2007。頁 78-79。

## 貳、炫弄品級

對聲望顯赫的家族來說，休閒也必須展示其身分地位，所謂炫耀性休閒與炫耀性消費是有閒階級的常有表現，張岱筆下的晚明社會也是如此。

例如，〈包涵所〉[5]描寫富豪的奢華生活。張岱指西湖之所以出現船上有樓的樓船，包應登（涵所）是始作甬者。包涵所建造了樓船，有大小三號，頭號船置辦筵席表演，備有歌伎，次號船裝載書畫，小號船則載著妓女。包涵所的歌伎都必須見客，個個妝扮亮麗，緩步展姿，互為笑樂。每逢賓客到來，則歌童演劇，隊舞鼓吹，無不絕倫。包涵所興致來時，每次樓船出遊必有十日，人們爭相探問樓船行程。他還在飛來峰下北園建八卦房，隔成八格，置有八床，設計巧妙，主人在內焚香倚枕。包涵所在西湖生活了二十年，可謂窮奢極欲，享盡繁華。張岱感嘆這些西湖豪族無所不有，至於窮書生們只能可憐度日。

這位包涵所算是張岱祖父的朋友，他們曾和其他友人一起組織飲食社，講求正味，追求美食享受。另外他們也共同講究聲伎之道，熱衷於戲曲聲色娛樂。張岱自身是望族，自己也過著優渥生活（家中同樣有樓船、家樂、庭園），不過比起那些豪族還是自嘆弗如。然而這不只是財力問題，更是品味高低，像

---

[5] 明·張岱撰、馬興榮點校，《陶庵夢憶·西湖夢尋》。北京：中華書局，2007。頁 41-42。

包涵所這種作法，張岱固然佩服其有不同凡響之處，但歸根結底並不符合他的美學標準。

張岱在《西湖夢尋》的〈青蓮山房〉指此山房為包涵所的別墅，並形容其台榭之美，冠絕一時，又在富貴景象中置入草野之景，但即使竹籬茅舍，也看起來金碧輝煌，更有曲房密室，皆儲備著美人。[6]可見包涵所一貫之風格。

張岱的家族也有樓船，〈樓船〉[7]一文寫張岱父親建造樓船的故事。張岱說父親造樓時，將之設計成船的樣子，或者也可說是造船時，設計成樓的樣子，所以鄉民們稱之為船樓或樓船，兩個名稱可交換使用。

樓船落成之日，是七月十五，從祖父以下，男女老幼都聚集在此。張家以數層木排搭台演戲，城中與村落來觀看的人，有大小舟船千餘艘，非常熱鬧。未料當日午後刮起颶風，巨浪磅礴，大雨如注，樓船岌岌可危，幾乎被風吹倒，人們趕緊以木排作為木樁，用纜繩數千條綁住樓船，纜繩有如網狀交織，使大風無法撼動樓船。過了不久，大風停止，才又繼續演戲，演完人群才逐漸散去。

---

[6] 明・張岱撰、馬興榮點校，《陶庵夢憶・西湖夢尋》。北京：中華書局，2007。頁 153-154。

[7] 明・張岱撰、馬興榮點校，《陶庵夢憶・西湖夢尋》。北京：中華書局，2007。頁 96-97。

張岱認為越中的舟船都是一些很小的船，人們乘坐這種船有如篷底看山，又如矮人觀場，只能看到觀眾的鞋子而已；而樓船高大，視野清楚，可使山水一覽無遺。

張岱在〈包涵所〉曾嘲諷一些豪族的奢華樓船，張岱自家也有樓船，但張岱並未進一步描繪自家樓船的裝璜，只提到落成之日的演戲與遇風驚險，強調引起眾多鄉民圍觀。最終，張岱還是覺得這樣的樓船可滿足視覺享受，雖然文內他針對的是山水美景。

相較於豪奢型樓船，當時社會出現另一種重視高雅品味的遊船，〈不繫園〉[8]便提到此種船隻及其活動，該文側重於描寫張岱和友人在休閒生活中展現出來的文藝才華。

崇禎七年（1634）張岱三十八歲，該年十月，張岱偕帶女伶朱楚生住在「不繫園」觀賞紅葉。某日到定香橋，有八人不期而至，包括：曾鯨（1564-1647，字波臣）、趙純卿，彭天錫，陳洪綬、楊與民、陸九、羅三、女伶陳素芝。大家聚飲之餘，各展才藝。陳洪綬為趙純卿畫古佛像，曾鯨為趙純卿描繪寫真像，楊與民彈三弦子，羅三唱曲，陸九吹簫。楊與民還唱「金瓶梅」，彭天錫和羅三、楊與民串本腔戲，兩位女伶朱楚生與陳素芝也唱曲演戲，此外，陳洪綬演唱村落小歌，張岱以琴相和。

---

[8] 明・張岱撰、馬興榮點校，《陶庵夢憶・西湖夢尋》。北京：中華書局，2007。頁 45。

在場各人都有演出，只有趙純卿例外，他笑說自己無擅長之技，只能向諸位敬酒。張岱便舉唐代將軍裴旻請吳道子作畫以超度亡母，而吳道子請裴旻舞劍的故事為例，指陳洪綬為趙純卿畫古佛像應可比擬古人，於是趙純卿縱身躍起，拿起三十斤的竹節鞭，豪爽跳起胡旋舞，大笑而止。

「不繫園」是汪汝謙（1577-1655，字然明）於天啟三年（1623）構建的畫舫，船名由陳繼儒命名。[9]此船不同於那些富豪的高大華麗樓船，像包涵所的樓船其實過於龐大，以致在湖上的移動空間有限，反而限縮了遊客的觀覽範圍，而且鋪張奢華也顯得俗不可耐。汪汝謙是有文化內涵的商人，他設計的遊船其規制較小於樓船，更能自由遊走湖上，而且主要服務雅人雅事，為確保「不繫園」的品質，黃汝亨還特別為汪汝謙制訂船上活動公約，包括「十二宜與九忌」，「十二宜：名流、高僧、知己、美人、妙香、洞簫、琹、清歌、名茶、名酒、殽核不踰五簋、卻騶從。九忌：殺生、雜賓、作勢軒冕、苛禮、童僕林立、俳優作劇、鼓吹喧填、強借、久借。」[10]由此可見當時文化消費品味的社會區隔，張岱等人自然是屬於前者，這也應是當年高雅人士的常有見解，所以才會有黃汝亨的約款內容。

---

[9] 明．汪汝謙，《不繫園集》。收入《叢書集成續編（第 122 冊）》（頁 953-960）。上海：上海書店，1994。頁 953。

[10] 明．黃汝亨，〈不繫園約〉，收入《叢書集成續編（第 122 冊）》（頁 954）。上海：上海書店，1994。

張岱一行人的行為應是符合活動公約，都屬於十二宜的範圍，顯現他的朋友皆有相當的文化深度，不過張岱此文更進一步突顯自己在其中的角色與影響。前階段的眾人表演固然精采，但整場聚會之畫龍點睛在於趙純卿的舞鞭，而這是由於張岱一席話才催生出來，他將陳洪綬與趙純卿對比於吳道子和裴旻，今昔呼應，重現古風，更能展現這群人的文化身分，這也是此次活動與經驗之所以值得回憶的重點。

〈牛首山打獵〉[11]記載崇禎十一年（1638）冬天，四十二歲的張岱受邀參與了一場狩獵盛事。那時在南京，同族人隆平侯邀請其弟、甥，還有一些張岱的朋友，包括名妓王月生、顧眉、董小宛等人一起到南京牛首山打獵。行前打理服裝，主人拿出軍服給客人穿，又讓幾位妓女穿上大紅錦狐嵌箭衣、昭君套。大家騎馬、帶著獵鷹，還有銃箭手百餘人，擎舉著旗幟棍棒，浩浩蕩蕩出南門。一路上極其馳騁之樂，獵得不少動物，過程中還有看戲。次日午後回來，將獵物犒賞眾人，並在隆平侯家聚飲。張岱有感而發，認為江南向來不知狩獵為何事，自己也只是從圖畫與戲劇中略知大概，如今親身經歷，果然痛快。但張岱認為只有像勳戚豪右這樣的人才有辦法如此玩，寒酸人家無力為之。

---

[11] 明．張岱撰、馬興榮點校，《陶庵夢憶．西湖夢尋》。北京：中華書局，2007。頁 47。

此次活動可能讓張岱長了見識，所謂權貴人士的打獵陣仗，其規模與花費都非常可觀，這是連張岱家族也不可能做到的。當然此亦暴露上層社會的腐化，他們縱情享樂，並引以為傲。張岱本身也不算例外，只是程度有別，相較之下，他或許自認屬於寒酸，能一睹如此炫富與高度張揚的作風，也算是一種人生體驗。

## 第二節　風月舊夢

晚明的妓女文化發展至一個里程碑，由於有文人的加持，不少妓女成為社會名人，是許多男士爭相交往的對象，張岱對此有其觀察與體驗。

### 壹、青樓楚館

名士風流常與青樓名妓有所關連，張岱在那樣的生活年代自然也養成狎妓的習慣，由此也讓他看到更多的社會面向。〈秦淮河房〉[12]描繪秦淮風景，一派繁華。張岱說秦淮河岸的河房是人們居住、應酬、尋芳的地方，雖然房價很貴，但空房難求。河上畫舫來往不絕，河房外每戶人家都有露台，朱欄簾幔，佈置精美。夏日浴後，可坐在露台乘涼，享受帶著茉莉花香的柔

---

[12] 明．張岱撰、馬興榮點校，《陶庵夢憶．西湖夢尋》。北京：中華書局，2007。頁 46。

風。兩岸水樓中，女士們輕衣拂扇，嫵媚動人。每年端午時節，京城士女擁入此處，爭看燈船。有人徵集了一百多隻小篷船，全掛上羊角燈，眾多船隻首尾相連，有如火龍一般。船上鑼鼓管弦，熱鬧歌唱。士女們靠在欄干放聲大笑，聲光凌亂，令人耳目不能自主。到了午夜，曲終燈殘，人們才紛紛散去。張岱指鐘惺（1574-1624，字伯敬）曾寫〈秦淮河燈船賦〉，認為該文描繪極為生動。

秦淮河畔由於貢院與妓院隔岸相對，帶動特有的秦淮青樓文化，許多文人雅士都要親往一遊，領略其中奧妙；即便不好此道，也會言之津津，傳為時代盛事。張岱對此深有體會，也和同時代人一樣留下記事，內容同樣是充滿聲光刺激的極度熱鬧，顯示他處於那個時代，難以不被捲入當時的社會風潮。

〈二十四橋風月〉[13]描寫揚州風月女子的生活。張岱指出人們常說的揚州二十四橋風月，只有邗溝一帶還留有某些情景。他進一步說明該處所在位置，即渡過鈔關，有九條巷子，大約佔地半里。雖然巷子是九條，但裡面前後左右盤旋曲折，有非常多的分支通道。巷口狹小，巷道彎曲，內有隱密房間，名妓與歪妓雜處一地。名妓通常不露面，必須有人引導才能進去。至於歪妓多達五、六百人，每日傍晚，沐浴薰香，走出巷口，

[13] 明・張岱撰、馬興榮點校，《陶庵夢憶・西湖夢尋》。北京：中華書局，2007。頁 51-52。

在茶館酒店前徘徊，稱為「站關」。河岸邊茶館酒肆的紗燈四處懸掛，妓女們掩映其間，藉著明暗不定的光影而遮飾某些人的醜容劣姿，所謂「燈前月下，人無正色。」又所謂「一白遮百醜」，靠的就是塗抹脂粉。

尋芳客來往如梭，張眼觀看，若有中意者，便上前牽走，行至巷口，已有人等在那裡，向內喊一句「某姐有客了！」裡面隨即大聲接應。就這樣那些站關的妓女陸續被牽走，最後只剩下二、三十人。到了深夜，茶館燈燭將盡，悄無人聲，茶博士不好意思趕人，便頻頻打呵欠，而那些妓女便集資向茶博士買短燭，想再等一些晚到的客人。她們唱著小曲或彼此嘻笑，故作熱鬧來打發時間，然而笑語中漸帶淒楚。直到很晚了，不得不黯然離去，才像鬼般地摸黑走回。張岱可憐她們，想著她們回去見老鴇後，不知道是否會挨餓或被打。張岱說他有一位族弟，容貌好，性情癡，說話詼諧，每到鈔關必狎妓。有一次他笑稱自己的享受不亞於王公，理由是王公雖有姬妾百人，每晚伺候者不過一人；但他過鈔關，美人數百，任意挑選，而自己頤指氣使，她們莫不巴結奉承，王公哪能比得上自己這種享受。族弟說完大笑，張岱也大笑。

此文呈現張岱不只欣賞名妓，對低等妓女也有一定程度的觀察與同情。名妓有眾人捧，歪妓則處境悲慘。在一般傳說二十四橋無限風情的背後，有一些可憐生命在煙花柳巷過著看不到未來的人生。張岱是否也是此地的尋芳客之一，他沒有明說，但好像有過近距離觀察，特別是對那些被挑剩的妓女，張岱儼然身在茶館，從旁觀看她們的反應，甚至看到她們摸黑離去的情景。這是親眼所見抑或摻雜某些耳聞與想像？不管如何，他想要代她們說故事，將其生活的悲苦一面呈現出來。他還特別藉由族弟言行作為自己的對比，間接突顯自己別有關懷。文末，他寫自己也跟著族弟大笑，然而他為何大笑，如果是開心的笑，那麼這一笑猶如否定他之前的同情；或者是笑族弟的不解事，經過前面描寫她們的不幸，讀者自會感到張岱笑聲可能帶著悲傷。

〈煙雨樓〉[14]題名為嘉興煙雨樓，但重點放在當地遊客。張岱說嘉興人總是津津樂道煙雨樓，讓天下人嘲笑，不過煙雨樓確實有其優點。此樓面對鶯澤湖，涳涳濛濛，時帶雨意。湖中有許多精緻畫舫，美人操舟，載著書畫茶酒，與客人相會於煙雨樓。客人一到，便接送而去，停靠在煙波縹緲之間。遊客態度悠閒，茗爐相對，安然自在，多日不返。船上若需要某些物品，便駛出宣公橋、角里街，各種瓜果鮮蔬、美酒佳餚，皆可迅速交辦，採購後即刻歸航。人們悠遊於柳灣桃塢，癡幻迷離，幻想著能巧遇仙緣，彼此灑然言別，不落姓氏。但張岱又

[14] 明·張岱撰、馬興榮點校，《陶庵夢憶·西湖夢尋》。北京：中華書局，2007。頁 76-77。

說，其中或許有像倩女幽魂、文君新寡的情事，都只不過是有人效顰。社會上的淫亂靡爛，往往源於一些風流韻事，而傷風敗俗，也日益演成乖異作風。

此文可見張岱在追求浪漫享樂之餘，仍保留著理性，也指出其中弊端，顯示他並非只是混世公子。另一方面，也同時反映當時風氣日壞，淫靡惡俗愈益嚴重。

## 貳、風塵往事

張岱有時會藉由強調自己與特定名妓的交情，去突顯他和一般狎客的不同，例如〈王月生〉[15]寫秦淮名妓王月生的故事，也有意呈現他和王月生的特殊關係。張岱說南京妓女有等級之分，曲中妓女向來羞與朱市妓女為伍。但王月生就是出身於朱市的妓女，三十年來曲中妓女無一能與王月生相比。張岱形容王月生秀顏如建蘭初開，纖足如出水紅菱，楚楚文弱，為人矜持，寡言笑，任何人對她逗玩捉弄，都無法使之展顏一笑。王月生善楷書，能畫蘭竹水仙，亦能唱吳歌，但不易出口。南京的勳戚大老競相邀約，都無法獲得其全程相陪，富商權貴若要請她，必須前一日預約，金額沒有十金也要五金，否則不敢冒然邀約。若想與之共度春宵，如非一、二個月前下聘，便可能

[15] 明·張岱撰、馬興榮點校，《陶庵夢憶·西湖夢尋》。北京：中華書局，2007。頁95-96。

一年都等不到。王月生喜歡飲茶，和閔老子交情匪淺，即使大風雨、大宴會，也必至閔老子家喝茶數壺才離去。如有中意的人，也是約到閔老子家相會。某日，閔老子家的鄰居邀集曲中妓女十多人，嘻笑交談，環坐縱飲，王月生現身露台上，憑欄而立，目光羞澀，曲中妓女們相形見絀，紛紛移往其他房間。王月生個性寒淡如孤梅冷月，含冰傲霜，不喜和俗人交往；有時對面同坐，也視若無睹。有一公子和她同寢食半個月，不曾聽她開口說一句話。某日，王月生嘴囁嚅動，大家驚喜，急報公子：「月生開言矣！」眾人以為祥瑞，趕緊前往細聽，王月生臉紅，欲言又止，公子再三請示，月生羞澀說了兩個字：「回家」。

這則故事雖有意突顯王月生不同於一般妓女，甚至比高等的曲中妓女都更出色，但其實還是受人擺佈。易言之，妓女之間區分等級，讓這些不幸者經由內部階級差異，而成為不同品級的消費品，但終歸是玩物。即使張岱覺得某些妓女特別優秀，她們的身分也難以明顯改變；[16]然而尋芳客卻藉由挑選不同等

[16] 晚明有一些秦淮名妓嫁給知名文人而脫離青樓，例如柳如是、顧眉，但其實她們在當時民間社會的一般眼光中仍是出身低賤的人，未必受到夫家親屬的充分尊重。雖然顧眉在龔鼎孳降清後受封一品夫人，但係因龔的正室另有考量而退讓，更主要是來自龔個人的極力護持。另外，像柳如是後來與錢謙益家屬的爭執便反映其妓女身分改變之不易。又或者像董小宛雖能得到冒襄夫人的善待，但其實是靠小宛的竭力付出；而即便如此，在幾次逃難中仍被冒襄置於末位，其地位可想而知。見孟森，〈橫波夫人考〉，收錄於孟森，《明清史論著集刊正續編》（頁

級妓女的消費能力而去顯示自己的特殊身分。

張岱特別在〈燕子磯〉提到他離開南京時，王月生與閔老子為他餞行，可見張岱能獲得王月生的接納與善意對待，在張岱筆下的這種友誼，可用來提高張岱與眾不同的形象。文末關於王月生開口的笑話，便是作者間接證明自己才是能和王月生交談的高雅人士，有別於月生看不上的那些俗人。

前面第四章已提及張岱在〈朱楚生〉[17]裡對女伶朱楚生的欣賞與同情。朱楚生雖然有才華也很認真，但終歸不得志，鬱鬱寡歡，連張岱也未能讓她吐露心事，最後哀怨而亡。類似這種情形的女子一定不少，朱楚生只是其中一個案例。而王月生的故事略有不同，但同樣也是不幸的人。

〈揚州瘦馬〉[18]寫揚州之姬妾買賣市場的情形，這些女子被稱為「瘦馬」。張岱說揚州靠「瘦馬」賺錢的人有數十百人。只要有人透露想買妾的意思，就有許多媒婆群集而至，如蠅附膻，難以擺脫。

---

435-472）。石家莊：河北教育出版社，2000。陳寅恪，《柳如是別傳》。北京：生活・讀書・新知三聯書店，2001。明・冒襄，《影梅庵憶語》。收入宋凝編，《閒書四種》（頁 1-70）。武漢：湖北辭書出版社，1995。

[17] 明・張岱撰、馬興榮點校，《陶庵夢憶・西湖夢尋》。北京：中華書局，2007。頁 68。

[18] 明・張岱撰、馬興榮點校，《陶庵夢憶・西湖夢尋》。北京：中華書局，2007。頁 69-70。

接著，張岱敘述整個買賣過程。黎明時分，媒婆便上門催促買妾者出門，一起前往「瘦馬」家。進門坐定且上茶後，媒婆便扶出「瘦馬」，讓女子拜見客人，接著要求女子走幾步路、轉身、伸出手臂、自報歲數、拉裙看腳等，完成這些項目後才請回。如此這般，每家都要看過五、六位女子。如有中意者，便以金簪或金釵插在其鬢上，稱為「插帶」；如看不中，則出錢數百文，賞給媒婆或其家侍婢。這樣連續一、二日至四、五日的重複過程，大約看過五、六十位，到最後只覺得眼中所見都是白臉紅衫，千篇一律，已無法辨別美醜，客人毫無把握，只能勉強定下其中一人。

「插帶」後，本家拿出一張紅單，上面寫著各式聘禮，包括彩緞若干、金花若干、財禮若干、布匹若干等讓客人點閱，之後恭敬送客。客人還未回到家，就有一群擔送彩禮的人等在門口，東西備齊後，由鼓樂引導而去。沒多久，花轎花燈、山人儐相、紙燭、供果、牲醴等已在門前環侍。又有廚子擔來肴饌、湯點與糖餅，同時其他相關事物也一併準備到位。不待主人指示，花轎與送親轎子一齊前往迎親，新人拜堂，小唱鼓吹，喧闐熱鬧。這群人未到中午就討賞而去，急忙趕往其他家，重複前述過程。

揚州瘦馬相當有名，這些女人有其特殊的養成過程，王士性（1547-1598）《廣志繹》提及「廣陵蓄姬妾家，俗稱『養瘦馬』，多謂取他人子女而鞠育之，然不啻己生也。天下不少美婦人，而必於廣陵者，其保姆教訓，嚴閨門，習禮法，上者善琴棋歌詠，最上者書畫，次者亦刺繡女工。至於趨侍嫡長，退讓儕輩，極其進退淺深，不失常度，不致憝戇起爭，費男子心神，故納侍者類於廣陵覓之。」[19]這些女子受到良好教育，知書達禮，具有相當程度的藝術涵養，已在社會中擁有不錯口碑。相較於王士性說明瘦馬的調教訓練，張岱未觸及此，而是描寫「瘦馬」與買妾者都被媒婆牙家所操控，「瘦馬」固然有如物品被販賣，買妾者也形同在半脅迫下，不由自主地完成買賣交易。張岱以猶如現場報導的方式，呈現「瘦馬」與買妾者在其中的被動處境，突顯那些靠「瘦馬」賺錢者的各種行為。

張岱曾沉浸於豐衣足食、絲竹絃歌的生活，不過他並未因此而視一切為理所當然，對人上人、人下人的不同處境都有某種程度的反思，包括質疑與悲憫，不過他也不排斥自己擁有精美的享受，樂於追求其中所能帶給他的愉悅感。因此他能夠了解各種聲色犬馬的行情，知道裡面的操作手法，滿足自己的求知欲，但他不會讓自己迷失其中。

[19] 明．王士性，《廣志繹》。收入周振鶴編校，《王士性地理書三種》（頁230-402）。上海：上海古籍書版社，1993。頁271。

# 第十章　奇人異事

晚明社會風氣較為開放，許多人追求性靈解放，也有不少以特立獨行作為自我標榜，因此不難看見各種作風另類的人，包括他們衍生的奇行怪事。

## 第一節　異人傳

張岱書寫的異人已屬於社會中的另類人物，但他們應可分為兩類，其一，有品格的異人，這些人固然有疵癖，但由於展露真氣與深情，有的還發展出特殊成就，且不傷害他人，因而值得交往，甚至能予以高度正面評價。其二，另類異人，屬於另類中的另類，他們的行為表現可能已經讓人難以接受，或者反映其個人的庸俗與無知，這些人雖然也是異人，但大多時候令人避而遠之。例如，張岱〈五異人傳〉中的伯祖張汝方、叔祖張汝森、族弟張培可歸為第一種異人，而十叔張煜芳與堂弟燕客張萼便屬於第二類的另類異人。

### 壹、有品異人

張岱經常記述一些行徑特殊的人，他們可能是具有少見的專才或是稟性古怪，例如前面幾章提及的金乳生、范與蘭、柳敬亭、姚簡叔等人都是別具一格的人士。除此之外，他還記錄了其他特殊性情者的故事。

〈祁止祥癖〉描寫張岱朋友祁豸佳（1594-1683）的特殊才

情，也同時呈現張岱品評人物的方式。祁豸佳，字止祥，號雪瓢。祁彪佳的堂兄。擅長書畫篆刻、戲曲、詩文等，多才多藝。天啟七年（1627）舉人，以教諭遷吏部司務。明亡後不仕，隱居以賣書畫為生。[1]

張岱眼中的祁豸佳是一位有奇癖的人，但就是因為有癖，才值得結交。張岱向來主張無癖的人欠缺深情，無疵的人沒有真氣，這些人過於平庸、不具特色。祁豸佳則是癖好多元，「有書畫癖，有蹴鞠癖，有鼓鈸癖，有鬼戲癖，有梨園癖。」[2]張岱進一步舉證說明祁豸佳的癖性發展到怎樣程度，豸佳有一位優童阿寶，崇禎十五年（1642）四十六歲的張岱到南京時，豸佳讓阿寶見張岱，張岱看到的阿寶「妖冶如蕊女，而嬌痴無賴，故作澀勒，不肯著人。」他形容與該人接觸有如食橄欖，吃時澀而無味，但之後就會回甘，也就是認為剛開始接觸這個人時，令人覺得有點可厭，但過後就會思念他。祁豸佳精於音律，創作戲曲非常講究，字字琢磨，並親自對伶人講授，而阿寶都能掌握詞曲重點，了解主人意思。弘光元年（順治二年，1645）

---

1 明．祁彪佳撰、中華書局上海編輯所編輯，《祁彪佳集》。北京：中華書局，1960。頁 255。清．周亮工，《讀畫錄》。收入《叢書集成新編（第 53 冊）》（頁 366-380）。台北：新文豐出版公司，1986。頁 370。清．徐沁，《明畫錄》。收入《叢書集成新編（第 53 冊）》（頁 380-411）。台北：新文豐出版公司，1986。頁 402。

2 明．張岱撰、馬興榮點校，《陶庵夢憶．西湖夢尋》。北京：中華書局，2007。頁 55。

南京失守，祁豸佳逃歸，半途遇到土賊，即使自身性命危險，還是要保住阿寶，視為至寶。順治三年（1646）祁豸佳以監軍駐台州，遇到亂民擄掠，豸佳的行囊財產盡失，陷入困境；阿寶沿途賣唱，幫助主人回家。返家後，才過半個月，豸佳又帶著阿寶遠去。張岱說祁豸佳別妻如脫屣，卻視孌童如命，這便是祁豸佳的癖，而且達到如此程度。[3]

在張岱的另一篇文章〈公祭祁夫人文〉，對豸佳則有另一側面的描述，他說「祁止祥先生，經濟文章，琴棋書畫，皆臻神妙。與人接見，言語簡澀，粥粥若一無所能。而臨事當場，才堪八面。」[4]張岱視祁豸佳為「曲學知己」，[5]並非只因祁豸佳有曲藝專長，而在於他對喜愛的事物具有高度投入的態度，甚至生死以之，這種態度與行為在一般人眼中屬於過度、狂熱與非理性，但也意指此人具有「深情」與「真氣」。這種觀念有其晚明時代思想背景，張岱更視為一種個人關注真正之意義世界的極致展現。祁豸佳得享高壽，張岱在〈壽祁止祥八十〉[6]認為「善畫從來多大年，…筆端自有內煙雲」，形容豸佳是「半陳聲伎半傳經」，解讀出他看似遊戲人生的內心另一面，這或許也包含張

[3] 明・張岱撰、馬興榮點校，《陶庵夢憶・西湖夢尋》。北京：中華書局，2007。頁 56。
[4] 明・張岱，《瑯嬛文集》。長沙：岳麓書社，1985。頁 278。
[5] 明・張岱，《瑯嬛文集》。長沙：岳麓書社，1985。頁 275。
[6] 明・張岱，《張岱詩文集》。上海：上海古籍出版社，1991。頁 59-60。

岱的自我解讀。

〈奔雲石〉主要藉杭州南屏山的奇石「奔雲石」而寫黃汝亨（1558-1626）其人。由於奔雲石奇特有致，吸引黃汝亨將該地做為讀書之所。黃汝亨是知名的書法家與文學家，跟隨他學習的人為數眾多。張岱回憶自己年幼時陪祖父造訪黃汝亨的情景，見識到這位大師在應對及處事上的高強能力，「耳聆客言，目睹來牘，手書回札，口囑傒奴，雜沓於前，未嘗少錯。」[7]而且來客不分貴賤，皆以酒肉款待，夜則同榻而眠。張岱說自己曾有一位很髒亂的僕人去他那裡，也獲得同樣招待，這讓張岱深為佩服。天啟六年（1626）黃汝亨去世，時年三十歲的張岱再次前往，那時當地已亭榭傾圮，令人不勝人琴之慼，然而雲奔石依舊黝潤，色澤不減，張岱不禁興起在該地安居讀書的念頭。

黃汝亨是《陶庵夢憶》卷一繼金乳生之後，第二位被作者正面回憶的人物，這位前輩的待人處世，應是張岱心中的一種典型。

〈陳章侯〉[8]寫陳洪綬（字章侯）與張岱共同經歷的一次奇遇。崇禎十二年（1639）八月中旬，四十三歲的張岱與陳洪綬

---

[7] 明・張岱撰、馬興榮點校，《陶庵夢憶・西湖夢尋》。北京：中華書局，2007。頁 18。

[8] 明・張岱撰、馬興榮點校，《陶庵夢憶・西湖夢尋》。北京：中華書局，2007。頁 44。

都在杭州。某晚，月色正好，陳洪綬邀張岱一起外出賞月，他們命僕人帶著美酒，共乘小船到西湖斷橋。陳洪綬一人獨飲，不知不覺醉了，躺在船上大聲嚷叫。此時岸上來了一位女郎，讓童僕來問能否載她到一橋，張岱兩人皆同意，女郎便欣然上船。這位女子看起來氣質輕淡，柔婉可人。陳洪綬在酒意下，醉稱女郎有俠氣，宛如張一妹，問她是否願意和虬髯客（指陳洪綬自己）飲酒，女郎爽快答應，當即與陳洪綬對飲。船到一橋，已是深夜，竟將張岱帶來的酒都喝完了。張岱問女郎的住處，女郎笑而不答，上岸翩然而去。陳洪綬想要跟蹤她，便尾隨其後，看她過岳王墳，就沒法再跟了。

這個故事像是兩位大男人的豔遇，女郎深夜在外，身分可疑，態度行為也不似凡人，讓人聯想到靈異傳奇。陳洪綬是喝醉了，但張岱很清醒，不應是幻覺。其實這就是一次偶遇，但張岱對此素昧平生的人留下深刻印象，其中既含有時間地點的影響，更因陳洪綬醉言醉行，襯托出月夜女郎似有異於常人之處，最後述其過岳王墳，更讓人不禁產生某種想像。此次經驗成為作者對西湖記憶的一部分，這種和陌生人偶遇，也使張岱對西湖的經驗再添一筆資料，融入對西湖的地方記憶建構。不過這樣的故事卻以陳洪綬作為題名，或許別有用意，也算是側寫這位繪畫高手的某種性情。[9]

---

[9] 張岱在《石匱書後集》提到陳洪綬是張聯芳的女婿，「張爾葆…婿陳洪

在《陶庵夢憶》常出現的張岱友人秦一生，也應屬於異人之一。秦一生堪稱張岱的遊伴。張岱曾說自己出遊時習慣要有伴，但有些旅遊地點令人生畏，不易邀到同伴，而秦一生必定相隨在旁，可見兩人的交情。張岱在〈祭秦一生文〉說秦一生的家境優渥，然而生活卻過得極為淡薄儉僕，個性不求顯達，閑散終身。秦一生愛好山水聲伎、絲竹管弦、摴蒱博弈、盤鈴劇戲，種種無益之事他都喜歡。不過秦一生並不自備從事這些活動的工具材料或場所設施，而是前去別人的場所，借用人家提供的服務與設備。只要有人肆筵設席，不管是在勝地名園或僻居深巷，秦一生必定前往，而且風雨無阻。秦一生唾棄那些追求名利，不知山水聲伎為何物的俗人。張岱以為許多人粗豪鹵莽、酒肉腥穢，對山水園亭、聲伎滿前，根本頑鈍不解；而秦一生以局外之人，閒情冷眼，領略其中趣味，必酣足而歸。因此他人的園亭，變成秦一生的別業；他人的聲伎，成為秦一生的家樂；他人的供應奔走之僕，也成為秦一生的奴隸。張岱

綬，自幼及門；頗得其畫法。」該書對陳洪綬的記錄為「陳洪綬，字章侯，諸暨人；為諸生。魯監國授翰林待詔。筆下奇崛遒勁，直追古人：木石丘壑則李成、范寬，花卉翎毛則黃筌、崔順，仙佛鬼怪則石恪、龍眠。畫雖近人，已享重價。然其為人佻僻，不事生產，死無以殮；自題其像曰：『浪得虛名，窮鬼見諸。國亡不死，不忠不孝』！」見明．張岱，《石匱書後集》。台灣銀行經濟研究室編印《台灣文獻叢刊》第282種。台北：台灣銀行經濟研究室，1970。頁486。張岱雖然對陳洪綬的畫藝高度肯定，卻指其個性佻僻，由此或可了解張岱於〈陳章侯〉突顯其行為作風之緣故。

說秦一生去世前一日，他們還相約遊寓山，一生臨終時尚有田宅子女等事還未交待，卻仍心繫同遊之約，口呼「寓山，寓山」而死。[10]這樣一位別具性情的人，讓張岱的感觸特別深刻，他認為世間有一種絕無益於世界，絕無益於人身，卻是世界和人身所斷不可少者，他們有如天之月、人之眉，雖然看似無用，然而一旦不存，則不成其為世界，不成其為面龐，而秦一生就是這樣的人。

另外，張岱的父親與叔父在飲食上的表現，也可算是一種異人行為。在〈張東谷好酒〉[11]中，張岱記述父叔不善飲酒，卻被傳言扭曲的事。他說高祖（太僕公張天復）號稱能豪飲，此種能力後來竟然失傳，張岱的父親與叔父皆不會喝酒，每次只要喝一小杯酒或吃糟茄，就臉部發紅。家裡平常宴會講究烹飪，

---

[10] 明．張岱，《瑯嬛文集》。長沙：岳麓書社，1985。頁 265-267。寓山是祁彪佳構築的庭園，他在日記中記載著自己經營此園的許多資料，也提到不少人前往遊覽。由於張岱的亭園品味，祁彪佳曾向張岱徵求意見，因此秦一生未能一遊寓山，自然感到遺憾。另外，祁彪佳對自己的寓園也很得意，他說：「予於乙亥乞歸，定省之暇，時以小艇過寓山，披蘚剔苔，遂得奇石，欣然構數楹始，其後漸廣之。亭台軒閣，具體而微，大約以樸素為主。遊者或取其曠遠，或取其幽夷，主人都不復知佳處，惟是搆造來，典衣銷帶，不以為苦，祁寒暑雨，不以為勞，一段癡僻，差不辱山靈耳。」見明．祁彪佳撰、中華書局上海編輯所編輯，《祁彪佳集》。北京：中華書局，1960。頁 212。

[11] 明．張岱撰、馬興榮點校，《陶庵夢憶．西湖夢尋》。北京：中華書局，2007。頁 96。

庖廚之精，堪稱江左第一。吃飯時，每上一道菜，父叔們就爭相取食，片刻吃光，吃飽了就自行離去，整餐下來都不曾喝酒。即使有客人在，不等賓客離席，也是逕自吃完就離開。有一位山人張東谷，是個好酒之徒，某日對張岱父親說，你們兄弟真是奇怪，肉只是吃，不管好吃不好吃，酒只是不吃，不知會吃不會吃。張岱認為這話說得頗有晉人風味；然而後來有一位傖父之流的人將之記載於《舌華錄》（作者為曹臣），卻寫成張氏兄弟稟性奇特，肉不管好壞，只是吃，酒不管好壞，只是不吃。張岱認為這種寫法雖字字確實，意思卻相去千里。他不禁感歎世上還真有不少點金成鐵的人。

張岱的父叔不善飲酒，而且作風奇特，突顯他們個性率直。張東谷的評語其實不壞，正可將這種率性傳達出來，不料到了其他人筆下，儼然為俗夫形象，因此張岱也不客氣批評該書作者為傖父。另一方面，此文亦反映出，在那個時代，張岱家族名聲不只傳揚在外，一些軼聞還被載入書籍，被視為異人笑譚。

## 貳、另類異人

上述的人物大都是張岱能接受，甚至欣賞的人，不過《陶庵夢憶》也記述若干他不甚認可的人士，他們即使並非令張岱高度反感，但至少產生某程度的質疑，因而可視他們為異人中的另類。例如，張岱的十叔張煜芳與堂弟張萼應屬於這類人，張岱對他們的描述較為負面；其他則還有一些讓張岱以嘲諷口吻去述說的人士。

譬如，〈魯府松棚〉[12]在描寫魯王府的松樹之餘，又兼述魯憲王軼事，以此反映該人的一個側面。張岱先談報國寺的松樹，批評其枝幹盤旋下垂，形狀和藤蔓相似，人在下面會感覺壓抑，全身的氣無法舒展。魯王府舊邸有兩棵松樹，高五丈，姿態雄偉，枝葉茂密且大幅開展，樹蔭覆蓋屋宇，暗不通天，密不通雨，魯王府人稱之為「松棚」，此一名稱確實允當。接著，張岱又寫魯憲王晚年好道，曾截取一段樹幹，晚上抱著同眠，日子久了，樹幹滑澤紅潤，好像有血氣一般。

張岱品評樹木，也是著眼於和人的關係，其實是從人的角度去評價樹的好壞與價值，「松棚」是人的觀念，是人類賦予的形象界說與功能想像，這些界說及想像係基於人們的需求與偏好。然而有些人可能過度想像，率爾加諸某些特質，冀望以此滿足自己的慾望，如果魯憲王的故事屬實，他可能就是此類人。

〈天童寺僧〉[13]寫張岱拜訪寧波天童寺的金粟和尚，作者記述他們的互動過程，以及看到寺僧群體的形貌。時間在崇禎十一年（1638）張岱四十二歲，他和朋友秦一生共同前往。到了山門，看見萬工池的池水淨綠，旁邊有一個大鍋覆蓋於地，

[12] 明．張岱撰、馬興榮點校，《陶庵夢憶．西湖夢尋》。北京：中華書局，2007。頁 79。

[13] 明．張岱撰、馬興榮點校，《陶庵夢憶．西湖夢尋》。北京：中華書局，2007。頁 75。

不明所以，詢問僧人，回答說是正德年間該地有二龍相鬥，寺僧五、六百人撞鐘擊鼓，大事威嚇，結果更加激怒二龍，遂將寺院掃成平地，大鍋就是當年事件過後留下來的。對於這則故事，張岱沒有評論。張岱與秦一生進入後，遞上名帖，通報住持。據說金粟和尚見人就打，稱為「棒喝」。二人坐定，金粟和尚遲遲出來，有兩位侍者作為先導，宣達老和尚的到來，並問如何行禮。通常地方長官來見都會下拜，但張岱屹立不動，老和尚便下來行賓主禮；侍者又問座位方式，張岱還是屹立不動，老和尚只得恭敬請張岱入座。接下來張岱謙稱自己是門外漢，不知佛理與佛法，希望老和尚慈悲，明白開示，不要棒喝，也不要機鋒，只說家常白話，讓彼此能清楚對談。老和尚點頭同意，之後很有禮貌地接待二人。

張岱在文章內說自己遍觀寺僧一千五百多人，都是一些操持雜役的僧人，大多從事舂米、推磨、提水、煮飯、劈柴等等，俱皆面目猙獰，活似吳道子畫的「地獄變相圖」。老和尚頗為規矩嚴肅，常親手打人，不只「棒喝」。

看來張岱在未訪之前，就已聽說金粟和尚的作風，雖然他並不認可這樣的作法，但他依然前去拜訪，似乎想要一探究竟以試其虛實。顯然四十二歲的張岱已了解不少寺院的常態與問題，因此不願流於俗套，結果迫使金粟和尚必須以禮相待。金粟和尚是當時的知名高僧，但張岱卻故意寫自己以一種略帶挑戰的姿態去面對大師，並表示他自己也有某種氣勢，令大師亦要禮敬幾分。張岱寫這篇文字，重點在突顯自己的態度與反應，他並非和一般人一樣惑於某些人的身分與名聲，不喜歡裝腔作勢，而其實也是由於他的出身世家與自視甚高，因此具有敢於挑戰的自信與氣勢。

張岱曾談及另一事，他說即使金粟和尚手執柱杖，逢人便打，但還是有許多信徒香客以銀錢供養和尚，認為是禮敬活佛，信徒們往往痛哭悲號，求其超度。張岱見此情景便調侃老和尚，說曾見戲台上獄卒的兩句開場白，可贈與和尚：「手執無情棍，懷揣滴淚錢。」老和尚聽後大笑。[14]

如果說張岱藉著自己能夠調侃大師而抬高自己，那是因為他內心還承認大師的地位與影響力，只不過是想要強調自己可與大師分庭抗禮。至於他對某些人的嘲諷就較屬於看笑話了。例如，〈治沅堂〉[15]旨在譏笑一些半調子的官員縉紳。張岱先談占卜中的「拆字法」，他指傳說北宋宣和年間，成都有一位相師名叫謝石，此人精於拆字算命，名聲很大，被公認算得很準。宋欽宗聽聞後便想測試一下，他寫了一個「朝」字，讓宦官拿去請謝石測字。謝石一看，便指出該字並非宦官所寫，「朝」字

---

[14] 明．張岱，《快園道古》。杭州：浙江古籍出版社，1986。頁 138。

[15] 明．張岱撰、馬興榮點校，《陶庵夢憶．西湖夢尋》。北京：中華書局，2007。頁 64。

拆開為「十月十日」，應該是這天出生的天人，應該就是皇上。自此以後，謝石的功力更是轟動全國。

接下來張岱提到幾個濫用拆字的笑話。第一，家鄉的謝文正廳事名為「保錫堂」，後來換主人，新主人一來便要求卸下匾額，人們不解，新主人說匾額上分明寫著「呆人易金堂」。第二，張岱舅父朱敬循曾為文選署題匾「典劇」二字。後來新到的繼任者向大家說，此二字拆開即是「曲處曲處，八刀八刀」。第三，天啟年間，許志吉為大理評事時，依附魏忠賢，氣燄囂張。有人拍馬屁，送了一塊匾，上寫「大卜於門」。鄉民在夜間去偷改文字，將之增減筆劃，第一次改為「天下未聞」；第二次改成倒讀「閹手下犬」；第三次改為「太平拿問」。後來魏忠賢倒台，許志吉被逮捕解送至太平，果然如匾所言。[16]

張岱最後提到的笑話，說家鄉某位縉紳有一個堂，名為「治沅堂」，人們不解其意，向主人請教，主人笑而不答，直到人們問得緊了，才說只不過是取其「三台三元」的意思罷了。聽到的人皆大笑。

其實張岱說的拆字笑話並無新意，這在當時或更早都常能聽到類似故事，只不過在這幾則故事中，有三則皆與他的家鄉有關，張岱的選擇應有用意。這些故事都突顯一些官員縉紳的

[16] 許志吉被判交結近侍，秋後處決。見清・張廷玉等，《明史》。北京：中華書局，1974。頁 7852。

名實不符，也多少反映人們對此階級的懷疑與嘲諷，想要不時揭穿他們的假面具，至少在這些笑話流傳之際，逆轉上下高低的秩序，讓所謂貴賤之分暴露其荒唐的真相。

此種情形就如張岱在《夜航船》〈序言〉說的一則故事。以前有位僧人和一位士子同乘一艘夜航船。士子高談闊論，看似滿腹學問，僧人心生膽怯，雙腳蜷縮而睡。沒多久，僧人漸漸聽出士子語中破綻，便開口問道：「請問相公，澹台滅明是一個人或兩個人？」士子回答：「兩個人。」僧人又問：「堯舜是一個人或兩個人？」士子答：「自然是一個人！」僧人聽後笑曰：「這等說起來，且待小僧伸伸腳。」[17]

當時許多文人士子的學識有限，卻又自命不凡，讓一般小民看笑話，前面那些拆字笑話中的縉紳們似乎和夜航船上的士子相去不遠，可以想見鄉民都會想要在這些縉紳面前伸一伸腳。

除了上述幾位，張岱所記寫的人物中，還有不少屬於這種令人產生明顯負面觀感的另類人士，例如，朱雲崍、阮圓海、包涵所，至少張岱筆下已透露出對他們有某程度的不滿。基本上，會被張岱認為值得回憶書寫的人物大多屬於異人，包括他自己的家族成員就有不少此類，張岱可能也認為自己亦是一種異人，當然是偏向好的那種異人。

[17] 明．張岱，〈夜航船序〉。明．張岱，《夜航船》。成都：四川文藝出版社，1996。

## 第二節　異事志

除了異人異行，張岱也書寫了一些奇事，包括一些具有特異表現的動物，以及若干涉及靈異的事件。乍看之下，它們有如茶餘飯後的談資，基本上無關緊要，不過他的重點還是在人，藉這些故事以描繪相關人物的特質，並帶出他自己的觀察與評價，進而呈現他的個人形象。

### 壹、奇禽異獸

〈雪精〉[18]是講一隻騾子的故事。張岱的外祖父陶允嘉（1556-1622，字幼美，號蘭風）任職壽州時得到一匹白騾，全身俱白，連足蹄都是白的，能日行二百里，被飼養於官署內。當時，人們相信白騾的尿能治病，壽州人如患噎嗝之症，常來索取騾尿去治療。由於人民常來求尿，為方便百姓，陶允嘉以中藥木香浸泡騾尿，通知百姓來領取，亦屬於造福地方。後來外祖父辭職並過世，舅父便將白騾送給張岱。張岱的飼養方式有點特殊，他說自己養了白騾十多年，其實沒耗費過一天草料，因為他都是任其自行外出覓食。白騾活得挺不錯，平常看它的肚子不像沒吃飽的樣子，但也不知道它究竟從何處得食。每日天亮，它都會到門口廄房等候差遣，到中午仍舊跑出去覓食。

---

[18] 明・張岱撰、馬興榮點校，《陶庵夢憶・西湖夢尋》。北京：中華書局，2007。頁 49。

慢慢地，白騾性情日漸跋扈，難以駕御，只有在張岱前面才馴服聽話，如遇他人，就咆哮踢咬，即使鞭打或用盡各種方式都無法使之就範。某日，白騾在外面與狂馬爭道，失足墜落濠塹而死。張岱命人予以掩埋，並稱其為「雪精」。

張岱此文藉由寫白騾而同時描寫一種個性。他對白騾是不飼而養，任其自謀食物，騾子性情自然逐漸野化，這種對待方式讓白騾更回歸自然並擁有自由。白騾最終只聽命於張岱，似乎意味張岱與白騾之間有著某種靈犀相通。如果白騾之尿能夠治病，那麼它就像是一種靈獸，而具有靈奇能力的生命不應被豢養與拘禁，這對人來說也是如此。

張岱對動物的態度在《西湖夢尋》的〈放生池〉[19]中有所反映，他說西湖的湖心亭南邊有個放生池，裡面圈禁了許多魚，池水停滯不動，渾濁不清，許多魚身上的鰭與鱗皆受傷不全，頭大尾瘦，苦狀萬端。張岱希望能打開魚牢，讓魚群自由遊動，遂其本性；但可恨俗僧難以溝通，無法向他們解釋這個道理。他又說以前曾到杭州雲棲山，看見雞鵝豬羊擠在牢籠內受餓，還有許多落水而死。他向蓮池大師再三談起此事，但大師也無法免俗。後來又看到兔、鹿、猴子也受到禁鎖，張岱便說，雞鵝豬羊要靠人類餵養而活也就罷了，但讓兔、鹿、猴子回歸山

---

[19] 明．張岱撰、馬興榮點校，《陶庵夢憶．西湖夢尋》。北京：中華書局，2007。頁 181。

林，它們皆能自行覓食，何苦像囚犯般將它們關起來。蓮池大師聽後大笑，遂撤除所有牢籠，任其自由活動，張岱說所有看到此景的人皆大為高興。[20]由於張岱對動物生命的看法是如此，那麼他對「雪精」的態度就很容易理解，那是他一貫的理念。

〈麋公〉[21]雖然是談陳繼儒，說明其號稱「麋公」的由來，但故事中的大角鹿形象非常突出。事情源自萬曆三十二年（1604）那時張岱八歲。他回憶說，當時有一位老醫者，馴養一隻大角鹿，並給它加上坐鞍與籠頭，可以被人騎乘。鹿角上掛著葫蘆與藥罐，老醫者騎鹿而行，診治病人，每常見效。張岱父親很喜歡這隻鹿，向老醫者求購，對方欣然同意，以三十金賣出。父親將其做為壽禮，送給祖父。然而祖父體型壯碩，騎乘數百步便須停下喘氣，祖父常帶著它一起出遊於山水間。隔年祖父到松江，將大角鹿贈給陳繼儒。所幸陳繼儒體型瘦小，可以連續騎乘二、三里，因此大為高興。後來陳繼儒帶著大角鹿到西湖，竹冠羽衣，往來於長堤深柳之下，見者嘖嘖稱奇，稱其為「謫仙」。陳繼儒又號稱「麋公」，便是由此而來。

---

[20] 張岱對於此事的說明別具涵意，蓮池袾宏大師（1535-1615）是明代四大高僧之一，積極推廣戒殺放生，然而若依張岱的敘述，則蓮池大師對尊重生命的觀念似乎不如張岱，至少是張岱認為自己更早指出問題，並向蓮池大師提出建議。就如同前述張岱和金粟和尚的互動一樣，似乎他又再度藉由高僧而彰顯自己更卓越的見解。

[21] 明．張岱撰、馬興榮點校，《陶庵夢憶．西湖夢尋》。北京：中華書局，2007。頁 65-66。

張岱年幼時，祖父便讓他認識陳繼儒，也獲得這位知名山人的贊賞。如果說陳繼儒的作風與身段讓人們驚歎，那麼張岱這則故事指出，其中有某些部分其實包含著父祖輩的影響，而那位老醫者更是神秘，有如江湖奇人。顯然若能追溯事物的根源，往往可發現背後連繫至眾多不同因素。此外，那隻大角鹿在人間被當成祥瑞與仙品的象徵，為其主人增添若干裝飾形象，但卻被加諸鞍轡籠頭，以屈從姿態、受役於人的處境去襯托主人的仙風道骨，毋寧也是一個諷刺。

〈寧了〉寫一隻鳥的故事。張岱說祖母喜歡飼養一些珍禽，數量不少，計有舞鶴三對、白鷴一對、孔雀二對、吐綬雞一隻、白鸚鵡、鶬哥、綠鸚鵡十數架。此外，還有一隻異鳥，名為「寧了」，這隻鳥的身形小，和鴿子差不多，黑色羽毛有如八哥，而且能講人話，聲音清楚。祖母叫喚婢女時，「寧了」就會叫「某丫頭，太太叫！」有客人來時，會叫「太太，客來了，看茶！」家裡一位媳婦愛睡覺，黎明時，「寧了」便叫道「新娘子，天明了，起來吧！太太叫，快起來！」媳婦還是沒起床，「寧了」竟然叫「新娘子，臭淫婦，浪蹄子！」媳婦很痛恨「寧了」，後來用毒藥將它殺了。[22]

這個故事寫鳥，也寫家人。讓讀者一窺張家某些人的人際

---

[22] 明・張岱撰、馬興榮點校，《陶庵夢憶・西湖夢尋》。北京：中華書局，2007。頁 53。

關係。張岱的祖母朱恭人是朱賡之女，朱賡貴為朝廷首輔，朱恭人的原本生活可想而知。張岱曾說祖母當媳婦時很辛苦，因為公公張元忭個性拘謹，對待家人也很嚴厲，動輒講求禮儀，務要生活簡樸。婆婆每天都要編織網巾，讓僕人拿出去賣數十文錢。祖母在這樣的夫家，年輕時自然不會有太舒服的日子。後來朱恭人成為婆婆，很有威嚴。張岱說祖母不喜歡張岱的母親陶宜人，因陶宜人過門時嫁粧很少；祖母是個急性子的人，對陶宜人非常嚴厲。[23]「寧了」故事中的媳婦不知是哪位，但應該不是陶宜人，因為張岱說母親「克盡婦道，益加恭慎」，祖父還曾誇她是「女中曾閔」。[24]「寧了」被殺很無辜，它學話是有人教它，而教它的人竟以粗鄙用語，藉由鳥口去罵人，可見望族中的人也是修養不一。

## 貳、靈異神怪

〈逍遙樓〉先說朱賡家的逍遙樓有雲南茶花，是以前陳鶴（？-1560，字鳴野，號海樵）親手種植，花木繁茂，而且越老越旺。朱家後人擔心枝幹無法承受過多的花朵，每年都要剪除一些，但留下的花朵依然燦爛奪目。人們傳聞朱賡是北宋張九成（1092-1159，字子韶，號無垢）轉世的後身，曾降乩於朱賡，與之談宿世因緣，並相約某日在逍遙樓見面。到了約定之日，

---

[23] 明・張岱，《瑯嬛文集》。長沙：岳麓書社，1985。頁 160-167。
[24] 明・張岱，《瑯嬛文集》。長沙：岳麓書社，1985。頁 167。

朱賡在逍遙樓等候許久，有一位老人前來，兩人對談很久，剛開始朱賡並未放在心上。老人告知柯亭綠竹庵的屋梁上，有殘經一卷，可以看看，說完即離去，朱賡方才悟出老人即是張九成。次日，朱賡到綠竹庵查看屋梁，發現一部《維摩經》，繕寫精良，應是張九成的著作。後二卷未完成，朱賡遂為其續書，筆法和原著一樣，有如出自一人之手。張岱說父親張耀芳曾提及乩仙供奉在家裡的壽芝樓，扶乩的筆懸掛壁間，有事時便會自行動起來，扶乩所寫的內容頗為靈驗，例如當年父親祈子，便接獲指示在某處可得到金丹，之後，父親不僅確實發現丹藥，而且母親服丹後便懷了張岱。又例如，朱賡有姬妾，元配夫人醋勁很大，時常作獅子吼，朱賡無法應付便求神仙，請求賜給化妒丹，乩書指示丹藥在朱賡的枕頭內，朱賡果然有所發現，便取出拿給夫人吃。夫人服丹後，還對別人說，老頭子有仙丹，沒給他人，只送給自己，可見老頭子對自己還是很親愛。此後夫妻兩人和好如初。[25]

這整個故事從逍遙樓的不凡花卉到不凡的祖先，皆猶如有神靈庇佑，張岱回憶此則故事，可能有一些附和時人迷信之成分，但也是勾勒家族前輩的形象。朱賡是萬曆年間朝廷重臣，曾官至內閣首輔，不免有人附會前世今生，以論證功名成就自

[25] 明・張岱撰、馬興榮點校，《陶庵夢憶・西湖夢尋》。北京：中華書局，2007。頁40。

有其因果，此為當時人們的常有反應。另一方面，化妒丹一事是張岱幽默地展現大臣的日常一面，這也是他從傳聞去感知祖輩的部分形象，透過此丹藥的「效果」而呈現朱賡的機智，也同時巧妙地暗指種種神奇傳說之虛構性。

不過張岱有時會主動參與建構神奇事件，例如〈阿育王寺舍利〉[26]寫張岱與友人瞻仰舍利的經驗。張岱說浙江寧波的阿育王寺殿宇深靜，階前有蒼老的松樹八、九棵，皆森羅有古色。大殿和山門距離遙遠，遙望山光遠樹，視野開闊，令人覺得冰涼晶沁。方丈門外，有娑羅二株，高聳入雲。便殿供奉旃檀佛，內有一個銅塔，銅色甚古，是萬曆年間慈聖皇太后所賜，係藏舍利子之塔，每年開啟三四次。據說舍利子常放光，琉璃五彩，百道光芒從塔縫中露出。又據傳聞，凡人瞻禮舍利，會隨個人因緣而現諸色相。如果暗無所見，其人必死，聽說頗為靈驗。從前湛和尚來到此寺，不見舍利顯像，當年即身亡。接著，張岱記述他的親身經驗，時間應是崇禎十一年（1638），當時張岱四十二歲，他與友人秦一生一同前往。

某天早晨，日光初現，寺僧前來引導他們禮佛，打開銅塔，只見一個紫檀佛龕供著一個小塔，狀如筆筒，為六角形，但看不清其材質，四圍鏤刻有花楞梵字。舍利子懸於塔頂，下垂搖

---

26 明．張岱撰、馬興榮點校，《陶庵夢憶．西湖夢尋》。北京：中華書局，2007。頁 91-92。

擺不定。張岱說自己初視時，只見有三顆珠子串連如佛珠，閃閃發光。他再次頂禮，祈求顯現形相，當再度注視時，便看見一尊白衣觀音小像，眉目分明，鬢髮皆見。可是秦一生反復注視，卻一無所見，他驚惶不安，漲紅著臉，淚流而出。後來秦一生在當年八月去世，因此張岱認為傳聞確實奇驗。

張岱此文看似以自己親眼所見去印證關於舍利的神奇傳說，也藉此證明自己有靈性慧根或是被庇佑的人，雖然這些都可能令人覺得屬於庸人迷信，況且關於舍利造假的傳言也時有所聞，不過在那個時代，篤信神佛而迷信的人不少，包括一些文人菁英也時常卜筮算命。張岱所見是否為他自己的錯覺或想像，不得而知，但那次經驗或許讓張岱對自己更具信心，增強自己的想法與行動。

張岱交遊很廣，很願意結交奇人異士，不會固守於自己所屬的階層，不過他也並非漫無標準地接受所有人的任何行為，這從他不時對特定人士冷嘲熱諷便可知一二。然而即使同屬於共同的文化圈，也仍然可從不同面向及程度的差異去突顯更明確的個別獨特性。人們經常從自己親友獲得某種參照作用，即便不是刻意比較高下或進行褒貶，也能對比出自己的特質。像秦一生這樣自奉儉約、不慕名利，且具有不俗想法的人，卻無緣得見舍利顯像，這便愈加顯示出張岱擁有不凡的屬性。

# 第十一章　結語

每一個人的回憶都具有選擇性，從張岱的回憶書寫來看，他選擇了自己認為值得和世人分享的數個生活範圍，本書將之歸納為八個領域，包括園亭、戲劇、節慶、旅遊、工藝、美食及收藏、休閒娛樂與奇人異事。張岱且憶且敘，在很多地方有他的皮裡陽秋，皆可讓人看見回憶者的觀念與態度，是憶述者的一種自我表白。

## 第一節　憶往：自我的展演

張岱從自己日常生活的八個領域去回溯過往的經歷與見聞，在園亭生活上，由於拜祖先之賜，張岱享有現成且良好的居住空間，而他自己也經由多年累積的相關知識及品味，在前人基礎上進一步擴充與改進，像「梅花書屋」與「不二齋」都達到他自己相當滿意的程度，而他也頗為得意地說明自己的設計與處理方式。另外，張岱在亭園生活上也有深刻的遺憾，因為他無奈地目睹某些親人對原本美好的空間橫加干擾與破壞，例如，「懸杪亭」、「巘花閣」與「瑞草溪亭」的環境都遭受巨大改變，便是分別由於他的仲叔、五叔與堂弟燕客的緣故。在張岱眼中，因為他們堅持自己的作風，使這些地方面目全非，張岱對這些事件的描述，無疑顯示他和這些親人間的觀念差距，然而這些親人又都是平時和他相當親近的人，特別是仲叔與燕客，由此反映出張岱和他們的特殊關係。另一方面，在此也可以了解到，張岱心中感受到的園亭破壞並非完全源自戰亂，於此之前破壞就已出現，只是世亂又將之前已遭破壞的地方更徹底地摧毀，終至只能夢中追尋。

在戲劇音樂方面，張岱很懷念以前家族曾有過的幾個戲班子，他特別強調家班之所以表現出色，他自己在其中也扮演重要角色。張氏聲伎歷經幾代人的經營，而張岱能編劇、懂音律、要求嚴格，讓伶人們視為「過劍門」，更獲得秦淮名妓們的佩服和尊重。張岱也評點了幾位當時的戲曲界名人，包括他認為優秀的以及有爭議的人，前者如彭天錫、朱楚生和劉暉吉，後者如朱雲崍與阮大鋮。這些品評的重點在於反映出評點者的眼光，亦即突顯自己是屬於內行人的觀察與評論。又例如在彈琴方面，張岱更是指出自己超越同儕，顯示他比別人更具學習能力及音樂修養。

在民俗節慶方面，張岱選擇了幾個重要節日的民俗活動加以記述，包括元宵節、清明節、端午節與中秋節。張岱此處的回憶側重兩個部分，其一，張氏家族在節慶活動中的參與，例如元宵燈事、戲劇演出，指出家族策劃的能力及其活動規模，最明顯的就是「龍山放燈」與「世美堂燈」。其二，描述節慶時期的民眾歡騰，譬如清明節、端午節與中秋節的人潮和熱鬧情景，包括〈揚州清明〉、〈金山競渡〉、〈虎丘中秋夜〉等，在此，張岱除了敘述他的所見景觀，也不時隱然批評，間接表明他不與人同的態度。

在旅遊部分，張岱回憶了自己幾次的遊覽經驗。其實張岱的遊歷範圍有限，最多還是在家鄉附近，他的遊記仍然著重於突出自己的觀察與想法。張岱除了寫景外，更擅於觀察人，例如〈西湖七月半〉與〈泰安州客店〉，特別是〈西湖七月半〉將賞月遊客分類，逐一評論其行為與心態。另外，張岱回憶的遊歷有不少和親人有關，例如因其父親與仲叔任職外地，他因而得以藉機到他們的任職所在地旅遊。

在技藝領域，張岱敘述了幾位擅長不同專技的人士，涵蓋工藝匠師、園藝高手、茶道名人，並包括業者與業餘者。他們其中有些是和張岱有來往的人，例如閔汶水、范與蘭、樊江橘園主人陳氏，張岱大多強調這些人的人品與技藝相通，其中一部分也反映他的疵癖觀。事實上，張岱自己也算是此類人之一，因為他懂得製茶、製乳酪、橘子保存法，對於庭園設計很有一套，在醫道方面也略有了解，[1]因此張岱在贊許這些技藝能人之

[1] 張岱曾言因父親在泰昌元年（1620）重病幾乎不治，幸賴老醫者吳竹庭救活，又聽吳竹庭述說關於丹方草頭藥的事，便開始收集藥方。此後他只要遇見父老長者、高僧羽士，經常謙虛請教，或是看到病人服藥有奇效者，就登記相關的藥方資料。這樣累積了三十餘年，共得四卷而成《肘後方》。如此來看，他應該具備某種程度的醫藥知識。見明．張岱，〈陶庵肘後方序〉，收入明．張岱，《瑯嬛文集》。長沙：岳麓書社，1985。頁30-32。

際，也同時肯定自己在相關領域的鑽研及成果。

美食和收藏都是張岱深具心得的項目，也是他於戰亂後流失最多的部分，不僅無法享受美食，更甚至三餐不繼，曾經擁有的珍物也煙消雲散，因而張岱對此的回憶應最有今昔之感。在美食部分，張岱除了細數他喜愛的各地特產，也展示他對美食製作的技巧，例如乳酪、蘭雪茶都有他的獨到方法。另外，在收藏方面，他提及家族收藏之風的起源，也述說了幾件家藏文物的故事，因而再次涉入對親人的回憶，並帶出他自己和這些親人的各種關係。

在休閒娛樂上，張岱回憶自己曾經熱衷的娛樂活動，包括鬥雞、牌戲，也談到難得的豪華式打獵經驗，還提及家中的樓船遊湖，以及當時知名的樓船活動，例如包涵所的樓船，以及汪汝謙的「不繫園」。這些更明顯呈現他的出身背景，前述之豪華打獵與「不繫園」皆非一般人能參加的活動。另外，張岱也回憶了當時聞名的青樓風月文化，雖然他和許多人一樣和若干名妓交往，但張岱有意突顯自己和幾位名妓的特殊交情，例如王月生、朱楚生。再者，他也顯示自己對這些女性的憐憫，例如在〈揚州瘦馬〉和〈二十四橋風月〉都呈現他的理解與同情。

最後，在奇人異事的部分，張岱記述了不少他眼中的另類人物，包括他欣賞或質疑的人，前者如祁止祥、金乳生、柳敬亭、黃汝亨；後者如張煜芳與張萼。他甚至還回憶了一些動物的故事，當然主要是因為它們和特定人物有關，或者連繫至他本身，因此動物的故事也是人的故事，再經由張岱的生動解讀，便又成為過去生活中饒有意思的片段。

儘管張岱經由回憶書寫揭示其多樣的生活面向，然而誠如第一章第二節提及的選擇性書寫，他排除了某些部分，對於他選擇不予記述的人事物，雖然不易直接判斷其中理由，但應該和他認為在展演自我時具有的價值和重要性有關，由於回憶書寫是選擇性的建構，所以可由此推論回憶者的意向。

## 第二節　回憶者的自我想像

張岱在《陶庵夢憶》卷六的〈曹山〉[2]記述其祖父張汝霖遊紹興曹山時的一段故事。張岱說，萬曆三十二年（1604）祖父前往曹山旅遊，在獅子岩下大展絲竹管弦，帶領聲伎吹奏演唱。當時陶奭齡（1571-1640）得知此事後，戲作檄文〈山君檄〉罵張汝霖，指其以管弦污染岩壑。張汝霖不甘示弱，也作一篇〈曹山判〉回罵，批評說曹山算什麼鬼斧神工，不過是殘山剩水。陶奭齡的兄長陶望齡（1562-1609）諷笑其弟，認為怎能和文人對罵，不如自認了事，因此就以「殘山剩水」四字刻在崖壁上。張岱由此感佩前輩們相互敬重的風範。

---

[2] 明．張岱撰、馬興榮點校，《陶庵夢憶．西湖夢尋》。北京：中華書局，2007。頁 80-81。

另外，張岱在〈越山五佚記〉描述「曹山」時，也提到祖父張樂之事，但對於「殘山剩水」一說，則還有一段表露心志的說明。他說曹山本是一個採石場，由於當地需要大量石材，因此一些厚實的、堅硬的與完整的石塊逐一被挖走，多年來開採的結果，便是留下許多高低不一、凹凸不平的廢棄石宕。但之後石宕上面長出了石苔、藤蘿，綠意盎然，低窪處則積水成池，可通舟楫，人們開始在高處蓋亭榭，在低處建樓臺，美好景色由此而生。原本被廢棄的地方，最終並未被棄置不顧，可謂是在人為因素與天然力量之間發展出另一個世界。張岱又說了頗有深意的一段話：「吾想山為人所殘，殘其所不得不殘，而殘復為山；水為人所剩，剩其所不得不剩，而剩還為水。山水崛強，仍不失其故我。而試使此山於未鑿之先，毫髮不動，則亦村中一坵垤已耳，棄之道旁，人誰顧之？又使此山於既鑿之後，鏟削都盡，如笠簣諸山，形迹不存，與土相埒，棄之道旁，又誰顧之？則世有受摧殘之苦，而反得摧殘之力者，曹山是也。何也？世不知我，不如殺之，則世之摧殘我者，猶知我者也。」[3]從這裡可看出張岱以山喻人，對追求生命意義與人生價值所採取的態度。

張岱回憶中的自己從童年到少壯都表現出獨特的資質與能力，年紀非常小就得到陳繼儒的肯定與期許，也是祖父心中

3 明．張岱，《瑯嬛文集》。長沙：岳麓書社，1985。頁 86-87。

能夠繼承家學的長孫，祖父教他讀書不可依傍注解，必須獨立發展自己的認識。成年後的張岱成為興趣多樣、知識廣博的文人雅士，也結交了三教九流人物。張岱自信於他的學習與觀念，並在意由此確立他個人的存在意義與價值，他提到自己有不同領域的知己，認為能在多個領域獲得各種知音的肯定，可是他更想要證明自己的個別性與獨特性。少年時曾認同徐渭並模仿其文風，但後來非常排斥被視為徐渭的後身，強調他要做自己。張岱藉由數個不同領域的生活記事來表現他具有多種才能，他不需要太過懺悔以前種種的奢華生活，因為唯有經由這些深具特色的生活，才能充分展露其才華，並由此活出一個別具風格的個體。另一方面，他也想像著這樣的個體可以持續被更多人記住。然而過去的自我不管是留在自己腦海，或是在他人的記憶中，總是飄忽不定，惟有經由書寫能夠把自我具象化，也藉著文字影響而將自己實體化，並使自己隨著文本流傳而延續個人生命。他書寫回憶的方式是偶拈一則，如遊舊徑，如見故人，但其實同時也是反觀自己、回照自我，他在回憶中感受自己，並以書寫證明人世間確實存在一個張岱。

# 參考文獻

## 一、傳統文獻

唐・李延壽撰、楊家駱主編，《南史》。台北：鼎文書局，1981。取自中央研究院歷史語言研究所「漢籍電子文獻資料庫」http://hanchi.ihp.sinica.edu.tw/ihp/hanji.htm。

唐・姚思廉著、楊忠主編，《梁書》。收入許嘉璐主編《二十四史全譯》。上海：漢語大詞典出版社，2004。

明・文震亨著、陳植校注、楊伯超校訂，《長物志校注》。南京：江蘇科學技術出版社，1984。

明・王士性，《廣志繹》。收入周振鶴編校，《王士性地理書三種》（頁 230-402）。上海：上海古籍書版社，1993。

明・王雨謙，〈西湖夢尋序〉，收錄於明・張岱，《張岱詩文集》（頁 433-444）。上海：上海古籍出版社，1991。

明・田藝蘅，《煮泉小品》。收入《筆記小說大觀（四編）》（第六冊）（頁 4027-4040）。台北：新興書局，1978。

明・田藝蘅著、朱碧蓮點校，《留青日札》。上海：上海古籍出版社，1992。

明・朱國禎撰、王根林校點，《涌幢小品》。收入上海古籍出版社編，《明代筆記小說大觀（第二冊）》（頁 3101-3879）。上海：上海古籍出版社，2005。

明・何良俊，《四友齋叢說》。北京：中華書局，1997。

明・李日華著、屠友祥校注，《味水軒日記校注》。上海：上海遠東出版社，2011。

明・汪汝謙，《不繫園集》。收入《叢書集成續編（第 122 冊）》（頁 953-960）。上海：上海書店，1994。

明・沈德符，《敝帚軒剩語補遺》。收入《叢書集成初編》（第 2943 冊）。上海：商務印書館，1939。

明・沈德符，《萬曆野獲編》。北京：中華書局，1980。

明・祁彪佳，《祁忠敏公日記》。收錄於《北京圖書館古籍珍本叢刊 20》（頁 559-1085）。北京：書目文獻出版社，2000。

明・祁彪佳撰、中華書局上海編輯所編輯，《祁彪佳集》。北京：中華書局，1960。

明・冒襄，《影梅庵憶語》。收入宋凝編，《閒書四種》（頁 1-70）。武漢：湖北辭書出版社，1995。

明・計成著、陳植注釋，《園冶注釋》。北京：中國建築工業出版社，1988。

明・徐渭，《徐渭集》。北京：中華書局，1999。

明・袁宏道著、錢伯城箋校，《袁宏道集箋校》。上海：上海古籍出版社，1981。

明・高濂著、趙立勛校注，《遵生八箋校注》。北京：人民衛生出版社，1993。

明．屠隆，《考槃餘事》。收入《叢書集成新編（第50冊）》（頁325-349）。台北：新文豐出版公司，1986。

明．張岱，《石匱書後集》。台灣銀行經濟研究室編印《台灣文獻叢刊》第282種。台北：台灣銀行經濟研究室，1970。

明．張岱，《瑯嬛文集》。長沙：岳麓書社，1985。

明．張岱，《快園道古》。杭州：浙江古籍出版社，1986。

明．張岱，《張岱詩文集》。上海：上海古籍出版社，1991。

明．張岱，《夜航船》。成都：四川文藝出版社，1996。

明．張岱，《石匱書》。北京：紫禁城出版社，2019。

明．張岱撰、馬興榮點校，《陶庵夢憶．西湖夢尋》。北京：中華書局，2007。

明．張岱撰、淮茗評注，《陶庵夢憶》。北京：中華書局，2008。

明．張瀚撰、蕭國亮點校，《松窗夢語》。上海：上海古籍出版社，1986。

明．陳繼儒，〈古今義烈傳序〉，收錄於明．張岱，《張岱詩文集》（頁439-441）。上海：上海古籍出版社，1991。

明．陸容撰、李健莉校點，《菽園雜記》。收入上海古籍出版社編，《明代筆記小說大觀（第一冊）》（頁361-529）。上海：

上海古籍出版社，2005。

明·馮夢龍著、魏同賢主編，《馮夢龍全集第六冊：古今譚概》。南京：鳳凰出版社，2007。

明·黃汝亨，〈不繫園約〉，收入《叢書集成續編（第 122 冊）》（頁 954）。上海：上海書店，1994。

明·鄒迪光，〈愚公谷乘〉，收錄於陳植、張公弛選注；陳從周校閱，《中國歷代名園記選注》（頁 187-196）。合肥：安徽科學技術出版社，1983。

明·劉光斗，〈義烈傳序〉，收錄於明·張岱，《張岱詩文集》（頁 443-445）。上海：上海古籍出版社，1991。

明·劉若愚著、陽羨生校點，《酌中志》。收入上海古籍出版社編，《明代筆記小說大觀（第二冊）》（頁 2887-3099）。上海：上海古籍出版社，2005。

明·劉榮嗣，〈序義士傳〉，收錄於明·張岱，《張岱詩文集》（頁 441-443）。上海：上海古籍出版社，1991。

明·謝肇淛撰、傅成校點，《五雜組》。收入上海古籍出版社編，《明代筆記小說大觀（第二冊）》（頁 1465-1863）。上海：上海古籍出版社，2005。

明·歸莊，《歸莊集》。北京：中華書局，1962。

明·顧起元撰、孔一校點，《客座贅語》。收入上海古籍出版社編，《明代筆記小說大觀（第二冊）》（頁 1181-1463）。上海：上海古籍出版社，2005。

清・孔尚任著；王季思，蘇寰中，楊德平合注，《桃花扇》。北京：人民文學出版社，1959。

清・伍崇曜，〈陶庵夢憶跋〉，收錄於明・張岱，《張岱詩文集》（頁 431-433）。上海：上海古籍出版社，1991。

清・朱彝尊，《食憲鴻秘》。北京：中國商業出版社，1985。

清・朱彝尊，《靜志居詩話》。北京：人民文學出版社，1990。

清・余懷，《板橋雜記》。收入《叢書集成新編（第 83 冊）》（頁 205-212）。台北：新文豐出版社，1986。

清・佚名，〈陶庵夢憶序〉，收錄於明・張岱，《張岱詩文集》（頁 429-430）。上海：上海古籍出版社，1991。

清・吳偉業著、李學穎集評標校，《吳梅村全集》。上海：上海古籍出版社，1990。

清・李漁著、沈勇譯注，《閒情偶寄》。北京：中國社會出版社，2005。

清・周亮工，《讀畫錄》。收入《叢書集成新編（第 53 冊）》（頁 366-380）。台北：新文豐出版公司，1986。

清・武林道隱，〈西湖夢尋・武林道隱序〉，收錄於明・張岱，《張岱詩文集》（頁 117）。上海：上海古籍出版社，1991。

清・查繼佐，〈西湖夢尋・查繼佐序〉，收錄於明・張岱，《張岱詩文集》（頁 116）。上海：上海古籍出版社，1991。

清・計六奇，《明季南略》。北京：中華書局，1984。

清・徐沁，《明畫錄》。收入《叢書集成新編（第 53 冊）》（頁 380-411）。台北：新文豐出版公司，1986。

清・徐鼒，《小腆紀傳》。台灣銀行經濟研究室編印《台灣文獻叢刊》第 138 種。台北：台灣銀行經濟研究室，1963。

清・張廷玉等，《明史》。北京：中華書局，1974。

清・黃宗羲，《黃宗羲全集（第一冊）》。杭州：浙江古籍出版社，1985。

清・溫睿臨，〈張岱、談遷傳〉，收錄於清・谷應泰，《明史紀事本末》（頁 1607-1608）。北京：中華書局，1977。

清・鄒漪，《明季遺聞》。台灣銀行經濟研究室編印《台灣文獻叢刊》第 112 種。台北：台灣銀行經濟研究室，1961。

清・趙曦明，《江上孤忠錄》。台灣銀行經濟研究室編印《台灣文獻叢刊》第 258 種。台北：台灣銀行經濟研究室，1968。

清・蔣士銓，《臨川夢》。收入《叢書集成三編（第 32 冊）》（頁 469-518）。台北：新文豐出版社，1997。

清・談遷著；羅仲輝、胡明校點校，《棗林雜俎》。北京：中華書局，2006。

清・錢謙益，〈春浮園集序〉，收入明・蕭士瑋，《春浮園文集》。清光緒十八年（1892）西昌蕭作梅刻本。

清・錢謙益，《列朝詩集小傳》。上海：上海古籍出版社，2008。

清・錢謙益著、清・錢曾箋注、錢仲聯標校，《牧齋有學集》。上海：上海古籍出版社，1996。

## 二、近人論著

史景遷（Jonathan D. Spence）著、溫洽溢譯，《前朝夢憶：張岱的浮華與蒼涼》。（原著：*Return to Dragon Mountain-Memories of a Late Ming Man*）。台北：時報出版，2009。

宇文所安（Stephen Owen）著、鄭學勤譯，《追憶：中國古典文學中的往事再現》。（原著：*Remembrances: The Experience of the Past in Classical Chinese Literature*）。台北：聯經，2006。

何玲琳，《張岱《瑯嬛文集》新發現詩文研究》。浙江大學碩士論文，2017。

佘德余，〈張岱年譜簡編（上）〉，《紹興師專學報》，1（1994），頁38-46。

佘德余，〈張岱年譜簡編（下）〉，《紹興師專學報》，3（1994），頁19-24。

佘德余，〈張岱年譜簡編（中）〉，《紹興師專學報》，2（1994），頁 31-37。

孟森，〈橫波夫人考〉，收錄於孟森，《明清史論著集刊正續編》（頁 435-472）。石家莊：河北教育出版社，2000。

明恩溥（Arthur H. Smith）著；劉文飛、劉曉暘譯，《中國人的氣質》。（原著：*Chinese Characteristics*）。上海：上海三聯書店，2007。

林芷瑩，〈「以其技還奪其席」—論《桃花扇》中的「曲家」阮大鋮及其劇作〉，《戲劇研究》，21（2018），頁 1-34。

金雲銘，《陳第年譜》。台灣銀行經濟研究室編印《台灣文獻叢刊》第 203 種。台北：台灣銀行經濟研究室，1972。

胡益民，《張岱評傳》。南京：南京大學出版社，2002。

夏咸淳，《明末奇才－張岱論》。上海：上海社會科學出版社，1989。

國立中央圖書館編，《明人傳記資料索引》。台北：國立中央圖書館，1965。

陳平原，〈「都市詩人」張岱的為人與為文〉，《文史哲》，278（2003），頁 77-86。

陳寅恪，《柳如是別傳》。北京：生活・讀書・新知三聯書店，2001。

韓金佑，《張岱年譜》。河北大學碩士論文，2014。

欒保群，〈讀夢拾屑（三）〉，《紫禁城》，3（2010），頁39。

國家圖書館出版品預行編目資料

回憶的展演：張岱的生活記事與自我書寫／盧嵐蘭　著.—初版.—
臺中市：天空數位圖書　2020.10
面：公分
ISBN：978-957-9119-97-9（平裝）
1.（明）張岱　2. 明代文學　3. 散文　4. 文學評論
846.9　　　　　　　　　　　　　　　　109017253

發　行　人：蔡秀美
出　版　者：天空數位圖書有限公司
作　　　者：盧嵐蘭
版面編輯：採編組
美工設計：設計組
出版日期：2020 年 10 月（初版）
銀行名稱：合作金庫銀行南台中分行
銀行帳戶：天空數位圖書有限公司
銀行帳號：006-1070717811498
郵政帳戶：天空數位圖書有限公司
劃撥帳號：22670142
定　　　價：新台幣 480 元整
電子書發明專利第 I 306564 號
※ 如有缺頁、破損等請寄回更換

紙本書編輯印刷：
電子書編輯製作：
天空數位圖書公司 E-mail：familysky@familysky.com.tw　http://www.familysky.com.tw/
地址：40255台中市南區忠明南路787號30F國王大樓　Tel：04-22623893　Fax：04-22623863